小醫女的逆襲

3

風文創 412

墨櫻 著

風文創 412

目錄

第二十七章

一旦決定要讓藥田空間升級，陳悠便開始想著這些時日的安排，她要跟著唐仲去看診，藥膳鋪子定是顧不了許多，必須尋個可靠的人代替她的位置。

阿梅、阿杏肯定不行，她們還小，陶氏壓根兒就沒有做飯的天賦，看來看去，陳悠最看好白氏，只是不知白氏願不願意。而且，這件事也要與雙親商議一番才能打算。

其實，陳悠這會兒卻是與秦長瑞夫妻想到一塊兒去了，白氏聰明、人品也好，陳悠又救過她的命，自是最好的人選不過了。但是光每日李陳莊與林遠縣間來回跑就夠累了，怕是陳奇與陳永春夫妻都不會同意。所以，秦長瑞與陶氏才一時都未提及。

陳奇與白氏回到前院後，老陳頭就將她們夫妻叫去問話。這一問下來倒叫老倆口吃了一驚，三房真在林遠縣開了鋪子，他們以為三房過來請吃飯，只是又找藉口啃老要錢呢，哪裡會想到竟然是真的。

白氏的話一時讓老倆口沈默下來。

王氏想了想，問道：「海棠，老三家鋪子的生意如何？」

白氏笑起來。「嬸嬸，妳不知道，今兒我們可是忙了一天呢！從中午開張那會兒，一直到晚上打烊，客人都沒斷過，只怕是縣裡逢集生意都沒三叔家好呢！」

老陳頭聽了又是一驚，生意竟是這般好，本想再追問，可大晚上的，也不好留著他們小夫妻倆多說話，便讓他們回去了。

這頭他們出來，一推開門，就見蕭氏笑著站在門口，陳奇冷眼瞥了蕭氏一眼。蕭氏厚臉皮地笑道：「原是三弟家真的開了鋪子，那可是件大事啊！」

陳奇剛要頂嘴，就被白氏給拉走了。對蕭氏這種潑婦，還是莫要糾纏得好。

盯著陳奇夫婦走得飛快的身影，蕭氏撇撇嘴，眼珠子轉了轉，一轉身也趕緊回家去了，一進家門，蕭氏就急忙尋了丈夫說話。

陳永賀做了一天的農活，這時候正準備躺到床上好好歇息，被她推著坐起來，心情便有些不好，板著臉道：「妳這婆娘，急惶惶的做甚？」

蕭氏坐到床邊。「當家的、當家的，那後頭三房當真在縣城裡開了鋪子！」

「啥？妳唬我，妳這早上還沒睡醒吧！哈？就三弟那樣還開鋪子？我這陳字就倒過來寫！」陳永賀一臉像是聽到笑話的樣子。

蕭氏簡直要被丈夫氣死，伸手擰了一把丈夫的手背肉。「陳永賀，老娘騙你有什麼好處，你那大哥家的媳婦回來在爹娘那邊說的，這還能有假？」

陳永賀驚得坐起來。「真的？啥鋪子？咱們怎麼沒聽說？」

蕭氏朝陳永賀翻了個白眼。「聽說是什麼藥膳鋪子，可賺錢了，這進鋪子的客人從中午到晚上都不間斷呢！」

「真的假的？」陳永賀驚得眼睛瞪成了銅鈴。「那他們可不是每日等著數錢？」

「昨日都怪你，沒讓我去，讓大房的人占了便宜！」蕭氏埋怨道。

「誰想到他們真能開鋪子，往日不都是那膿包樣嗎？」陳永賀也很氣惱。

「不成，這三房賺錢了，可不能撇下咱們！」蕭氏不甘地瞪了一眼。

「那妳能怎樣？」陳永賀哼了一聲，躺下翻過身。「妳就慢慢琢磨吧，我睡了！」

蕭氏氣得打了自家男人一巴掌，陳永賀卻是不願理她了。

秦長瑞早就打算好了，若是今年年底能多賺些錢，就暫時先在林遠縣城東邊的柳樹胡同裡租賃一個小院子住，將一家人都搬過來，那樣每日開店也方便許多，不用來回跑。

這日是縣學休沐的日子，他們家的藥膳鋪子也跟著歇業一日。

陳悠正在整理東西，把唐仲送給她的銀針消毒後，準備好了就去唐仲家中，與他一同出外診。這前腳還沒出門，就見到蕭氏從竹林後轉了過來。

陳悠忙從門口進來，提醒正在屋中做針線的陶氏。「娘，二伯娘來了。」

陶氏朝陳悠使了個眼色，讓她去東屋告訴趙燁磊莫要出來。

陳悠一進東屋，蕭氏就邁進門檻。「三弟妹在做針線啊！瞧這鮮豔花布，是給幾個閨女做的吧！我瞧著妳那幾個閨女也是越長越好看，穿上妳做的這身衣裳啊，定然要美過天仙。」

陳悠在東屋裡聽蕭氏說這話覺得直酸牙。趙燁磊正在練字，聞言也笑著搖搖頭。

「二嫂坐吧，我這裡也沒什麼招待，就喝杯白水吧！」陶氏不冷不熱道。

蕭氏見她這副油鹽不進的樣子，雖說臉上陪著笑，可心底早就將她罵了個千百遍。不就是開了個鋪子，得色成這樣，當真是礙眼！

「三弟妹說的哪裡話，白水就好、白水就好！」

陶氏繼續她手中的活計，頭也不抬地問道：「二嫂有何事？」

「三弟妹說的哪裡話，這農閒麼，難道沒事二嫂就不能來妳家坐坐了？」

陶氏手上的動作一頓，冷笑一聲，蕭氏不說，她也不動。

蕭氏頓覺有些尷尬，她用手掌根抹了把嘴。「咱都是一家人，既然三弟妹這般爽快，我還客氣個啥，今兒來確實是有件小事要三弟妹幫個忙。」

陶氏抬頭看了她一眼，蕭氏就覺得她這話堵在喉嚨口就說不出去了。

陶氏可不是個省油的燈，蕭氏之前那樣排擠他們三房，還想著她對他們有好臉色，簡直作夢！再說，他們已與前院分家了，與二房不來往那才是最好的，此時也不必給蕭氏面子。

可蕭氏就是個牛皮糖，陶氏不理她，她一個人都能把話說完。

「是這樣的，三弟妹，妳也知道，今年這田裡欠收得厲害，我們一家大小那麼多張嘴還等著吃飯，這時候農閒，縣裡活計也都不好找。早前就聽說，三弟妹家那鋪子開得紅火，我想著能不能讓咱家老大阿良去你們鋪子裡幫幫忙，他力氣大，一下子扛兩袋米糧都沒問題哩，也不要多少錢，管吃住，給三百個大錢就成。三弟妹，妳看著可成？這可是不虧本的買賣！」

陶氏都要被氣笑了，管吃住，還要三百個大錢？他們那鋪子一個月租金都要九百文，即便在縣城裡找了個不錯的活計做，管吃住，大方點的人家頂多給個一百四、五十個錢已經算是好的了。三百文？真當她不知道行情？是個冤大頭隨便她宰呢！

趙燁磊也被這婦人的厚臉皮驚得放下筆，與陳悠一樣豎著耳朵聽堂屋中的對話。

「阿良這身價太高，我們一個小鋪子怕是用不起，二嫂還是另尋他處吧！」

沒想到陶氏一句客氣話都不說，直接拒絕了，蕭氏咬了咬牙。「三弟妹說的哪裡話，阿良這錢要得可不多呢，妳去縣城裡打聽打聽，哪家不是這樣的。」

呵！今年欠收，那勞價早就被壓得不成個樣子，別說是一百四、五十個大錢，就是一個月幾十文錢都有人去。

「二嫂，我聽說在華州，阿良這樣的小夥子做活，一個月都有四、五百大錢呢，妳怎麼不讓阿良去？」

蕭氏抽了抽嘴角。「我還不是擔心阿良離得遠，不放心嘛！要不，三弟妹，妳一個月給兩百文也成！」

「既然二嫂都打聽好了，縣城裡有那麼多家缺夥計，便讓阿良去就是，何故還來求我？」

蕭氏鬧了個沒臉。「我的好弟妹，只要有吃住，妳一個月只給阿良一百錢，可成？」

陶氏沒想到她這樣死纏爛打，放下手中活計，看著蕭氏那雙有些倒三角的小眼。「二嫂，實話和妳說了吧，我們鋪子的生意也不好，現下實在是沒有餘錢請個夥計，妳還是讓妳家阿良去別處做工吧！」

蕭氏的大兒子陳良就是他娘的翻版，好吃懶做不說，有時還會偷雞摸狗，即便陳悠家真有錢請夥計，也絕對不會請他。況且，真以為她不知蕭氏打的什麼主意嗎？恐怕是這個婆娘早就盯上他們家的藥膳，讓陳良去幫忙只不過是個幌子，偷學才是目的。

蕭氏一瞧陶氏這是真硬起心腸，一張臉立馬跟變戲法似的，陰轉雨了。她這真是說哭就哭，連點兒醞釀都不帶的，這般死纏，也是滿拚的。「三弟妹，妳還記得分家的時候爹娘如何說的？我們是從一條根裡出來的，以後不管遇到什麼都要互相提攜，哪家遇事兒了，都拉著一把。如今田裡欠收成這樣，眼看著我們家就要斷糧了，你們開鋪子發跡了，吃香喝辣，就不能幫著我們一點兒？嫂子也不是要奪妳家財，只不過是想讓阿良那孩子去妳鋪子裡幫忙，妳多了個人手，也就是多張嘴而已，他一個月能掙幾個錢？妳那鋪子怕是一天的盈利都夠他半年了！三弟妹，算嫂子求妳還不成嗎？」

硬的不行，蕭氏竟然施起苦肉計，可陶氏偏偏不吃這套。前世，高門宅子中的手段可是比蕭氏高明多了。

「二嫂，妳可不能這麼說，妳給阿良要幾百文一個月，可知我們租鋪子、買食材也是要花錢的，每日盈利不是妳表面看到的那樣。還有奉勸二嫂一句，我這個人心腸硬得很，不管妳今兒在這裡好說也好、撒潑地鬧也好，妳說的事我定不會同意的。另外，我的意思便是整個三房的意思，妳也不用想著在當家的那裡打主意了。」陶氏冷冷把這些話說完，便低下頭繼續做針線活。

陶氏將蕭氏的路都堵死，險些把蕭氏氣得倒仰。

蕭氏猛地站起來，雙頰氣得通紅，喘息地指著陶氏憤怒道：「吳雲英，別以為妳這麼說，我就拿妳沒轍，妳在家裡等著！」

一句狠話放下，蕭氏才氣呼呼地走出陳悠家的小院。

陳悠在東屋聽著外頭的聲音，蕭氏這潑婦遇到陶氏這樣軟硬不吃的也算她倒楣，蕭氏在陶氏面前還真沒什麼殺傷力，連放狠話都對陶氏毫無威脅性。

等蕭氏一走，陳悠便從東屋中出來，與她娘打了聲招呼就去唐仲家。

陶氏一邊做針線一邊琢磨著事兒，午後，她讓阿梅、阿杏去前院將曾氏與白氏請來。

曾氏有些懵，不知陶氏這個時候請她們來家中有什麼事。曾氏與兒媳白氏進來時，正好瞧見陶氏帶著兩個雙胞閨女學針線。

曾氏一笑。「阿梅、阿杏才這般大就會針線活啦，可比我那閨女懂事多了，妳們阿珠姊姊都九歲了，還沒拿過針呢！」

阿梅人小鬼大。「大伯娘，妳是疼愛阿珠姊姊才捨不得她學針線的。」

陶氏聽了笑起來，瞪了阿梅一眼。「那娘親就不心疼妳們啦？」

阿梅、阿杏連忙討好地抱著陶氏的雙臂搖晃。「娘當然也疼我們。」

兩個小包子難得耍寶，惹得堂屋三個女人大笑起來。

白氏眼眶微閃，想到自己意外失去的那個孩子，若是個女娃，恐怕長大也會像阿梅、阿杏這樣可愛呢！

「大嫂、姪媳快坐。」陶氏道。

阿梅、阿杏懂事地去給曾氏與白氏倒水。

「三弟妹，妳今兒尋我們來是有什麼事？」曾氏好奇道。

白氏卻眼含期待，她有些激動地擰了擰自己衣襬。

陶氏將針線活拿到一邊。「大嫂，我那鋪子開了也有小半月，雖說這季欠收，可鋪子因做的是縣學生意，倒也過得去。我們家除了我與當家的兩個勞力，孩子們都還小。阿悠還想著與唐大夫學幾年醫術，自是還不能讓她一個半大的孩子在鋪子裡整日忙活。我要顧著家，加上手藝也不行，那日開張，見姪媳心靈手巧，便找了今日機會，問問嫂子，姪媳可願意來我們這小鋪子幫忙。」

陶氏的話說得誠懇，曾氏卻未想到是為了這件事，他們家人口多，繳了賦稅，糧食根本就撐不到下季，不然陳永春也不會帶著陳奇那般拚命地去華州找事做了。如今三房能幫襯著讓白氏去鋪子裡做事，曾氏只有高興的分兒，哪有不肯的。

「三弟妹，妳說這什麼話，這麼好的差使，海棠怎麼會不願意。是不是，海棠？」

白氏起先心中猜想陶氏尋她們來估摸就是為了藥膳鋪子的事，心中既激動又忐忑。她怕自己猜錯了，所以坐在陳悠家的堂屋中都有些緊張。等聽到陶氏說出來，果真是為了這件事後，白氏吊著的一顆心也放下了，她既開心又激動地說：「三嬸，我當然願意，我只怕妳嫌棄我手笨呢！」

陶氏沒想到會這樣輕鬆，只是想到陳永春與陳奇，她眉頭微皺起來。「那大伯和大姪子那兒……」

曾氏腦子轉了個彎，也知道她擔心什麼，遂笑道：「那兩個大老粗怎會阻攔？在自己親弟弟家裡做活有什麼可擔心的。」

白氏也急忙跟著點頭。

陶氏也明白是她顧慮多了。「姪媳，三嬸這活兒可是要吃些苦頭了，縣城鋪子裡沒地兒住，每日要來回跑。」

「那有什麼，三嬸妳莫要小瞧我，我又不是那大戶人家嬌滴滴的小姐，在娘家，我也是什麼農活都幹，還怕走這些路？況且，阿悠一個孩子每日都能走得了，我有什麼走不得的。」

陶氏打心眼裡滿意。「那三嬸就放心了，每月給妳一百五十個大錢，若是後頭生意好了，等年末三嬸再給妳分紅，妳看可使得？」

白氏滿臉欣喜。「三嬸隨意給便是，這先頭我也不熟，怕是要耽誤三嬸的生意了。」

「三嬸相信妳，回頭我將那些藥膳的做法告訴妳，妳先跟著我和阿悠練練手。」

白氏有些不敢相信，陶氏找她幫工竟然是要她學藥膳！這可是鋪子賺錢的根本、不外傳的秘方，陶氏竟然說要教給她？

曾氏同樣眼中神采一閃。

「三嬸，這……」白氏心情激動忐忑。

「姪媳不要有心理壓力，我們是一家人，三嬸不相信妳，還能相信誰？」陶氏微微一笑，那笑容帶著讓人安定的力量。

白氏緊繃的臉也慢慢放鬆，笑了起來。她站起身，感激地朝陶氏恭敬行了一禮。「姪媳一定會好好學，絕對不會將方子洩漏出去。」

陶氏笑著點頭，扶她起來。「那明日一早，姪媳就跟著我們一起去林遠縣吧！」

說完，陶氏將曾氏與白氏送出院門。

曾氏回頭瞧了一眼陶氏回轉的身影，感慨地嘆息。「海棠，當初我與妳爹無事時聊天還說過妳三叔家，說他們以後定是越過越差，沒想到，我們老陳家三個房頭到頭來，卻是他們最有出息，如今我們還要靠著他們提攜一把。海棠，你們小倆口，以後別聽你們嬤嬤和翁翁的話，什麼人一輩子都要靠田地，你們翁翁嬤嬤在土裡刨了一輩子，到今日咱家人有時還吃不飽呢！」

白氏恭順地點頭。「娘的話，我記住了。」

曾氏拍了拍兒媳的手。「你們三叔、三嬸以前雖是糊塗人，可現在都精明得很，他們雖是看好妳，可妳自己也要努力，凡事腳踏實地才是正理。娘覺得啊，妳三叔、三嬸怕是以後還要發跡。」

白氏靜靜地聽著婆婆指點，一點也沒有表現出不耐煩的樣子，她知道，這是曾氏在關心愛護她。

「別嫌棄娘多說，娘也知道這些道理妳都明白，但娘就是不放心，再說一遍才覺得心安。」

「娘，我怎麼會嫌棄妳，兒媳知道您是為了我好，兒媳高興還來不及呢！」

曾氏欣慰地一笑，摸了摸白氏烏黑的髮髻。「妳能嫁到咱家來真是阿奇的福分！」

陳娥站在屋門前，恰好瞧見這幕，氣得緊咬嘴唇，低聲罵道：「整日只知道討娘的開心，妳再怎麼搖尾巴，她也不是妳親娘！」

陶氏剛回屋，板凳還沒坐熱，小院裡就又來人了，阿梅和阿杏先跑出去看，陶氏也跟隨在後。

只見那年輕漢子滿面焦急，滿臉都是汗珠。阿梅、阿杏朝年輕漢子看過去，想起來他是住在李阿婆家前頭的叔叔。

「小姑娘，妳大姊和爹娘在家嗎？」

這漢子話才問出口，陶氏就走出來了，一眼就認出這年輕漢子，見他又急又熱，渾身汗濕，怕是有什麼急事。「發生什麼事了？」

「嫂子，不好了，李阿公過世了！」年輕漢子喘著粗氣道。

什麼？陶氏一時被震住，臉上的表情都沒來得及收回，等反應過來，陶氏眉頭一擰。

「到底怎麼回事？李阿公前些日子不是還好好的？」

「哎……嫂子，這三言兩語我也說不清，路上我再與妳細說，我那婆娘在李阿婆家陪著呢，李阿婆沒什麼親戚，我也只能來通知你們了！」年輕漢子無奈又著急道。

阿梅、阿杏兩個小傢伙也呆了，大姊不是說過，阿公雖然不能下床，但是能吃能睡，只要有人悉心照顧，阿公就還能活下去，怎地阿公就突然去世了？

陶氏怕嚇著阿梅、阿杏，叮囑她們在家中好好看家，等陳悠回來將這事告訴她，便急匆匆跟著那年輕漢子去李阿婆家中。

陳悠與唐仲出外診回來時，已是傍晚。剛到家中，就聽到這個噩耗，瞪大眼不敢置信，等回過神來，陳悠的眼眶便是一熱。

秦長瑞此時已經回到家，也知道這個消息，眉頭緊擰，交代了趙燁磊照看幾個孩子，便帶著陳悠去李阿婆家裡。

李阿婆家裡人並不多，白日裡來幫忙或是哀悼的村人大部分已經回家去了，只餘下周圍的幾家鄰居，以及陶氏。陳悠瞧見老李頭僵直地躺在堂屋的一塊門板上，李阿婆在旁邊守著，她的心「咚」地一下，就像掉進了冰窟窿，她快步跑上去，哽咽著低喚了聲「李阿婆」。

李阿婆身上穿著白布褂，披著麻衣，雙眼紅腫地回過頭來。原先李阿婆黑白相間的頭髮此時已經全白，見到是陳悠，李阿婆沙啞著嗓子哀慟道：「阿悠，妳阿公……他丟下我，走了！」

李阿婆這些日子為了照顧老李頭整個人瘦了一圈，現在又經受這般大的打擊，整個人都憔悴不已，陳悠瞧了心疼又難過。她跑到李阿婆身邊，抱住李阿婆。「阿婆，別難過，您還有阿悠！」

她這麼一安慰，原本眼淚都哭乾的李阿婆淚水又止不住流下來。

陳悠很奇怪為什麼老李頭會這個時候突然去世，她與唐仲經常來李阿婆家中，給老李頭號脈，老李頭雖是半身癱瘓，可沒有生命危險，只要好好照料，再活個幾年不成問題。

直至回到家中，陳悠聽陶氏說了，才明白其中緣由。原本老倆口賺些錢已不太容易，老李頭身體好的時候，還能編些竹筐賣錢，如今他只能臥床，什麼都要李阿婆照顧不說，這家中裡裡外外的活計也要李阿婆去做。老倆口雖說是有些存銀，但是也禁不住這樣坐吃山空，況且，那銀子還是李阿婆想要留給兒子的。

每天李阿婆伺候老李頭吃喝拉撒就要大半日，何況老李頭還要日日吃藥，這藥錢就是一筆大開銷。李阿婆一日日勞累下來，整個人也愈加疲憊憔悴，這些老李頭都看在眼裡。與老伴相處幾十年，兩個老人家之間的感情早已超越愛情。老李頭不願再這樣拖累李阿婆，他想著，若是他不在了，李阿婆便會過得好些，也不用這般累。他忍痛作了決定，在李阿婆最後一次給他餵湯藥時，老李頭像是訣別一般深深看著老妻，好似要將她的面貌刻印在腦中，保存幾輩子。然後等李阿婆去廚房洗碗，再回來時，老李頭已經自盡……

他走時，面目安詳，嘴角還微微地翹起，這一幕落在李阿婆眼裡，簡直晴天霹靂，讓她驚恐得身體每一處都僵硬著，久久回不了神。等李阿婆顫抖著手指伸到老李頭的鼻子前，觸碰到他冰冷的身體後，她整張臉迅速煞白，沈默不到一分鐘，她就趴伏在老李頭的身體上嚎啕大哭起來。

其實老李頭過世也不用忙什麼，李阿婆與老李頭在林遠縣沒什麼親戚，他們老家在嵩州，而且早年因為天災也沒剩下幾個族人。後來兩口子輾轉來到林遠縣定居下來，相熟的也就是周圍的幾戶人家，餘下的便是陳悠家了。

老李頭的「壽衣」李阿婆幾年前就做好了，陶氏來時，幾個鄰居已經給老李頭換上，等著縣裡棺材鋪將棺材送來，選個日子下葬，也就了事。

因這兩天日子不好，老李頭的屍身要在家中放上兩日，等著第三日抬棺上山。幾個鄰里，加上陳悠家，輪流來陪李阿婆守夜。

送老李頭上山這日，唐仲也來送行，村裡不少上了年紀的嬤嬤翁翁也來了。

給老李頭在山上立了墳塋，一行人才回來。幾家鄰里、唐仲與陳悠一家在李阿婆家吃了頓飯，略湊了百來個大錢，老李頭這樁白事就算是辦完了。

鄰里們幫著收拾院子，安慰了李阿婆兩句，都回家去了。

秦長瑞跟著忙了兩日，縣城鋪子也是歇了兩天，他一出李阿婆家，就朝林遠縣去了。他今日得買些食材，晚間就在鋪子裡將就，將東西都準備好，明日陶氏、陳悠她們直接開門就能做生意了。

李阿婆瞧著空蕩蕩的院子，她家的小院比陳悠家大了一倍不止，光屋子就有五間，老李頭在時，院子裡到處堆著砍回來的竹子和編織的竹筐，整個院子瞧起來擁擠無比。那時候，她還經常抱怨，說是老李頭將院子弄成了垃圾堆，可現在這些東西都被移走了，她卻覺得心裡空落落，難受得慌，連屋子也相當冷清。

李阿婆頭一沈，眼前一花，身子就軟了下去，若不是陶氏恰巧在她的身邊，李阿婆這結結實實摔下來可是不輕。

陳悠回頭恰看到這幕，嚇了一跳，急忙兩三步跑過來，右手搭上李阿婆的手腕。過了一會兒，陳悠收回手，輕輕吁了口氣。

「阿悠，李阿婆可有事？」陶氏皺眉問道。

「娘，李阿婆只是這些日子休息少，身子虛了才暈倒，沒什麼大礙，休養兩日就成。」

聽陳悠這麼說，陶氏才放心，將李阿婆扶到房內床上躺好後，陳悠便讓陶氏先回去，說家裡還有阿梅、阿杏、陳懷敏，怕趙燁磊照看不過來。

陶氏瞅了一眼陳悠，應了一聲，交代了幾句，就快步回家去了。

陳悠留下來替李阿婆做了一碗溫補的藥粥，一直守到李阿婆醒來，將藥粥端給她吃，好說歹說，李阿婆才勉強笑了笑。

陳悠瞧李阿婆是想開些了，才放心離開。可陳悠一走，李阿婆的臉就垮了下來，她雙眼空洞地瞧著虛空，好似透過空氣在看著什麼。若不是陳悠整日勸慰她，她還真想隨著老頭子一起去算了，只是兒子到今日也沒有消息，叫她怎能放心得下？

李阿婆用袖口抹了把情不自禁就落下的眼淚，口中喃喃道：「老頭子，你若是在天之靈，就保佑我快些找到咱們的兒子，這樣，即便我以後見著你了，也能與你說說他變成什麼樣子。」

這邊陳悠滿懷心事地回家了，說實話，她有些不放心李阿婆，可是家中鋪子也不能不管。陶氏已與她說，尋白氏在鋪子裡幫忙，陳悠趁這幾日便將鋪子裡賣的藥膳都教予白氏，這樣，她也能從鋪子脫身，跟著唐仲出診。

第二日，陳悠、陶氏與白氏一大早就去林遠縣。

白氏確實聰明手巧，那些藥膳陳悠只做了一遍，給白氏說了要領，基本上白氏做了幾次就能上手，且賣相也不差。白氏就這麼學了四、五日，大部分已能接手，陳悠便不再每日來鋪子，而與唐仲學習醫術，然後出門替周圍村莊的村人看病。

每日早上出門時，陳悠都會去李阿婆家裡走一遭，一來是不放心李阿婆，二來李阿婆的眼疾復發了。她那些日子不分晝夜地照看老李頭，又要打理家務，就熬壞了，且比上一次更嚴重，眼前時不時都有些模糊。

陳悠替李阿婆開了方子，叮囑她每日一定要記得煎服，針線活是不能動的，若是閒不下來，就去鄰里家聊聊天，或者去田地裡轉轉。

陳悠與唐仲一起離開李阿婆家的時候，唐仲低頭見陳悠臉色不好，整張小臉也板著，便問道：「阿悠在擔心李阿婆？」

陳悠哀嘆一聲，點點頭。「唐仲叔，李阿婆現在一個人住在這裡，整日孤伶伶，我瞧著實在心疼，她現在眼睛不好，也沒人照料，連個給她做飯的人都沒有。」

唐仲眉峰一攏。「阿悠，妳看這樣可好？我那裡正好也沒人照料，我整日早出晚歸，回來都冰鍋冷灶的，何不讓李阿婆去我那裡，與我一起住？日後兩個人也有照應，妳說是不是？」

陳悠吃驚地看著唐仲，沒想到唐仲會說這樣的話，她有些不敢置信地詢問：「唐仲叔，您說的可是真的？您真願意將阿婆接過去？」

唐仲笑起來。「我可是從來不說假話，聽說李阿婆做的烙餅可好吃了，我這不也是為了我自己嘛！」

唐仲一句話將陳悠逗得笑起來，她感動地仰頭瞧著唐仲，感激道：「唐仲叔，謝謝您！」

與唐仲這個人相處這些日子以來，陳悠漸漸感覺到唐仲其實是個涼薄的性子，否則也不會孤身這麼多年。他又是行醫的，見多了人世間的生生死死，可以說他早已麻木了，這些人在他眼裡只不過是患著不同病症的病人罷了。

以往那些比李阿婆可憐的病患多了去，唐仲什麼也沒管，卻偏偏想把李阿婆接過去與他同住，歸根究柢，這麼做是因為她，陳悠並不傻。

「傻孩子。」唐仲笑著揉了揉陳悠的頭髮。

師徒兩人越走越遠，漸漸消失在李陳莊的羊腸小徑上，隱沒成一個小黑點。

與此同時，陳泉甩鞭趕著牛車，心裡卻是七上八下，因為老東家竟然要他私下通知官府的人，趙燁磊根本沒死，這、這……

陳泉滿臉糾結著，之前趙舉人家也沒做過什麼壞事，都是受了主家牽累，才被抓去華州問斬。趙燁磊與張元禮又是多年同窗兼好友，他實在是有些下不了決心。但是一想到他家中還有三、四個弟弟妹妹，都要靠他在張家這點月銀生活，他就不得不狠下心，老東家可是最記仇了，要是他沒去報官的話，還不把他打個半死，再攆出去！

陳泉想想就心顫，遂深吸了一口清晨有些涼的空氣，揮鞭趕車，加速朝著林遠縣城去了。

陳悠家裡誰也沒想到張大爺會派陳泉做出這樣的事來，所有人都還被蒙在鼓裡。陳悠與唐仲出外診回來，已是傍晚，兩人在路上有說有笑，倒也不怎麼無聊。

等走到村口，進了村，兩人先去一趟李阿婆家，陳悠高興地與李阿婆說了，讓她搬過去與唐仲住的這件事，李阿婆瞪大眼有些不敢置信。

「阿悠，妳說啥？妳要阿婆搬去唐大夫家裡，可……」

「阿婆，妳聽我說，阿公不在了，妳現在眼睛又不好，若是住在唐仲叔家裡，他也能時時照看妳的眼睛，妳沒事的時候，做些飯食給唐仲叔吃，幫他理理藥材，不是挺好的嗎？妳這整日一個人悶在家中，可不是辦法。」陳悠用真誠的雙眼盯著李阿婆。

李阿婆是既感動又猶豫，她伸手捏住陳悠的小手。「阿婆知道，妳這是為了阿婆好，可是妳阿公剛走，妳讓阿婆好好想想可好？」

陳悠也知道凡事不能強求，這院子李阿婆與老李頭住了幾十年，老李頭不在了，李阿婆又怎麼捨得？

陳悠點點頭，給李阿婆看過眼睛，她與唐仲才離開。剛從李阿婆家出來，走了沒多遠，就聽到村中兩個婦人在嚼舌根子。

「人啊，就是這樣，這一有錢，就背信忘義。妳瞧老陳頭家的那個老三，在縣裡開了鋪子，尾巴就翹到天上去了，這欠收的年景，他前頭老爹老娘、兩個親哥哥過得都不好，也不知道幫襯一把，當真是良心都被狗吃了，整日只知道自己吃香喝辣。」

「話不能這麼說，要是妳家有錢了，肯把錢再拿出來給別人？我記得沒錯，你們一家子人也不少吧。人哪，都這樣，大方的畢竟少。要換作是我，我也不給啊，那些人，有一就有二，難道我還要一輩子養著他們不成？」

……

另外一個婦人這麼一說，兩個婦人就都笑起來，反正不是自家的事，她們說說也就是當作八卦笑笑而已。可站在不遠處的陳悠卻聽得臉色難看，村裡人怎麼突然說起她家的壞話了？分明是有人故意傳出來的，能做出這種事的，除了蕭氏還能有誰！

「阿悠，莫要想那麼多，人的忘性總是很大，流言蜚語這種東西，時日一長就不會再有人提起了。」唐仲拍了拍陳悠的肩膀安慰道。

陳悠點點頭，等回到家中，就見到秦長瑞與陶氏正準備去前院。

「爹、娘，你們去幹啥？」陳悠不解地問。

阿梅急忙跑過來，抱住陳悠的手臂，抬頭道：「大姊，大伯娘方才過來，說是嬤嬤和翁翁尋爹娘過去。」

陳悠眉頭一皺，這個時候老陳頭夫妻尋雙親過去怕不是好事，難免不讓她將與之前聽到別人嚼舌根這件事聯繫到一起。

「爹、娘，我與你們一起去。」陳悠放下手中的藥箱，然後又轉頭對阿梅、阿杏道：「阿梅、阿杏將大姊的藥箱拿進去，乖乖待在家中。」

阿杏在一旁將陳悠的藥箱提起來，與阿梅一起乖巧地點頭。

陳悠快步追上陶氏與秦長瑞，秦長瑞拿她沒辦法，揉了揉陳悠軟軟的髮，並沒有阻攔，只是叮囑道：「阿悠，妳畢竟年齡小，到了前院看著就成，萬不要插嘴。」

陳悠道知曉了。

因大房陳永春與陳奇都不在家，只有老二陳易帶著不大的弟弟，再加上二房這邊，陳永賀帶著他們家老大陳良和老二陳順，剩下的便是一屋子女人

陳悠他們到時，一家子都聚在老陳頭家的堂屋中，掃了一眼屋內眾人，曾氏臉色不怎麼好，而白氏則滿面蒼白，嘴唇也緊緊咬著，顯然方才受了老陳頭夫婦的訓話。

蕭氏昂著下巴狠狠瞪了白氏一眼，似是頗為不悅，曾氏黑沈著臉拉過媳婦的手，輕輕拍了拍以示安慰。

等陳悠一家進了堂屋，老陳頭和王氏都朝他們的方向看過來，老陳頭見到秦長瑞一手還牽著陳悠，眉心一皺，更是不快，首先就忍不住了。「老三，大人說話，你將孩子帶來做什麼？」

陳悠沒想到，老陳頭首先就將矛頭指向她，她張了張嘴，想要反駁，秦長瑞朝她看過來，輕輕搖搖頭，陳悠才抿嘴低下頭，將到嗓子眼的話嚥了下去。

陶氏溫柔地笑了笑。「爹說的什麼話，阿悠是我們的大姑娘，家裡的事，都能作得半個主，怎麼不能來，二嫂家的順子不是也在這兒嗎？」

蕭氏聽她這麼說，冷哼了聲。「三弟妹，我看妳是沒瞧明白，我們順子可是男娃，以後也是一家之主，你們家阿悠可是個女娃，養得再好，還不是潑出去的水，怎能相比。」

秦長瑞被蕭氏說得不悅，橫眉冷冷朝她看了一眼，蕭氏頓時感受到一股無形的壓力，壓得她喘不過氣來，本還想反駁陶氏幾句，卻被嚇得縮回脖子，只低頭暗暗在心裡咒罵幾句。

王氏手肘拐了一下老陳頭，朝他使了個眼色，老陳頭哼了一聲，拿著旱煙桿「吧嗒吧嗒」狠狠抽了兩口，撇開了頭。

「都別說了，老二媳婦，偏妳話多！」王氏對蕭氏翻了白眼。

看著三房一家還站著，王氏想著今兒這事，尷尬地咳嗽了兩聲，才道：「永新和阿悠她娘也坐下吧，找你們來也不是什麼要緊的事，就是有件事要與你們商量。」

秦長瑞與陶氏也不與老陳頭夫婦客套，就尋了曾氏這邊的空板凳坐下來。陶氏瞧王氏這態度，便知她今兒是有事求他們夫妻，還定是關於藥膳鋪子的。

夫妻倆坐下後，陳悠站在陶氏身後，王氏幾次朝他們這邊看過來，陶氏與秦長瑞也只當未看見，低著頭。

王氏心裡有些鬱塞，這麼一大家子人在堂屋耗著也不是辦法，既然三房裝傻不問，那也只有她厚著臉皮提出來。

「永新啊，你們雖是把田地賣了，可也知今年的年景，我們家那田實在是沒收到什麼，你大哥、大姪子都不得已出去找活兒做了。這糧食還不夠撐到秋收呢！之前是爹娘不好，冤枉了你們，也不知你們真的在縣裡開了鋪子，聽說你們那鋪子生意挺好。永賀之前也與我說了，想著阿良能去你們鋪子做些活計，說是阿悠她娘給拒了。可你們轉眼就讓阿奇媳婦去鋪子做活，這不是打老二家的臉嗎？手心手背都是肉，我也不能偏著哪一房。」王氏說得好似頗為無奈。

陶氏也不接話，心中卻冷哼了一聲，這件事八成是蕭氏在王氏面前哭訴，否則王氏也拉不下臉說出這番話，因此夫妻倆裝糊塗，也不接話。

陳悠卻被氣得不輕。當初老陳頭可是與他們三房劃清了界線，開鋪子的時候請他們去吃飯也不去，現在卻跳出來要管三房鋪子的事，有些過分了吧！

蕭氏見三房在裝死，氣得擰了擰衣袖，推了自己丈夫一把。

陳永賀瞪了她一眼，見堂屋中沈默著，只好厚著臉皮說道：「三弟，二哥也幫襯過你，咱們好歹也是兄弟，你就不能拉一把？算是二哥求你一次，成不？」

秦長瑞和陶氏可不是這麼容易心軟的人，二房在這兒明擺是演苦肉計，那閒話都傳了半個村，這會兒是逼他們上梁山？

老陳頭瞧三房不動，氣憤地將旱煙桿拍在桌上，發出一聲震天的聲響。「別說老二家的只想找個餬口的活兒幹，就算是向你要幾個錢過活，你都要給！」

頓時，老陳頭話一出，蕭氏的嘴角就翹了起來，她得意地看了曾氏一眼。

秦長瑞夫婦本就不是吃軟怕硬的，即便是占了陳永新與吳氏的身子，對老陳頭二老的孝敬也只是看在原身二人的面子上。實際上，與老陳頭和王氏還真沒有什麼感情，甚至老陳頭夫婦給他們的感覺還沒有大房好。

老陳頭夫婦拋棄了他們三房，若不是看在這身體與他們有血緣關係，以秦長瑞涼薄的性子，十之八九是理也不會理會。

陶氏最討厭別人拿捏自己，前世一直處於高位，現在又怎會這麼容易就在老陳頭夫婦的攻勢下敗陣？

陶氏從座位上站起來，客氣地朝老陳頭與王氏行了一禮，而後帶著淺淺的淡笑道：「爹、娘，若我記得沒錯，當初你們可是說過不管我們三房死活的，也不許哥嫂他們救濟我們。就連小姑大婚的時候，你們都不許我們三房送親，開鋪子時，請你們去吃頓飯，你們也不願意賞臉，這是要和我們三房劃清界線了？當初我們連買糧食的錢都沒有，二哥、二嫂怎麼也不來慰問一下，哪怕是送碗涼粥也是好的。如今我們家生活好了，你們就一個個求上門，怎麼，爹說過的話難道不算話了？這也很難讓我們不多想。」

蕭氏未想到陶氏這般伶牙俐齒，她還以為老陳頭一番威脅後，陳良定能進老三家的鋪子做活呢！陶氏這麼一說，這過錯都落到他們二房頭上。

老陳頭與王氏被說了個沒臉，老倆口沮喪地低下頭。王氏是真心覺得，以前做得有些過分了，而老陳頭只是尷尬，當著兒女的面，陶氏一點面子也不給他，就這麼揭穿他，讓他對這個兒媳更加不喜。

王氏剛要張嘴說話，就被老陳頭給攔住。老陳頭冷哼了一聲，一下子從椅子上站起來，一張曬得又黑又糙的老臉，氣得隱隱透出紅來。「吳氏，妳給老子閉嘴，這兒還輪不到妳說話！」

話音未落，那旱煙桿子就從他手中飛出去，朝陶氏砸過去。誰也未料到老陳頭脾氣竟然這般暴躁，一言不合，就真的動手。一屋子的人都嚇得靜下來，大氣也不敢出。

陳悠驚得瞪大眼睛，想要伸手上去攔阻，可陶氏離她太遠，嚇得一後背虛汗。那旱煙桿不輕，陶氏這身子本就不是頂好，若是被砸到可不是開玩笑的。

就在這電光石火之間，還是秦長瑞反應最快，他飛速起身，一把將陶氏拉到自己身邊，旱煙桿就從陶氏手臂擦了過去，「哐噹」在地上滾了幾圈，撞到桌角。

陶氏被嚇得不輕，她想不到老陳頭會用旱煙桿砸她。

老陳頭這舉動徹底激起秦長瑞的怒火，他赤紅著眼盯著老陳頭，面色猙獰。

陳悠反應過來，連忙去查看陶氏的手臂，初秋衣裳薄，陳悠一碰陶氏的手臂，陶氏就「嘶」了一聲。摸了摸陶氏的手臂，並沒有傷到筋骨，陳悠才吁口氣，估摸著只是被煙桿燙傷了。

老陳頭氣鼓鼓地瞪著秦長瑞，胸口起伏得厲害。王氏也一時被老頭子唬住，回過神連忙拉住他。「老頭子，你幹什麼？要鬧出人命嗎！」

老陳頭一把甩開老伴，指著陶氏罵道：「狐狸精，就是妳讓老三變成這樣，連自家兄弟都不認了，我今兒非打死妳不可！」

這一看老陳頭竟然要動真格，陳永賀也是嚇了一跳，老陳頭的脾氣他們這些兒女都知道，認死理，這是八匹馬也拉不回的，陳永賀也怕鬧出人命，趕緊上去拉住他。

秦長瑞將陶氏護在身後，眸光犀利地看著猙獰的老陳頭，冷聲道：「如今我還尊你們一聲爹娘，可你們捫心自問，之前你們是如何，現今你們又是如何的，別把我們當成以前那般蠢笨好欺，我們現今有的，可都是憑著我們自己的能力賺來，與你們丁點兒關係也沒有。還有這件事與孩子他娘沒關係，你們也早些醒醒，別糊塗到底了，這鋪子是我們開的，事兒也是我們夫妻的事兒，你們年紀大了，手就不要這般長，我們要用誰自是由我們決定，輪不到你們插手。」

秦長瑞是真被氣著了，不然他也不會說出這樣的話來，本來他還想著給老陳頭夫婦點面子，既然他們不要面子，硬是要把他們逼上梁山，那他也不會心軟。

老陳頭怎麼也沒想到，都這個時候，三子一點悔改之意也沒有，還與父母說這樣傷人的話，他險些一口氣喘不上來暈過去，他喘息著大罵「逆子」，王氏也一臉吃驚地瞧著秦長瑞，抖著唇說：「老三，你說什麼？」

秦長瑞站直身軀，冷漠的臉上一點愧疚之意都沒有。「我說，我們的事情我們自有主張，就不煩勞爹娘多拿主意了。」

王氏臉色也變了。「你……你這心裡還有沒有一點孝道，就這般對我們兩個老傢伙說話？他們是你的親兄弟，幫一把能少你塊肉還是能讓你少活十年？你這個畜生！」

「嬤嬤，您只說我們家的不是，您怎麼不打聽打聽村裡那些難聽的謠言是誰放出來的？」陳悠終於看不下去了，反駁道。

聽到陳悠提起這件事，蕭氏立馬就炸毛了，她指著陳悠怒罵道：「臭丫頭，妳不要誣衊人！」

陳悠諷刺又好笑地瞥了她一眼。「二伯娘，我說了那些謠言是您傳出去的嗎？」

蕭氏頓時語塞，臉氣得通紅。她這般當真是此地無銀三百兩。

老陳頭見這一家子還這般盛氣凌人，火氣是越來越壓不住，早將二房要安插人去陳悠家鋪子的事情給拋到一邊去了，怒吼道：「好好好，既然你們說不拿我一分一毫，你們都給老子搬出後面小院，老子給你們的東西，你們一樣也別想帶走！都滾！滾！」

老陳頭完全失去理智，此時秦長瑞夫婦也不想多待，秦長瑞與陳悠兩人一人一邊攙扶著陶氏，連聲招呼也不打，就轉身出了前院。

蕭氏朝三房幾人的背影張張嘴，懊悔不已，這事怎麼變成這樣，這可不是她要的結果，她還要將阿良安排到老三家的鋪子偷師呢！這還沒說幾句，就談崩了……

曾氏朝兒媳使了個眼色，白氏點了點頭，曾氏輕聲說了句，就帶著大房的小輩離開了。

陳永賀立在老陳頭身後。「爹，那阿良……」

「什麼阿良，都給老子滾！老子誰也不想看見。」說完習慣性地抬起右手想猛吸一口旱煙，才發現旱煙桿早被他砸了出去。

陳永賀吃了癟，也知道現在不是和他爹說話的時候，遂拉著蕭氏走了，蕭氏還不肯，被陳永賀硬是拖了出去。

堂屋中就只剩下老倆口，王氏無力地坐到板凳上，兩人都冷靜了一會兒，王氏也反應過來，今兒這鬧得，全不能都怪在三房頭上，他們自己夫妻倆頭先也理虧。

「都怪你，你想把誰砸死，你乾脆先把我砸死得了，讓我樂得清靜。」王氏朝老陳頭抱怨道。

老陳頭冷靜後回想，總算緩回些勁，可他恨著陶氏，並不後悔方才那麼做。

王氏哀嘆一聲。「怎麼，你還真要老三家的搬走？也不怕村裡人戳你脊梁骨？」

老陳頭最愛面子，如今後悔說了這句話，不過又拉不下臉來，難道還要他求著他們留下來不成？

「這個畜生，早就該攆走，眼不見為淨！」老陳頭撂下這句話，就氣呼呼地進了隔壁的臥室。

陳悠一家三口回了後頭小院，阿梅、阿杏見陶氏還是帶著傷回來的，嚇得迎過來，忍不住問是怎麼了。

趙燁磊站在一邊也是滿臉擔心。

陳悠朝兩個小包子使了個眼色，讓她們不要問了，爹娘此時心情不好。

阿梅、阿杏很乖巧，只是湊在陶氏身邊，關心地瞧著她，不再開口。

扶著陶氏坐到堂屋，陳悠急忙讓阿梅去將她的藥箱拿來，她自己則去取了溫水擰了濕帕子，給陶氏處理手臂上的燒傷，只擦到了一塊，不嚴重，上了藥，不用半月就能痊癒了。

陳悠有些擔心地問道：「爹娘，我們到底要不要搬？」

這房子他們才修繕過不久，小院裡還有她與兩個小包子種的菜，現下都能吃了，另還有她種的幾棵海棠樹。

一時若真要搬走，陳悠還真是捨不得。

兩個小包子和趙燁磊都被陳悠一句話說得愣住，怎地好好的，為什麼要搬走？到底前院發生了什麼事？

秦長瑞眼睛微瞇瞧著門外，深目中一抹堅定又危險的光芒劃過，出口的話絲毫不帶猶豫。「搬！」

陳悠怎麼也沒想到秦長瑞會這麼堅決，她怔了一下，隨即同意地點頭。

老陳頭就是個拎不清的，他們如果不搬離李陳莊，遲早有一天要被二房拖累。現下鬧成這樣也好，趁這個機會將這關係都斷乾淨，以後等他們搬走，只逢年過節送些東西回來便是。

陶氏摸了摸陳悠的頭，秦長瑞見趙燁磊和兩個小包子都還是滿臉愕然，便將在前院的事情大致說了。說完後，他又接著道：「今晚我就去縣裡尋尋看有沒有合適的院子，我們先賃下一座，緊著搬過去，而後再慢慢尋合適的。」

開店這半個月來，一家人手上也攢了些銀子，賃下一個小院還是綽綽有餘。

秦長瑞是個雷厲風行的人，當晚他就去林遠縣城，為了搬家，他們家的藥膳鋪子還歇業了兩日。

第二十八章

這邊縣城裡，陳泉總算進了城門，天熱得不行，他趕著牛車，渾身濕透，先將一些東西送回鋪子裡，連水都沒喝，就趕去縣衙。

縣衙臨近縣學，就在林遠縣城南邊，大熱天的，縣衙門口就一個站崗的衙役。恢弘的縣衙門楣讓陳泉還沒告狀就先腿軟，他在縣衙門口轉來轉去，還是下不了決心進去報官，他抓耳撓腮，時不時糾結地朝威嚴的縣衙門口瞥一眼。

他這般奇怪的動作，終於引了那站崗衙役的注意，走了過來。

這酷熱天站崗已經夠苦逼了，還瞧見一個人在縣衙門口猶豫不決，心裡真是不痛快。他走到陳泉身邊吼道：「你這小子，在縣衙門口做什麼？有事報官，沒事回家避暑去，別老在這裡瞎轉悠，轉得我眼花。」

陳泉一個哆嗦，急忙賠笑道：「這位官差，我有事……」

「有事就進衙門，找師爺給你備案錄，縣老爺自會處理。」

陳泉還是有些猶豫不決，怯怯地瞧了眼前威武的衙役一眼，忐忑道：「我還沒想好，先回家好好想想再來。」

衙役也是被這個小夥計給氣得半死，天熱，脾氣又躁，衙役就不快地攆人。「要想回家想去，別待這兒礙眼，快走！」

陳泉嚇得腿軟，後退了幾步，掉頭就要跑開，背後卻一聲帶著笑的高喊。「小兄弟，有什麼冤屈說來給我聽聽，說不定我能給你作主呢？」

這說話聲帶著調侃，哪裡像是正經官身的人說出來的，陳泉心裡更加恐懼，懊悔來縣衙了。

在他後悔時，夏定波帶著幾個出去巡邏的官差已經走到他面前。

夏定波是衙門裡的捕頭，站崗的小衙役自是不敢說他，也就裝作未看見，站回衙門口了。

陳泉長年在林遠縣張家的糧鋪裡，對夏定波當然熟悉，這就是個霸王，林遠縣一霸！他頓覺今日這事恐怕要不好。

「我說是誰呢，這不是張家米糧鋪子的小夥計嗎？怎麼跑到我們縣衙來了？」其中一個官差調侃道。

「夏……夏爺，還……還有各位爺好！」陳泉都要哭出來了，怎偏生這個時候遇到這幾個霸王。

其中一個官差手一伸，摟了陳泉的脖子，就將他拖到縣衙門前不遠處的一棵大榕樹下。

「哥兒幾個正無聊呢，小夥計來與咱們說說你是為了啥事到縣衙，你看咱們老大也在這裡，若是你說的事情合咱們老大的心意，老大給你在縣老爺面前提一提，說不定你來衙門求的這件事就好辦了。」這幾個官差膀大腰圓的，一隻手臂都有陳泉一隻腿粗，陳泉又膽小怕事，哪裡敢與他們反駁，偷偷抬頭瞥了眼夏定波，然後又嚇得飛快低下頭去。

夏定波盯著他似笑非笑，大熱天的都要寒到人的骨頭裡去。

陳泉咬了咬牙，反正是老東家派他來報官的，這裡外報官也沒甚區別，再說夏定波還是個捕頭，若他知道了這事，定會與縣老爺說的。

陳泉在這兒自欺欺人，他不說的話，這幾個衙役定是不會放過自己了，只好低聲道：「夏爺也知道以前咱們縣裡的趙舉人吧？」

夏定波擰眉，然後不耐地點頭，不明白這張家糧鋪的夥計怎麼提到趙舉人了。

「趙舉人家中的大公子以前就在縣學裡讀書，模樣長得好，可惜就是個病秧子……」

陳泉在這裡絮絮叨叨，與此同時，今日休沐的張元禮也沒回李陳莊，陪著幾個同窗去縣裡的書坊尋幾本書，縣學離衙門不遠，去書坊又要走臨著衙門的這條路，正與同窗說話間，眼角就瞥見一個熟悉的身影。

張元禮奇怪地抬頭看過去，這日光明晃晃的，他一眼就認出在夏定波面前唯唯諾諾的陳泉。

夏定波的名聲在老百姓口中可不好，張元禮一愣，與同窗說了句稍等，就快步走過去。

「阿泉，你怎麼在這裡？」張元禮畢竟是受過良好教育的，這一聲說得頗有氣勢。他年紀比陳泉小，若是旁人不在，他會喚一句「小泉哥」，可這個時候明顯不適合這麼叫。

他這一聲喊就打斷陳泉那邊說話，又因老東家早就叮囑他，這件事萬不能讓少爺知道，他嘴巴就閉得更緊了。

聽到張元禮的聲音，陳泉下意識住嘴了，夏定波眉頭一皺。

張元禮朝夏定波和他幾個屬下行了一禮，叫了一聲「夏捕頭」，就劈頭蓋臉朝陳泉大罵了一通。「阿泉，鋪子裡還有一攤事呢，你就跑到這裡來渾水摸魚，方才我路過鋪子，六婆都朝我抱怨了，說你最近老躲懶！」

夏定波見張元禮一本正經地教訓起家裡的夥計，眉頭擰了起來。

「還愣著幹麼，跟我回去，阿泉你還想讓夏捕頭陪你在這裡曬太陽？」

陳泉被張元禮劈頭蓋臉說懵了，見張元禮朝他偷偷眨了眨眼睛，這時候才微微回過神，趕緊道了一聲「是」。

張元禮轉身朝夏定波行了一禮。「夏捕頭，我們不打擾了，這就先回了。」

夏定波張張嘴，只能揮手叫他們走了。旁邊的官差不甘地抬頭瞧了夏定波一眼。「老大，就這麼讓他們走了？」

「不走還能怎麼著？」夏定波猛瞪了手下一眼，心中卻在想著旁的事。

林遠縣的縣老爺經常會與縣學裡的王先生吃飯，偶爾他也去陪過幾次。這吃喝時，聊著聊著也就聊到縣學的學子頭上。

縣老爺是舉人出生，又是清貧的家世，在林遠縣這窮鄉僻壤已經連任兩屆，一屆五載，已有十餘年，其實按照他的政績升個一、兩級著實沒問題，可上峰不看重他，就是不給他升遷，縣老爺也是鬱悶得緊。

一來二去難免與王先生倒苦水，一個是才華橫溢卻屢考不中的教學先生、一個是鬱鬱不得志的小官，共同話題實在是多，時日一長，王先生就與縣老爺成了好友。

來往的次數多了，王先生也會時常在縣老爺面前提他那些學生，王先生常說的學生有兩個，其一就是趙舉人的獨子趙燁磊，其二就是張家張元禮。若是以後這兩個少年人能一朝入得官場，說不定林遠縣這小地方的縣令也能跟著提拔。

所以縣老爺對王先生常說的兩個學子也很關心，當初趙燁磊一家被抓，縣老爺還可惜來著。

方才張元禮過來將陳泉帶走，他不是不能阻攔，可顧著縣老爺的面子，他不好為難張元禮，再說，如果張元禮以後真飛黃騰達了，那他今日要是為難他，不就給自己埋下了苦果？夏定波雖然是個土霸王，可他不笨，不然也不會年紀輕輕做到捕頭這個位置，還頗得縣老爺看重。

那問話的官差尷尬地低頭撓了撓後腦勺，夏定波瞥了他一眼。

幾人午後的巡查結束後，外面越來越熱，都急匆匆進縣衙避暑去了。

夏定波在縣衙後院的小花園轉了一圈。他不是個蠢笨的人，將這事放在腦中一想，就覺察出其中的蹊蹺來。

當時張元禮來的時候陳泉才說一半，還未提到趙燁磊的去處，可是這張家米糧鋪子的小夥計為什麼平白無故提到趙舉人，又特別談起趙燁磊？

夏定波眉頭緊蹙，當時上頭下了命令，他也跟著華州來的官兵一起去趙府，不過那時，人不是他們抓的，後來又隱約聽說去華州的路上出了什麼事，弄得一陣騷亂。他還特意去縣老爺那裡打聽一番，卻莫名其妙被縣老爺罵了回去。

現在想來，恐怕是因為趙舉人家的事……難道說是趙家半路有人逃脫了？

推測到這裡，夏定波渾身一震，滿目興奮的光芒。這可是個立功的好時候，如果他能將趙燁磊拿住，或許他就能升得更快了，沒準兒還能越過縣老爺入到華州的府衙。這麼一想，夏定波就有些興奮，當即就琢磨著明日定要找張家糧鋪的小夥計詳細問問。

而張元禮領著陳泉走在街上，奇怪地看了陳泉一眼，陳泉被他瞧得心虛，低頭走路一直不敢抬眼。

張元禮更覺得納悶，眉頭一蹙，停下腳步，陳泉一個沒注意就要撞上，他急忙煞住腳步。「少爺，你怎麼了？」

張元禮背著手，盯著陳泉，也不像平時那樣客氣地喚他「小泉哥」了。「阿泉，你剛才與夏定波說了什麼？」

陳泉苦著臉雙眼四處瞟了一下，低聲道：「少爺，我……我沒說什麼，我只是打衙門口路過，就被夏定波攔著問……問話了。」

他這一臉不自在的表情，張元禮根本就不信他。

「阿泉，我沒記錯，我們家的鋪子不在縣城南邊，你去衙門口做什麼？」

被張元禮一語道破，陳泉更是心虛害怕，可想到老東家的話，他急忙將嘴巴閉得緊緊的，而後又哭喪著臉求道：「少爺，求您別問了，我也是迫不得已，您就饒了阿泉這一回，下次再也不敢了。」

張元禮緊緊盯著陳泉，眸子裡一絲不忍閃過，在他小時候，陳泉就在他們家做工了，那時候他還只有八、九歲，每天就要早起做許多活兒。有時不小心早上睡過了，還要被家裡的婆子打罵。後來他長大了些，被祖父派到鋪子做活，日子才好過了些。張元禮同情心頓起，也不捨再逼問他，遂嘆了口氣。

「小泉哥，我雖小你兩歲，有些事我還是要提醒你，不管做什麼事，都先在腦中好好想想，夏定波不是個好惹的人，你以後莫要再與他接觸了。小泉哥好自為之吧！」

說完，張元禮就轉身離開，朝著在街道旁邊一家小鋪子等著他的同窗去了。

陳泉用袖子抹了抹額頭上滲出的汗珠，長吁了口氣，默默地將要報官這件事給壓下去。少爺說得對，這夏定波可是個渾球，與其被老東家打罵，他也不要摻和到夏定波的事情上。

陳泉這般天真地想，卻不曉得夏定波早已盯上他了。

自從開了藥膳鋪子，通過孫老闆，秦長瑞在林遠縣的人脈也漸漸廣了起來，加上他天生就是交際好手，這次在縣城中租賃院子的事辦得很快，用了不到一日的時間。

那院子是孫老闆一個遠房親戚家的，因房主要回老家奔喪，加上守孝怕是要空出一年來，便將院子託付給孫老闆，交代他若是有信任的人便可租出去，沒有也就空那兒，也不差那幾個錢。

正巧秦長瑞問到這件事，孫老闆便想起來，當即拿鑰匙去開了院子給秦長瑞看。這小院在林遠縣城的柳樹胡同，一個一進的小院，房間卻不少，住陳悠一家綽綽有餘。院裡還種著幾棵石榴樹，這時候正開著火紅小花，給這小院增色不少。隔著石榴樹不遠有一塊小菜園，因多日沒人打理，草早已蓋過了蔬菜。

這小院原主人家重要的東西都帶走了，留下的一些箱子物什都被統一鎖在西面一個小房間裡，家具倒都是現成的，陳悠一家要是搬來，直接就能住下。

孫老闆說這院子空著也是空著，房子不住人，久了就沒人氣，對宅子風水不好，所以這親戚才委託他找妥當人家租出去，也不圖個多少錢，一個月給個五百文就成。

這價格確實算得上公道，若是想找與這條件差不多又租金便宜的也不是沒有，但沒有柳樹胡同這個院子地方好，而且家具都能直接用，並不需要他們怎麼打理，因此他們一家只要搬進來，打掃一番即可。而且柳樹胡同離他們家的藥膳鋪子只要一刻多鐘的時間，以後早晚開鋪子也就輕省許多。

院子很快就定下來，孫老闆與秦長瑞也是熟人了，當即就將院子的鑰匙給他，兩人又立下字據。

孫老闆倒是驚奇秦長瑞竟然還認得字，他有些好奇地盯著秦長瑞，彷彿發現了新大陸。「陳兄弟，你認得字？」

秦長瑞一點也不尷尬，他自然地笑了笑。「這出來開鋪子做生意，不識字可不行，學了幾個月，也只是識得，卻一時還寫不來。」

孫老闆滿臉佩服，像秦長瑞這樣馬上就要三十而立的人還這麼上進，他還真是沒見過幾個。「陳兄弟這想法好，在外頭做生意，難免就要算個帳、寫個字據什麼的，要是自己大字不識一個，回頭被誰誆騙了都不知。陳兄弟先學著，回頭要是有什麼不明白的，可以問老哥哥我，老哥哥雖然學問也不怎麼樣，可是幾個字還是不成問題的。」

秦長瑞自然是客氣地道謝，心裡卻好笑地搖頭，前世，他學富五車，現在也只能從一個白丁做起。

在回李陳莊之前，秦長瑞去車馬市訂了兩輛馬車，說好明日一早去他們家拉東西，這才腳步匆匆地回去。

他到家時，陶氏已經帶著陳悠和兩個小包子將家裡的東西收拾得差不多。雖說他們現在日子要比幾個月前好過多了，可也沒有什麼家底，只是一些舊衣裳、被褥之類的，還有陳悠堆放在家中的一些藥材，籠統也不過三個木箱子。

當天陳悠將他們要搬去林遠縣的消息分別告訴了唐仲和李阿婆。

李阿婆已經想明白了，同意去唐仲家中住一陣子，陳悠很高興。

去唐仲家中說這件事時，唐仲倒是因這事驚了一下，他想了想說：「你們搬去縣城也是好事，家裡開著鋪子，這麼兩頭跑總不是事，現在天氣還好，早晚也不是那麼熱，若是等到寒冬，這每日走到林遠縣就要將人累個半死。」

陳悠也是這麼覺得，只是如果她搬去林遠縣，再跟著唐仲出去外診、學醫術那就不方便了。

唐仲見她皺眉，幾乎是立刻猜到她的心思，唐仲往自己空了的杯子瞟了一眼，陳悠會意過來，連忙替他添了一杯茶水。

「看來我也要將開鋪子的事撿起來了，其實那鋪面早就定好了，等這個月忙完，我就去打理藥鋪開張的事。」

陳悠聞言一喜。「唐仲叔，您那鋪面在哪兒，怎麼從來沒與我說過？」

「就在孫記布莊的對面，我原先想著明年開春再弄這事，可眼下既然你們也要搬走，我一人待這裡也沒甚意思，倒不如快些將藥鋪開起來。」唐仲邊說邊笑咪咪地喝茶。

陳悠心情頓時好起來，也有了心思開玩笑。「唐仲叔以後的藥鋪開起來，那趙大夫可就要關門了。」

唐仲哼了一聲。「那姓趙的藥鋪子早就該歇了！阿悠啊，以後師傅可就要天天去妳家鋪子蹭飯了。」

陳悠就知道他還惦記她做的吃食。「成，唐仲叔到時候想吃多少都成。」

唐仲這個時候擺起架子來。「那不成，旁人做的我可是不吃的。」

陳悠搗著嘴笑起來。「只要唐仲叔來，我就親自下廚。」

唐仲才滿意地點頭。

這邊陶氏也將他們要搬家的消息連夜告訴曾氏，說了在縣城裡柳樹胡同租賃了個小院，以後白氏來鋪子做活，也能歇在他們那兒。

曾氏被他們要搬家的消息震得渾身僵住，她嚥了口口水，吃驚道：「三弟妹，爹娘只是說氣話，你們真要搬？」

陶氏雲淡風輕地笑了笑。「大嫂，妳也知道，爹娘瞧我們不順眼不是一日、兩日了，與其在村子裡整日聽人閒話遭人嫌，還不如住得遠遠的。我們也不是搬到千里之外，下次妳來縣裡，先去鋪子裡尋我，我再帶妳去我們住的院子瞧瞧。再說了，村子裡我們也沒個田地，又在縣城裡做生意，整日來回跑，這精力都浪費在趕路上。就算爹娘不逼咱們，咱們也遲早要搬出去，現在更好，如了爹娘的意。」

曾氏聽後沈默片刻，也明白老陳頭夫婦這陣子對三房實在是太苛刻了。她嘆了口氣，道：「三弟妹要不去知會爹娘一聲？」

陶氏搖搖頭。「爹娘如今是恨不得一輩子見不到我，我也不去他們面前惹人嫌了，大嫂幫我們說一聲吧。」

曾氏點點頭。「縣城裡生活也不容易，妳與三弟都小心些。」

陶氏謝過曾氏提點，便回家去了。

翌日，東方才泛起魚肚白，陳悠一家就搬了東西，坐著馬車離開李陳莊，前往林遠縣。

等到老陳頭夫婦得知陳悠一家搬走的消息，後院已是「人去樓空」。

老陳頭目眥盡裂。「你說什麼？老三一家搬走了？好啊！翅膀硬了，以後我就當沒有這個兒子！你們也不許與他們家走動，海棠也休想再去他們家鋪子！」

旁邊蕭氏早晨出來倒水，就聽見老陳頭發火，瞪大眼睛，驚詫地嘀咕道：「三房還真搬走了？」

隨即，她就想到小竹林後三房住的小院，之前陳悠家可是專門修繕過，如今那屋子可比前院還要結實寬敞些呢！

蕭氏的眼睛轉了幾圈，就急忙進屋尋當家的了。

秦長瑞雇的馬車駛入柳樹胡同，左鄰右舍都還未晨起。趙燁磊率先進了院子，兩個車夫都是老實人，還幫著將一家人的行李搬進小院。

這前前後後忙了不到兩刻鐘，秦長瑞補齊了車錢，謝過兩個車夫，一家人關上院門收拾東西，這一刻，才感受到前所未有的安逸。

兩個小包子忙得特別起勁，院門關著，趙燁磊也能出院子走動了。他拉著陳懷敏，幫秦長瑞將箱子和一些家具抬進屋裡，陶氏則帶著陳悠和阿梅、阿杏去收拾廚房和打掃房間。

小院子朝南，中間的做堂屋，秦長瑞夫婦住下左邊，陶氏作主讓趙燁磊和陳懷敏住在其右。為了不讓人起疑心，她將趙燁磊與陳懷敏安排在一個房間，替趙燁磊掩護。陳懷敏這小毛頭也十分樂意與阿磊哥哥住一起，直扯著他的衣裳跟前跟後。

這回陶氏沒讓阿梅、阿杏跟陳悠一起住，東邊的兩間屋子，一間陳悠住，一間阿梅、阿杏住。剩下西邊的三間房，留一間做客房。若是白氏來也能有地方歇，還有兩間就用來放雜物和藥材。

廚房在靠著圍牆的一間小屋內，院中還有一口老井，一家人吃水澆菜都方便。

陶氏帶著孩子們在院子裡走了一圈。

午後，孫大姑娘買了些糕點、糖餃子來陳悠家中，恭賀喬遷之喜，陶氏與陳悠便留她在家中吃了頓午飯。

大半日，小院就收拾好了，陶氏讓秦長瑞去買幾包糖來，她帶著兩個小包子親自去拜訪鄰里，而秦長瑞與陳悠則去鋪子裡準備明日營業的食材。

晚間，張元禮下學，見陳悠家鋪面雖未營業，門卻開了一半，他急忙走過去，先與秦長瑞打了一聲招呼，就笑咪咪地問陳悠在不在。

秦長瑞瞥眼看了眼前少年郎，眼眸深處一道光芒閃過。「張少爺，你尋我家阿悠做什麼？」

張元禮結結巴巴，心中那理由就是不好意思說出來。此時，陳悠恰好端著一小筐藥材路過，張元禮立馬喊道：「阿悠！」

陳悠擰眉轉頭看他，也不知道從什麼時候起，張元禮對她的稱呼就從「陳家妹子」變成「阿悠」，她與他有這麼熟嗎？

秦長瑞陰著臉，瞪了張元禮一眼，站在櫃檯後繼續算帳。

張元禮鬆了口氣，急忙追在陳悠身後，低聲問道：「你們家怎麼這幾日鋪子沒開門？」

陳悠邊做事邊隨便搭理他兩句。「忙著搬家。」

「啥？你們搬家了？搬到哪裡？」

「縣城。」

「你們搬到縣城來住？簡直太好了，怎麼不事先通知我？」

「通知你有什麼用？」

張元禮想到自己連半袋大米也扛不動，瞬間就沒話說了，想了許久，他又有了底氣。

「我可以帶著小泉哥去你們家幫忙。」

見陳悠白了他一眼，張元禮覺得有些尷尬。「阿悠，你們家搬到哪裡了？我以後可以去你們家玩嗎？」

「不可以。」陳悠將消毒過的碗盤放好。

「阿悠，那妳告訴我阿磊怎麼樣，我與王先生都很想念他。」

陳悠冷冷笑了笑，這個張元禮終於說出此行的目的。

陳悠冷著臉盯著張元禮。「張少爺，你如果覺得我們家照顧不好趙燁磊，那你與王先生怎麼不收留他？」

張元禮整張臉都脹得通紅，羞愧地張了張嘴，又抿起嘴唇。陳悠說得沒錯，既然別人大發善心收留趙燁磊，他還有什麼資格來管別人。

「沒事了吧？恕不遠送。」陳悠轉身就進了廚房，連一個眼神也不給張元禮留下。

此時天色已經有些漆黑，正是鋪子打烊的時候，張元禮離開陳悠家沒一會兒，就被叫住了。「少爺、少爺！」

張元禮回過神，視線朝聲源的方向看過去，叫住他的是米糧鋪子的另一個夥計鄭奎。

鄭奎喘息著跑到他的面前。「少爺，真是您，我還想著去縣學裡尋您呢，快些跟我回趟鋪子，阿泉出事了！」

「什麼？」張元禮也顧不得與鄭奎說話，急忙回自家鋪子。

只見陳泉坐在大堂中，鼻青臉腫，一張臉都被打得變形了。

張元禮見了一驚。「小泉哥，你這是怎麼了？」

陳泉心虛得不敢看張元禮，說話支支吾吾，鄭奎看不得他這副被打了還唯唯諾諾的樣子，嘴巴一快，前前後後將事情一下都說了。

「少爺，今日午後，我與阿泉在鋪子做生意，衙門裡那個霸王夏定波就找上門，問阿泉什麼趙燁磊……對了，那趙燁磊不是少爺您以前的同窗、趙舉人家的大公子嗎？阿泉不肯說，夏定波就帶著幾個官差手下，將阿泉打了一頓。那幾個人都人高馬大，我也不敢上來幫忙。後來阿泉才不清不楚的說什麼趙燁磊沒死，可趙舉人一家不是都被帶到華州了？阿泉想要再說，就被夏定波帶走了，等他們將阿泉送回來，阿泉就傷成了這樣。」

陳泉越聽眼睛瞪得越大，哪裡想到鄭奎會將事情一股腦兒地告訴張元禮，他此時受傷，攔都攔不住，只能裝死地低著頭，看都不敢看張元禮一眼。

張元禮震驚地瞪著陳泉。「阿泉，是誰與你說趙燁磊沒死的？」

陳泉瑟縮了一下，他怎麼敢承認他是因為跟蹤少爺才發現趙燁磊。張元禮過兩年若是不走仕途，張家的家業還不是由少爺繼承，以後張元禮就是這米糧鋪子的主子，他怎麼敢得罪未來的東家。

張元禮這是真怒了，他才去見了趙燁磊一回，而陳家三叔將趙燁磊藏在家中，除了他與王先生根本就沒有旁人知道。陳家人不會蠢到自己露出馬腳，而王先生更是不可能，陳泉若知道趙燁磊沒死只可能與自己有關，張元禮幾乎是立即就想到自己那次偷偷溜回李陳莊那件事。

他咬了咬牙，狠狠瞪著陳泉，然後對著鄭奎道：「阿奎你將店門關上，然後去後院給阿泉煎藥。」

鄭奎很機靈，知道這是少爺要將自己支開，有話單獨要問陳泉。鄭奎麻利地關了門，就去後院煎藥了。

張元禮在大堂找了張椅子坐下。「阿泉，到這個時候你還不說實話？」

陳泉嚇得渾身都在顫抖，他突然絕望地朝張元禮跪下來，沙啞著嗓子泣不成聲道：「少爺、少爺，我都說，只求您不要趕我走，我幾個弟弟妹妹還要靠我養活！」

張元禮根本不理他，將頭撇到一旁。陳泉帶著傷給張元禮磕頭，額頭磕在地磚上，發出「砰砰」的聲響。

張元禮到底還是心腸軟。「行了，別磕了，將這事與我說清楚！」

到這個地步，陳泉也不敢再有什麼隱瞞，將事情前前後後交代清楚，只不過還是將張大爺讓他報官給隱瞞下來。這一老一少的東家，得罪了誰都不好過，若是少爺因為這件事與老東家鬧得不愉快，夾在中間的炮灰可就是他。

張元禮越聽眼睛睜得越大，最後簡直不敢相信，他指著陳泉說不出話來，後來他一甩袖子，氣道：「阿泉，你好自為之吧！」

話畢，就快步離開米糧鋪子，鄭奎隱約聽見前堂沒了聲音，才敢過來。他瞧見陳泉頹喪地癱在地上，唬了一跳，連忙過去扶他。「阿泉，這是怎麼了，少爺人呢？」

陳泉雙眼空洞，眼淚鼻涕一把，流了滿臉，聽到鄭奎的聲音也不說話，整個人好像瞬間被人抽去靈魂。

張元禮心急火燎地出了鋪子後，腦中一團亂麻，他像是無頭蒼蠅一樣，大晚上在街道上急得團團轉，突然他腦中靈光一閃，又疾步朝縣學去了。他得先將這事情告訴王先生，看能有什麼法子。

第二日一早，還滿地露水，秦長瑞夫妻與陳悠就來開藥膳鋪子的門，剛到門前，便隱約見到兩個削瘦的身影站在鋪子門口。

陶氏和陳悠都嚇了一跳，秦長瑞連忙擋在她們母女身前，擰眉質問道：「前面是誰？」

到底是張元禮眼尖，急忙答道：「陳家三叔，是我，張元禮，還有縣學裡的王先生。」

秦長瑞放下警惕，朝鋪子門面走過去。

陶氏與陳悠將門打開，又在鋪子裡點燈籠。秦長瑞深深看了他們一眼，才將二人請進來。

陳悠朝陶氏點點頭，將大門關上。秦長瑞已經請兩人坐下來。「不知二位這時候來我們鋪子是為了何事？」

眼前這兩人同時來，秦長瑞心裡已經隱隱猜到恐怕與趙燁磊有關。

陶氏端來藥茶，給幾人面前一人放一杯，就帶著陳悠在桌邊坐下。

王先生從唐仲那兒知道，秦長瑞家的這個閨女有些不同，家裡的什麼事情都不瞞著她，倒也沒有要將陳悠趕走的意思。只是張元禮見陳悠還在這裡皺了皺眉，王先生朝張元禮微微搖搖頭，張元禮才低頭沈默下來。

「陳家兄弟，想必你也猜到我們來是為了誰，阿磊有危險！」王先生開門見山道。

秦長瑞眉峰一攏，一道犀利的目光掃向張元禮，張元禮被他看得後背都沁出一層冷汗。

「阿磊在我家中，我從未讓他出過紕漏，他怎會有危險？」秦長瑞的話嚴肅中帶著責怪和質問，直將王先生也問得愧疚起來。

王老先生哀嘆了一聲。「這次卻都是我與元禮不謹慎，埋下了禍患。」

陳悠臉色也難看起來，她不快地瞪了一眼張元禮。

秦長瑞沒有說話，只是看著面前的一老一少。

王先生有些吃驚，今日不管是秦長瑞遇事的冷靜和睿智，還是他通身散發的氣場，讓他怎麼看都不像是個農家漢子。若不是那雙明顯是種過田的粗手，他都有些懷疑，他是哪個世家出來的貴公子。

咳了咳，掩蓋掉臉上的尷尬，王先生仔細地將張元禮告知他的細節複述一遍，陶氏聽得也有些吃驚。

秦長瑞即便是怪罪張元禮將趙燁磊的行蹤敗露，但此時也不是埋怨人的時候。

「陳家兄弟，我昨晚想了一夜，也沒想出個什麼好法子來，你若是相信我這個老頭子，便先讓阿磊去我家暫避一陣子，如何？」

陳悠也陷入深思，王老先生這法子雖能解燃眉之急，可根本就治標不治本，夏定波得了這個消息，一時半會兒又怎麼會善罷甘休，他若是今兒在他們家尋不到趙燁磊，很快就會找到王先生家裡。他帶著那幾個手下雷厲風行，說不準他就會往哪兒突擊，趙燁磊除非不在林遠縣，不然，在哪兒都不安全！

秦長瑞搖搖頭。「不行，若是夏定波昨日就知道這個消息，恐怕今日我們連城門都出不了。」

王先生的家不在林遠縣城內，而是在離林遠縣城外不遠的一個村莊裡，此時去根本就來不及。

秦長瑞想得沒錯，夏定波一從陳泉口中逼出話來後，就心急火燎地帶著手下趕去李陳莊，到了陳悠家門前，才從鄰里口中打聽到陳悠一家搬走了。因秦長瑞帶著家人走得匆忙，都沒人知道他們家搬去哪裡。

幾個官差跑了一趟白路，罵了幾句爹，只好認命地返回。

等回了林遠縣城，天早已黑了，夏定波也不好讓手下們值夜班，只叮囑看守城門的兩個兵丁，在他第二天早上來之前，萬不要放人出去。這會兒城門還沒開，趙燁磊壓根兒就出不去。

王老先生滿臉嚴肅和懊惱，他活了這一大把年紀，如今竟然連救愛徒的辦法都想不出來，只能求助地詢問秦長瑞。「那陳家兄弟，你看怎樣妥當？」

陶氏的眉頭微微皺著，她忽然偏頭在秦長瑞的耳邊耳語幾句，秦長瑞朝陶氏點點頭。

陳悠離得近，聽到陶氏說的話，她也贊同這麼做，斬草要除根。只有從根本上解決夏定波這個禍害，他們才不會受到威脅。

王先生與張元禮都用一種奇妙又驚奇的眼神盯著他們一家，這時候，兩人竟都感覺陳悠一家三口好似與旁人有些許不同。

秦長瑞突然問道：「王先生，你與縣老爺的關係如何？」

王老先生想不明白秦長瑞怎麼突然問到縣老爺，這思維跳躍性也太強了，他們這不是在商量如何救趙燁磊嗎？

雖然王先生不知秦長瑞問這個是何意，但還是從善如流地答了。

「最近幾年，我與縣老爺關係倒是越漸親密，如今，幾乎是無話不談的老友了。」

秦長瑞點點頭，緊皺的眉心才微微地舒展了些。

「那不知道王先生可否為我引薦縣老爺？」

「這自是沒有問題，只是這與阿磊有何關係？」

「王先生不用擔心，只要我見了縣老爺自有辦法。」

見秦長瑞這般成竹在胸的樣子，王先生雖然有些不信，可這個時候他也想不出旁的法子。

「那陳家兄弟什麼時候要見縣老爺？」

「自然是越快越好。」

「成，我這就回縣學派人去給縣老爺送封信，到時便把他約在你家這藥膳鋪子的後院裡。」

秦長瑞自然沒什麼異議。

兩人從藥膳鋪子出來，張元禮擔憂地拉了下先生的衣袖。「先生，我怎麼覺得陳家三叔有些不靠譜。」

王先生瞪了他一眼。「說什麼胡話！阿磊在他們家，要是被官差發現，第一個倒楣就是他家，窩藏朝廷死囚可不是個輕罪，就算陳家兄弟再不靠譜，他也不會拿一家人的性命開玩笑。」

張元禮才無話反駁。

王先生抬頭瞧了一眼從東方昇起的驕陽，撫了撫花白的鬍鬚。「元禮，我卻覺得這陳家兄弟不一般，你與阿磊都是我門下學子，阿磊雖身子不好，卻真是個出類拔萃的孩子，若是沒有這大難，連中三元，也不是不可能。這陳永新誰不相中，偏偏相中了他，這心思、這膽識，可不是誰都能有的。單憑這點，以後陳家三房發達也不足為奇。元禮，你年紀還小，萬不可與陳家交惡，說不定，到時你還要陳家提拔一把。」

張元禮雖然面上恭謹認真地聽著，可並沒有將王先生的話聽進心裡去。

王先生見他面上絲毫都不動容，嘆口氣，搖了搖頭，他再怎麼點撥，鑽進死胡同裡的人，他也拉不出來。

一回到縣學，王先生就寫了封信讓縣學裡打雜的小夥子送到薛府，薛府是縣老爺的府邸，就在城西，王先生又使了些銀錢，所以信送得很快。

信放在縣老爺的案頭時，恰好縣老爺進了書房取信件，頭一封就見了這信。想著王先生一貫都是慢悠悠的，怎麼這次突然這般急，也不敢耽擱，讓管家備了軟轎就去陳悠家的藥膳鋪子。

等薛老爺才剛在院子坐下，王先生就帶著秦長瑞進了院子。薛老爺去年過五十大壽，今年已經五十一了，可他卻仍然一頭青絲，只除了臉上有些皺紋外，瞧起來甚至像是四十出頭的人。

薛老爺中舉後，等了十年才補林遠縣令這個缺，而後又在這縣令位置上耗了十來年，即便是這樣，薛老爺仍然癡迷於仕途，從未想過放棄。所以每每與王先生吐苦水，同樣，他對自己這官位在乎不已，想升遷的願望也是愈加強烈。

薛老爺瞧見王先生還帶了一個人來有些意外。

「老王，這是？」

王先生笑起來，將秦長瑞引薦給薛老爺。

幾人一直在後院商談足足一個多時辰，薛老爺出門時，臉色難看，秦長瑞與王先生則掩不住臉上的喜意，兩人將薛老爺送到門口，已快要臨近午時了。

很快地，就從王先生口中得知夏定波的消息。夏定波被縣老爺降職，提上來的這個新捕頭，素日與他不對盤，日後他的日子怕就不好過了。

這也不能全怪秦長瑞使的計謀，夏定波本就仗著衙門的身分在林遠縣為非作歹，攬了不知多少虧心銀子。即便是捕頭，說白了也只是個衙役，根本就沒有官階，縣老爺那是看好他才給他這臉面，他竟還想著越過縣老爺將這事捅到華州去。

秦長瑞只在這方面幾句撩撥，立馬就讓薛老爺拿了打壓夏定波的主意。夏定波就是一隻餵不飽的白眼狼，他現在靠著薛老爺，等到他高升了，根本不會記得他一分一毫的好處，這種人要是還重用，那就是養虎為患！

加上趙家主家這事犯得不明不白，上頭早就將這案子結了，這時候又翻出來，還只是為了一個微末的旁支，到時候真捅到華州那兒，薛老爺的上峰難免不會怪罪。那時候，就不是夏定波不好過了，嚴重些就會是薛老爺丟了官，這些理由還都只是催化劑，真正的強心針可是趙燁磊。

先前王先生就多次與薛老爺提到他這個聰慧的學生。薛老爺多年不能升官，若是趙燁磊真的能有所成，那提拔薛老爺自是不在話下，這也是為自己鋪了另一條光明大道。只因這薛老爺實在是太想升官了，可他家世又擺在那兒，沒有靠山，就算是向上峰表太多「心意」，也只是打水漂。

如今，他這麼維護趙燁磊也可謂是死馬當活馬醫了。幸而上面就沒怎麼在意趙家旁支，落逃了一、兩人倒也沒人來追究，這才讓秦長瑞成功勸服薛老爺，因薛老爺有心想要幫趙燁磊鋪平仕途，還偷偷命人將趙燁磊的戶口落在陳永新名下，成為陳永新的養子。

所幸趙燁磊現在才十六歲，男孩發育本來就遲些，他如今的五官還未長開，等幾年過後，估計真是沒有人能將趙燁磊與趙舉人家的長子聯繫在一起了。

夏定波這事一鬧，竟是解決趙燁磊的後顧之憂，倒是讓陳悠一家由悲轉喜。而夏定波自己卻不知道到底是哪兒得罪了縣老爺，原本還想升總捕頭的，現在卻淪落成普通的衙役，他鬱卒不已，有心想要詢問縣老爺原因，卻總被擋在門外，連縣老爺的面都見不著。

蕭氏為了竹林後陳悠家的小院又與老陳頭吵起來了，一大家子鬧得雞犬不寧。曾氏早就看清家中的形勢，她是不會再聽老陳頭夫婦的話與三房疏遠的。她親自將白氏送到陳悠家的藥膳鋪子，又因家中最近吵鬧不堪，她心疼媳婦，就拜託陶氏，讓白氏在他們家住下來。

陶氏與白氏開鋪子早出晚歸，倒也不影響趙燁磊白日裡在院中活動。

藥膳鋪子開張又加上搬家，陶氏娘家那邊倒是都知道。趙氏與老吳頭每回逢集都要來陳悠家中看看，老倆口見大女兒家越過越好，也都打心眼裡為他們高興。

自從陳悠將藥膳手藝教給白氏之後，她就閒了下來，也有空與唐仲出外診，這麼忙活小半月下來，陳悠終於迎來藥田空間升級這日。如今，她一人睡一間屋子，倒不用像以前那般小心了。

等一家歇下後，她熄了房間內的油燈，鎖好門，默唸靈語，就進入了藥田空間。她一出現在藥田空間裡，迎頭飄在虛空中由微光組成的大字，就告訴她藥田空間升到了凡級五品！

這次藥田空間的升級，竟然讓空間有了質的飛躍。那一望無垠的大湖中竟然生長許多水生藥材，臨近的一片藥田也被種滿了，在湖岸邊多了幾塊不規則的藥田。

藥田上方有銀白微光組成的字體「自生藥田」四個大字。陳悠雙眼放光地盯著眼前大大小小一共五塊「自生藥田」，想著當初聽說過「自生藥田」的解釋，陳悠簡直感覺眼前五塊小藥田裡面長的就是黃金。「自生藥田」便是字面意思，你想要它長什麼，它就能自生什麼的牛逼藥田！

幻想整片藥田長滿野山參的樣子，陳悠就覺得雖然平日裡這個空間坑爹了點，可是也有好的時候，陳悠迫不及待地想要試試這自生藥田的威力了！她快步跑到藥田旁邊往那兒一站，怎麼使用自生藥田的方法就已經浮現在腦海中。

陳悠壓抑住往上翹起的嘴角，想著自生藥田中長滿野山參的模樣，冥想結束，她充滿期待地睜開雙眼。

眼前的景象險些驚掉她的下巴，面前的自生藥田與她閉眼冥想前沒有絲毫不同。光禿禿、黑色肥沃的泥土覆蓋在上面，連根草都沒長……

這是逗她呢！說好的自生藥田，說好的長滿整個藥田的野山參呢？

陳悠反覆試了幾次，結果與第一次無異，她覺得自己又一次被藥田空間坑爹的升級給欺騙了，這破空間是在玩弄她吧！陳悠氣憤得想掉頭就走，可是想著藥膳鋪子，只好按捺下心中的失望和不快，再一次回到自生藥田旁。

她深吸了一口氣，在心中冥想著平時裡做藥膳需要的一些常用藥材，等她再睜眼，眼前的五塊自生藥田已經全部長滿！

藥田空間上方還有微光組成的提示語句。「恭喜閣下第一次使用初級自生藥田成功，此藥田五日為限，五日內只可使用一次，且使用的次數不能堆疊！」

陳悠反覆將這行字看了許多遍，才按住額頭，嘴角不住抽搐。

「初級」兩個字狠狠地扎著她的眼，當初升級條件說得好不誘人，原來給的只是「初級自生藥田」，也就是說這個自生藥田也要升級？

現在的自生藥田不但不能長出高級藥材，而且使用期限是五日一次……並且你若是隔了五日沒用，這次的次數便作廢了，連累積都不能累積。

陳悠有種迎風流淚的衝動，這自生藥田還能再雞肋一點嗎？唯一的作用便是給藥膳鋪子提供藥材了……

藥田空間這次的升級給她的失望絕對不比第三次升級的時候少。果然，想要靠這個藥田空間永遠都靠不住。陳悠發洩似的將藥田空間中成熟的藥草採摘處理完後，就氣哼哼地躺在床上睡覺了。

在陳悠酣睡時，她用紅繩掛在脖子上的藥田空間戒指卻突然白光一閃，瞬間消失了，脖頸上變得空空蕩蕩。

第二日一早，陳悠從睡夢中醒來，下意識伸手朝自己脖子上摸去，這是她每日醒來的習慣性動作，可是在摸到脖子上光滑一片，什麼都沒有時，陳悠原本還睡眼惺忪，一瞬間，整個人被嚇得異常清醒。

她驚恐地從床上跳起來，小臉頓時慘白，一把將自己的衣襟拉開，雙手滲出冷汗，顫抖地摸著自己的胸口和脖子，沒有……真的什麼也沒有！

幾乎是頃刻之間，萬千個猜想一下子從陳悠的腦中湧出來，她蒼白著臉，只覺得腦疼。似乎是突然想到什麼，陳悠跪在床上，一把將被子掀開，仔仔細細在床上摸索著，不放過每個小縫隙，甚至被子都被她拆開，房間所有的角落都被她找了一遍，但還是沒有……

陳悠絕望地一屁股坐在床邊，渾身好像失去力氣，藥田空間竟然不見了！前世發生的種種激烈畫面再次浮現在腦海裡，猶如纏繞不去的夢魘。

陳悠整張臉難看不已，腦中充斥的都是前世記憶的碎片、男子陰狠的聲音；昔日的愛戀寵愛化為泡影，被一個個無情戳破，只餘為了利益的猙獰面目和陰沈聲線，它們猶如魔音不斷地在腦中重播。

步步緊逼，那些猶如尖刀一般的話語，那衝過來奪藥田空間戒指的有力雙手，那緊緊扼住她咽喉、爆著青筋的手掌……

陳悠覺得自己就要窒息得透不過氣來，她撐著床沿，額頭上滲出一層細密的冷汗，臉色也蒼白得嚇人，彷彿將前世的可怕情境又體驗了一遍，整個人猶如死裡逃生。

等到陳悠穩下自己的心神，找回一絲理智時，她便將昨晚到早晨的事情仔細想了一遍。

門窗都好好的，而且連與她相當親密的陶氏都不知道她脖子裡的衣襟下藏著一枚戒指。這般一想，根本就沒有被別人發現並且拿走的可能。

陳悠一雙淡眉緊擰了起來，她將床鋪整理一番，又檢查了一遍，仍是沒有，可是好好戴在她脖子上的東西怎麼一夜過去就不翼而飛了？

下了床，陳悠去椅子上拿衣服，一低頭，眼角餘光卻瞥到一抹鮮紅。

陳悠急忙舉起桌上的銅鏡對著自己脖頸照起來。因方才的慌亂，讓她的裡衣有些散開，透過銅鏡可以清楚看到自己的左邊鎖骨下有一塊紅色的圖案——是個蓮花形狀的紋路，並不大，只有拇指指甲蓋的大小，可她身體之前根本就沒有過這樣的圖案。

隨即她腦中又有念頭一閃，那前世被她套在手上、摩挲過多次的藥田空間戒指，上面的紋路可不就是蓮花形狀？

陳悠一喜，帶著忐忑默唸一次靈語，果然，她已經身在藥田空間中。原來一切都是虛驚一場，藥田空間根本就沒有消失！只是為什麼會變成類似紋身的東西直接附著在自己的皮膚上？

陳悠雖然感覺奇怪，可是旁的都沒有變化，她也就沒有追根究柢了。其實，藥田空間變成這樣反而對她更有利，若是像前世一般只是一枚古樸精緻的戒指，指不定什麼時候她一不小心就會被人盯上，前世不就是這般嗎？

陳悠離開藥田空間在房間中略坐一會兒平復心情才出去，陶氏與白氏已經收拾好了，秦長瑞將她們送到藥膳鋪子，才轉身出門辦事。

唐仲這些日子開始著手忙活起藥鋪的事情來，李阿婆家裡的田地也佃出去了，便幫著唐仲忙活。這要準備的事著實不少，唐仲的藥鋪從裝修到開張足足用了將近兩個月的時間。

藥鋪名叫「保定堂」，唐仲說這是他師傅以前開的藥鋪名字，他就延用下來。這處門面要比陳悠家裡的藥膳鋪子大上許多，後頭是個兩進的院子，前院做診室，後院恰好可以住人，也不用另外賃院子了。李阿婆跟著搬來縣城，與孫大姑娘離得近，陳悠也日日在唐仲藥鋪裡幫忙。

自唐仲的保定堂開張後，百藥堂的生意就慢慢慘澹了。後來，不到半年，趙大夫就關了藥鋪，將門面給賣出去，原本的百藥堂成了一家鐵匠鋪。

卻說等到秋收，陳永春帶著陳奇回來，兩人雖未賺多少錢，可起碼一家老小溫飽不成問題。蕭氏看在眼裡，在家中埋怨陳永賀，陳永賀一氣之下打了蕭氏一巴掌，緊接著夫妻關係就越鬧越僵。聽曾氏說，二房夫妻倆都開始分房睡了。

老陳頭到底還是沒將陳悠他們家住的小院給二房，自從陳悠一家搬走後，竹林後的小院就空置了下來。

陳秋月每回見家人都憔悴不已，不過吳任平也未像新婚時那般虐待她，讓陳秋月保住了一條命。當陳秋月回娘家時都不想再回去，卻又被吳任平給打罵回去，王氏再心疼女兒也沒辦法，嫁出去的女兒潑出去的水，只要吳任平不同意，陳秋月就休想擺脫吳家。

第二十九章

時光猶如白駒過隙，一轉眼，就已經過了四年。

寒風冷冽的清晨，皚皚白雪覆蓋了渭水兩岸。白茫茫的江面上一條客船穿行其間，船夫在船頭打起了號子，粗狂的長嘯聲在渭水兩岸散開，讓人感受到寒冬清晨的靜謐。

從船尾走出來一個看著有十四、五歲的少女，對襟淺紫色的長襖，淡粉色裙，外罩著一條鑲了雪白兔毛的鵝黃色披風，一頭烏髮只簡單綰了個斜髻，上頭插一根樣式再簡單不過的銀簪。

少女從袖口裡伸出一雙白嫩的小手，哈了口氣，搓了搓，拿起水瓢在流動的江水裡舀了一瓢水倒進瓦罐中，便小心捧著瓦罐進了船艙。

過了大半日，客船才進入華州地界，船夫小心地將船撐到碼頭邊，卻瞧見碼頭圍了一大群人，吵吵鬧鬧的。

船夫眉頭一皺，急忙進去稟報。「大小姐，碼頭那兒都是人，像是發生了什麼事。」

裡面隨即一個清冷的女聲傳來。「阿魚哥，你去瞧瞧發生了什麼事？」

被喚作阿魚的漢子將撐竿交給另一個少年，就兩三下踩著別人的船跳上了岸，不一會兒，阿魚就回來了，他在船艙外回話。「回大小姐，碼頭上躺著一個漢子，剛被人從江裡撈上來，大冬天的，在江水裡泡得太久，好像是不行了。」

少女一把掀開船艙擋風的厚氈布簾子，從裡頭快步走出來，雙眼裡是璀璨的光亮，整張鮮妍美麗的小臉因為這件事添了一股鮮活。

「阿魚哥，快讓阿力哥把船靠岸，你去拿我的藥箱，我親自去看看。」

阿魚頭疼地摀住眼睛。就知道大小姐會這樣，這兩年也不知道怎麼了，大小姐是越來越癡迷於醫病救人。他想勸，可是眼前少女早已回船艙裡取麻布外罩了。

等阿力將船停泊到碼頭不遠處，阿魚還苦苦跟在後頭勸說。「大小姐，我方才聽人說那漢子已沒了氣息，沒救了，您這時候去也沒用。」

可是阿魚的話絲毫不起作用，少女早已率先撥開人群。阿魚整張臉都皺成了一團，這次回去肯定又要被東家罵死了！

這迫不及待跑進人群救人的少女便是陳悠，四年過去，已經讓她從一個削瘦乾癟的小女娃長成一個窈窕嬌俏的少女。

她費力擠進人群，果然見一個二十出頭的壯漢躺在碼頭上，渾身濕透，嘴唇泛著不自然的青紫。陳悠索利地將麻布外罩套在身上，捏向那壯漢的手腕。

脈搏緩慢，寒氣凝滯，淤堵在經脈之中，乃是遲脈之象。幸好還留有一息，還不至於無藥可救。

「阿魚哥，藥箱拿來！」

候在旁邊的阿魚連忙將藥箱放在陳悠身邊。旁邊圍觀的人都開始紛紛議論起來，對著陳悠指指點點。

「這小姑娘是大夫？」

「我瞧著小姑娘穿著也不錯，別是個沒學兩年、醫術不精的，這要是把人治死了可怎麼辦！」

還有些人好心提醒陳悠，這漢子本就要死了，如果沒搶救過來，小心他家裡人將責任推到她身上。

陳悠根本未聽這些人的話，將一顆藥丸餵進那壯漢的口中，然後取出銀針，迅速地找準穴位，下針又快又準，等一套針行完，陳悠才長吁了口氣。

陳悠將銀針收起來，放入藥箱中，隨後不到一刻鐘的時間，那壯漢就緩緩轉醒，有了些許意識。陳悠將外面罩著的麻布外罩蓋在那壯漢身上，轉頭對阿魚說道：「把他送去保定堂。」

阿魚無奈地應了一聲，將藥箱遞給旁邊的阿力，揹起那壯漢就朝保定堂的方向去了。誰也沒想到這突然冒出來的少女竟真的救了人，圍觀人群俱是滿臉的驚訝和讚嘆。

陳悠帶著兩個夥計一會兒就消失在碼頭，人群也慢慢散了，這時候一個年輕人轉身快步朝著不遠處停在角落的馬車走去。

年輕人左右看了兩眼，確定這地方很隱蔽後，才開口。「主子，我們去遲了，阿南被人帶走了。」

「怎麼回事？」外表看來與一般馬車無二的車廂裡傳來男子低沈磁性的聲線。

「屬下趕到時，方想帶阿南走，人群中就衝出一個少女，那少女醫術了得，兩三下就將阿南救醒，還將阿南帶去保定堂。」年輕人微微躬身恭敬道。

馬車內好一會兒沒有聲音傳出來，正當年輕人想詢問時，聲音又響起。「阿北，你去查查這救人的少女是誰，與保定堂是什麼關係，另外讓阿東派人盯著李霏煙，這次小心些！若是再露出馬腳，讓阿東提頭來見。」

年輕人臉色一白，應了一聲，兩三步就混到人群裡。

等年輕人走後，須臾，馬車內的聲音又一次響起。「白起，去保定堂！」

陳悠回到保定堂，就將這半路救回來的壯漢給安置在保定堂的診室裡，讓藥鋪裡的夥計照顧著，然後她又親自配了藥方交給夥計，這才去後院。

今日賈天靜要過來，唐仲早就囑託過她，要早些從林遠縣趕過來，這天色都要黑了，在路上救人又耽誤了一陣子，怕是要挨罵。

前兩年，陳悠家的藥膳鋪子就開到華州，許是華州也是第一次有人做這門生意，生意愈加紅火起來，不到一年，又在華州開了分鋪。如今，她們家的藥膳鋪子已經有了四家，一家開得比一家大，為適應華州，甚至其中還有一家藥膳鋪子是專門接待高檔的顧客。可即便是這樣，華州的這家百味館都要提前一個月預定。

陳悠家的藥膳鋪子一開到華州，唐仲就著手在華州開了家保定堂。林遠縣畢竟人少，做許多事情都不方便，唐仲前兩年就已搬到華州，李阿婆也跟著搬了過來。

一家人手頭有了餘錢，在準備華州的百味館開張之前，就在華州買了宅子。

那時，秦長瑞帶著趙燁磊與陳悠一起先搬了過去。四年過去，如今趙燁磊已經弱冠之齡，前兩年他就通過童生試，只是怕身分揭露，所以上屆鄉試並未參加。而明年又是三年一考之際，他十年磨一劍，這次定是不會錯過。

張元禮已經是舉人身分，只是會試時，並未脫穎而出獲得殿試機會，不過即便這樣，王先生見張元禮第一次參加鄉試便中舉，也老懷安慰。

林遠縣的孫大姑娘嫁到華州，夫家也是開布莊的，是孫老闆做生意時遇到的一個年輕小夥子，他們家鋪子就在華州的東街上。孫老闆因不捨女兒，將林遠縣的布莊賣了，也跟著來到華州，開了一家成衣鋪子。

只是成婚幾年，孫大姑娘都未有身孕，陳悠不擅此道，最後還是賈天靜出手，開了個方子，吃了半年，才得了一個寶貝兒子。到如今，孫大姑娘家的小子才半歲不到。

陳悠從前堂走到後院堂屋，腦中竟是這些年發生的不大不小的事，直到瞧見了坐在堂屋的唐仲與賈天靜，她才甩開腦中的思緒，快步過去。

「路上又救人了？怎麼這會兒才到？」賈天靜笑著上下打量她。

陳悠經常在林遠縣與華州之間來回跑，賈天靜有時候一、兩個月才能見她一次。

唐仲瞪了她一眼。「妳靜姨等妳許久了。」

陳悠急忙朝兩人行了禮，就坐到賈天靜的身邊。「這次是阿悠不好，下次一定會守時的，靜姨就原諒我一次吧！」

賈天靜無奈地搖頭，她是擅長婦科的女醫，師傅是宮中的「婦科聖手」劉太醫，她今年過完年便三十歲了。陳悠第一次見到賈天靜時，就覺得她與唐仲甚是般配，只是兩人雖是好友，卻一直都沒有進展，覺得頗為可惜。

賈天靜嗔怪地點她的鼻頭。因唐仲的關係，陳悠這幾年與賈天靜也學了不少醫術，說賈天靜也是她的師傅也不為過。

「這次什麼時候再回去？」賈天靜喝了口藥茶問道。

陳悠搖頭。「暫且不回去了，過一個多月就要過年了，爹娘這邊鋪子和家裡的事都忙不過來，我要幫襯著些。另外，年節的時候，保定堂裡的夥計們要休息，藥鋪沒人照顧，我也得顧著。」

賈天靜瞪她。「小小年紀就是個勞碌命，妳師傅的藥鋪自有他自己照料，妳跟著摻和什麼勁，若是不回林遠縣了，這幾日先隨我去我的醫館，有個病患特殊，讓妳去見見世面。」

被吐槽的唐仲狀似沒聽見，還在一旁雲淡風輕地喝茶，陳悠嘴角抽了抽，要是將藥鋪交給唐仲，還不如直接關門實在。他有時沈迷於研製方子，好幾天都一個人關在後院的藥房裡，還得李阿婆催他吃飯才行。這幾年，保定堂如果不是她看著，早就倒閉了。

「行，靜姨，一會兒我就收拾幾件衣裳跟著您去。」

「天靜，妳又把我徒弟拐跑了。」唐仲頗為哀怨地說。

「阿悠當時就不應該拜你為師，瞧你整日只會搗鼓藥方，還會做什麼？」

兩人好友多年，互損起來自也不手軟，直吵得面紅耳赤。

賈天靜這才停下來，正經道：「你那麻沸散研究得怎樣了，我最近有個手術，恰好要用到。」

提到麻沸散，唐仲就有些得意，這幾年他一直在研究這東西，經過無數次的失敗，終於皇天不負苦心人，新方子有了些效果，雖然沒有達到預期，不過已經算是不小的突破了。

如今賈天靜問起，他自是不會瞞著老友。「算妳走運，麻沸散正好小有成效，一會兒妳們走時，我讓阿悠帶上。對了，華州惠民藥局的事妳要怎麼辦？」

因為賈天靜的師傅是宮中的劉太醫，上頭指定讓她當華州惠民藥局的藥令，可是劉太醫給她修書一封，將惠民藥局藥令的其中利害都分析予她，信末又委婉地說了，讓她儘量不要插手惠民藥局的事。

可是上頭的命令下來，又豈是這麼好推託的？所以賈天靜如今也只能拖著，能拖一日是一日。朝廷在各地開設惠民藥局的告示四年前就下來了，但直到如今，惠民藥局才設到州，這般拖沓不得不讓人多想。

光瞧劉太醫這口氣，恐怕惠民藥局的水深得不行。說白了，他們就幾個小角色，畢生願望就是治病救人，這些朝廷方面的勾心鬥角他們要是能不摻和就不摻和的好。

「先拖著吧，總能拖到年後，到時候我再寫信問問師傅，看他還有沒有什麼法子。」

陳悠與唐仲都點頭，目前也只能這樣做了。她向賈天靜告了一會兒假，要回家一趟，順便收拾些要用的衣服物品，她從林遠縣回來還沒打家門口過呢！

賈天靜揮手讓她快去快回。

陳悠剛出門就見阿魚已經備好馬車，在外頭等著了。見陳悠從保定堂出來，阿魚迎上去道：「大小姐，剛剛家裡來人尋妳回去呢！」

「知曉了，爹娘在家中還是在鋪子裡？」

「都在永定巷的鋪子裡。」

「那咱們先去永定巷，再回家。」

阿魚繃著的一張臉終於露出些許微笑。

載著陳悠的馬車一離開，就從保定堂旁邊閃出一個人影。

「主子，人已經走了。」

「派人將阿南接回去，你與我一起跟著這個少女。」

「是。」

等到低沈磁性聲線的男子上了馬車，路人們也只匆匆瞥見他衣袍的一角。

陳悠回林遠縣打理家中的生意一個來月，與阿梅、阿杏和陳懷敏都是隔了許久沒見，此時離家越近，反而愈加想念，她忍不住道：「阿魚哥，將馬車趕得快些。」

阿魚笑話她。「大小姐，怎麼，妳在碼頭的時候不急，這不馬上就到了，還反倒急上了。」

陳悠在車廂裡白了他一眼。

阿魚將馬車停在百味館門口，馬車簾就被陳悠掀開了，她看到候在門口時不時張望的阿梅。

阿梅轉身也瞧見她，連忙迎上來。「大姊，妳可回來了！阿梅、阿杏想死妳了！下次去林遠縣，一定要帶上我們。」

陳悠摸了摸阿梅的小髮髻。「都這麼大了，還黏人！」

阿梅和阿杏已經十一歲，小丫頭抽了條，身量纖瘦，一張與陳悠有四、五分相似的小臉水靈漂亮。這幾年，陳悠要幫襯著家裡，兩個小包子跟著她的時間反而變少了，大部分都是由陶氏帶著，可是兩個小傢伙還是一如既往最信賴她，這讓她心中既欣喜又內疚。

阿梅抱著大姊的手臂，兩姊妹一起進了百味館。坐在前堂櫃檯前的卻不是永定巷百味館的掌櫃，而是趙燁磊。

趙燁磊也一早知道陳悠今日回來，臉上有著壓也壓不住的喜氣，他從櫃檯後繞出來，如今的趙燁磊完全脫去當年那副病弱美少年的模樣。除了臉部輪廓還有當年的影子外，其他的連渾身氣質都與四年前不同了。

一身寶藍色的暗花長衫，更襯出他高瘦的身材，說話間帶著溫柔的笑意，明顯是一枚大暖男。陳悠著意幫他哮喘調理了幾年，如今已經是很少發作了。他瞧著陳悠的眼睛帶了一絲不同尋常的光亮，整個人的氣質更加暖意融融。

「阿悠，快些進去，叔嬸可等急了。」

「阿磊哥哥，你怎麼今日也來鋪子了？」

「快年關了，阿磊哥哥來鋪子裡幫爹爹盤帳。」阿梅在一旁解釋。

趙燁磊朝阿梅眨了眨眼，然後又笑著朝陳悠點頭，幾人才一起進去。

永定巷的百味館後院是三進的院子，陶氏就候在後院。

等陳悠幾人進了後院，一直在暗處隱蔽監視的馬車才駛出來。

「主子，他們都進去了。」

「我們也下車去看看。」

趕車的下屬連忙跳下車，掀開車簾，車廂裡的男子索利地從車上跳下來，龍行虎步地朝百味館去了。

剛走到門口，就被一個小夥計給攔住，小夥計笑呵呵地客氣道：「這位少爺，請出示您的預約信函。」

而方從二樓房間出來的秦長瑞不小心瞥眼瞧見百味館門口站著的男子時，渾身的血液幾乎瞬間停止流動。視線中男子的樣貌與記憶中的重疊，然後又像是刀尖用力在記憶裡鐫刻了一遍——濃眉深目，稜角分明的精緻五官，那與他九分相似的薄唇，不是征兒還會是誰！

秦長瑞死死盯著樓下的年輕男子，眼眶竟然不知不覺微微發紅，可是不一會兒，秦長瑞就擰起眉頭，秦征除了與上一世的外貌分毫無差之外，給人的感覺卻完全是另一種樣子：只見他眉心輕蹙，臉色陰沈，瞧人的目光犀利又敏銳，就像是隻蟄伏已久的豹子，根本與前世秦征的瀟灑豪爽判若兩人！

秦長瑞前一刻還喜悅萬分的一顆心像是墜入了冰窟，他連忙閃身回到房間內。

當秦長瑞剛進入房間，一道銳利的視線就朝秦長瑞剛剛站的地方掃了過去。

秦征眉間一緊，方才分明感受到一股熱切的視線正在打量他，怎麼突然就不見了？

百味館的小夥計見眼前這位穿著頗華貴的公子沒有反應，好心地解釋起來。「公子，若您真想要吃藥膳，可以去城東或是城西的百味館，都是我們東家開的藥膳館子，藥膳都是一個味兒，在哪兒吃都一樣。咱這家百味館分號想進來卻是要提前預定的，就連知州大人也不例外。」

小夥計在說話時，已有個管家模樣的人將一封信函遞上，隨後便從百味館裡出來兩個夥計，忙著將馬車內的貴客扶下來，又將馬車趕到偏院。

秦征上下打量了這小夥計一眼，小夥計顯然是見過頗多像他這類想要闖進百味館的客人，嘴上雖然客氣，臉上卻帶著一股疏離的微笑。

白起瞥見有些生氣，上前一步就要與那小夥計吵起來，卻被秦征抬手攔住。

「既然這樣，我們就告辭了。」秦征單手負在身後，上了馬車。

白起坐在對面，臉色不大好看。「世子爺，一家小小的藥膳館子就這麼大牌，看來這華州是該好好管管！」

秦征微微掀開車簾，又瞧了百味館的門面一眼，這家藥膳館子位置偏僻，永定巷裡幾乎都是住家，開得如此低調，生意卻又如此之好，想讓他不注意也難。

「白起，回頭告訴阿北，命人將百味館也好好查一遍，三日後，把所有相關資料都放在我案頭。」

「是，世子爺，那我們現在去哪兒？回府衙嗎？」

「去西街百味館。」秦征放下車簾淡淡道。

白起嘴角抽了抽，主子這是盯上這家藥膳館子了，他總有一種有人要倒楣的感覺。

而在房間中的秦長瑞卻撐著桌面，雙手緊緊捏著桌角，指節青白突顯，彷彿這樣就能將心中的抑鬱和不敢置信給發洩出來。他一把將桌上的茶盞用力掃落，茶盞滾落在地毯上，留下一灘茶漬。

深吸一口氣，秦長瑞坐了下來，他臉色是從未有過的灰敗，眼底竟然流露出一股讓人膽顫的殺機，方才突然盤旋在腦中的那個想法，一時讓他喘不過氣來，彷彿在你最高興的時候，一盆涼水兜頭而下，直將你澆個透心涼。若不是秦長瑞千真萬確經歷過這事，他怎麼也不會出現這種猜測。

剛才親眼見到他與陶氏的獨子秦征，發現他與前世判若兩人的性格，讓他一時不得不懷疑他也被換了內裡！

這個念頭一閃現，就像是纏繞著他的惡魔，怎麼甩也甩不掉，原本激動振奮的重逢，竟然頃刻間轉化為噩夢。原本他還想著與陶氏說這個好消息，可是他這樣一懷疑，卻一點想法也沒有了。

秦長瑞疲憊地揉了揉眉心，一閉上眼睛，就是秦征在他們夫妻手中從小長到大的情景。若秦征真的不是本人，他與陶氏又要怎麼看待他，怎麼去面對占了兒子軀殼的這個陌生人？他們努力這麼久，他布置的這一切似乎都成了天大的笑話。

這是秦長瑞重生在陳永新身上後，覺得最無望、最不知所措的一日。

他悶頭坐在桌旁，臉色慘白得嚇人，陳悠一推門進來，瞧見的就是這樣的秦長瑞。從來在他們面前都是強大自信的樣子，此時卻似個歷經滄桑的老者，渾身都是歲月刻下的痕跡。

陳悠嚇了一跳，又瞥眼瞧見地上滾落的茶盞和地毯上的茶漬，她立即跑到秦長瑞身邊。

「爹，您是怎麼了，可是哪裡不舒服？我給您號號脈？」

秦長瑞也沒想到陳悠這個時間會進來，被陳悠一打岔，他臉色倒是好了許多，朝陳悠搖搖手，勉強笑了笑。「阿悠回來啦，爹沒事。」

陳悠顯然不相信秦長瑞的話，狼藉的房間、他難看的臉色，要說沒事就有鬼了。秦長瑞雖然對外強勢，有時做事也透著股狠勁，可是對家裡人卻是溫柔的，他從未在孩子們面前發過火，甚至連失態的時候都很少。

陳悠哪裡肯聽秦長瑞的話，強硬地給秦長瑞號脈，他除了有些心緒不穩外，卻真是沒什麼大礙。她放下秦長瑞的手臂，又看了他一眼。「爹，您為了什麼事生氣？是鋪子的事？」

秦長瑞與陶氏幾乎沒有事情瞞著陳悠，可是關於秦征，他們卻無從開口。秦長瑞難得掩飾地乾咳了兩下，才看向陳悠。「正是為了在慶陽府開鋪子的事，怎麼，阿悠可有什麼主意？」

陳悠眉頭微皺，總覺得秦長瑞說的話有些不實，可又找不出其中的破綻。不過提到在慶陽府開藥膳鋪子，陳悠卻是有些排斥。幾年前，那張設立惠民藥局的告示至今讓她忐忑在心，她下意識不想秦長瑞夫婦壯大家業，接近大魏的首都建康。

這幾年華州開分鋪，她已經不大願意出主意，一切經營都是秦長瑞與陶氏作主。她在唐仲的保定堂裡龜縮了兩年，只是每季忙時，她才會回鋪子幫忙。現在阿梅、阿杏也長大了，陶氏將她們教導得很好，兩個小傢伙也能做藥膳鋪子的二把手，所以她就更放開來了。

陳悠雖是這麼想，可也覺得這個想法不大現實，秦長瑞夫妻一看就是個不甘平凡的，加上趙燁磊身上還有那樣的冤仇，他這幾年閉門苦讀，可不就是為了一飛沖天，她總不能還攔著趙燁磊吧！

這麼一想，陳悠就覺得頭疼，以前是千方百計，為了溫飽努力，現今連自甘平庸，身邊的人也不讓，想著法子把你拖下水，讓你立到人前，她真無奈極了。

秦長瑞瞧見大閨女眼中一閃而逝的無奈和懊惱，讓他覺得很奇怪，他嘴上雖不說，可他與陶氏最看重的就是這三個女兒。

陳懷敏雖然最小，得到的關注卻遠遠少於陳悠。

前兩年，秦長瑞就發現陳悠對家中鋪子漸漸減少關心，可他想不明白，陳悠為何會這樣？一般普通的孩子，不都是家中的生意越好越高興嗎？

秦長瑞決定將陳悠的這個情況好好地與陶氏商量。

「爹，我都兩年多未管鋪子的事，手都生了，哪裡還記得這些。爹，您作主吧！到時候，要是需要新式的藥膳，我再與唐仲叔商量。」陳悠打了個哈哈，把事情揭過去，眼睛卻不自在地四處亂瞟。

「成，回頭我再與妳娘說，這次回來就莫要再往外頭跑了，在家裡好好陪陪我和妳娘，還有阿梅、阿杏和懷敏。」

陳悠抱著秦長瑞的胳膊不好意思地笑了笑。「爹，我與靜姨說好了，要去她的醫館待幾天，等從靜姨那兒回來了，我就好好在家中陪你們過個年，好不好？」

秦長瑞一聽她這麼說，頓時臉就板起來，把手臂從陳悠的臂彎中抽出來，臉撇到一邊。

陳悠就知道爹娘聽到她這麼說肯定會生氣，討好地坐到秦長瑞的另一邊，撒嬌道：「爹，靜姨說她那裡有個特殊的病患，要讓我去見見世面，我保證五日之內就回家，這次絕不食言！」

秦長瑞冷哼了一聲。「妳的話能相信就有鬼了，罷了，這次去時帶上阿魚，如果五日之內不回來，我便讓妳娘親自去尋妳，看妳是不是還好意思。妳年紀也不小了，等年後就讓妳娘給妳相一門好親事。」

一提到婚事，陳悠整張臉都僵硬起來。「爹，我還小，還想在家裡陪你和娘幾年，況且阿梅、阿杏還沒長大呢！」

秦長瑞斜睨了她一眼。「若是不想訂親，年後便看妳的表現吧！」

陳悠頓時想要哀嚎，秦長瑞的眼睛真毒，一眼就能看中她的軟肋。

父女倆說了一會兒話，就去了後院。

後院小花廳裡，一家人都聚齊了。陶氏一身玫瑰紫的對襟小襖，優雅淡笑著坐在首座，若是不知道的人，還以為她出身於哪個世家，哪裡會猜到她是個農婦。

陳懷敏那小毛頭已經九歲了，從小便跟著趙燁磊學文識字，如今已上了三年私塾。這小子長大後，老喜歡纏著陳悠，陳悠每次回家，陳懷敏為了陪大姊都不願意去上學，直到被秦長瑞吼了一次，才不敢了。

一家人在桌前圍坐，阿梅、阿杏親暱地坐在大姊兩邊，兩個小包子長大後，越發地相像，只是性格完全不同，阿梅比較活潑愛動，而阿杏比較文靜內向。若是不說話，兩人站在一起，外人定然分辨不出。

幸好陶氏沒有讓阿梅、阿杏穿同樣衣裳的惡趣味，不然兩個小姑娘還真不好認出來。可能是與阿梅、阿杏相處得多，兩人小時都是陳悠帶的，不管兩個小姑娘長得多麼像，陳悠都能一眼分出阿梅和阿杏。其實兩人外貌還是有不同之處的，阿杏的眉毛裡有一顆淺淺的小黑痣，而阿梅沒有。不過這個差別實在是太小，如果兩個小姑娘劉海放下來就看不見了。

「大姊，這次回來就不出門了吧？」阿梅期待地問道。

陳悠有些尷尬地將賈天靜的話複述了一遍，兩個小姑娘聽到都有些失落，陳悠急忙笑著安慰。「只是幾日時間而已，阿梅、阿杏莫要在意，等這次從靜姨那兒回來，大姊就陪妳們。」

「真的？大姊不騙我們？」阿杏難得說了一句話。

陳悠頓時心軟，瞧著兩個妹妹期待又依賴的眼神，她就開始滿口應承。陳悠覺得自己已經變成一個不折不扣的妹控了。

一家人吃了頓便飯後，陳悠就要回保定堂，陶氏親自去給她收拾了衣物，又叮囑在外萬事要小心，雖說是在賈天靜那裡，可也不能大意，又問她要不要多帶上兩個人。

陳悠急忙搖頭。「有阿魚哥一個人就夠了。」

陳魚外表看來只是個年輕小夥子，實際上他與阿力幾個都是練家子，秦長瑞與陶氏擔心陳悠經常在林遠縣與華州來回跑會出什麼意外，就讓兩人時常跟著保護她。

這兩人與他們家簽的都是死契，父母兄妹也在他們家的館子做活，把柄都捏在秦長瑞手上，倒是不怕他們不用心保護陳悠。

「等年後妳就在家裡好好收心，都及笄了，還這般胡鬧，到時候再給妳添兩個丫頭。」陶氏一邊給她整理髮髻一邊說。

陳悠的臉頓時垮下來，她張了張嘴想說什麼，可是一想到陶氏這幾年對她的縱容，她就什麼話也說不出來，她能無憂無慮且隨心所欲生活了四年，已是秦長瑞夫妻對她最大的包容與疼愛了。

大魏朝雖是民風開放，但又有誰家高堂在上，未出閣的閨女能隨意在外走動的？況且秦長瑞夫妻還是簪纓望族的，官宦之家規矩更是多如牛毛，這麼多年，他們沒有拿出一項規矩來束縛她，算是對她極溺愛了。

陳悠不表態，陶氏也不急，只柔聲叮嚀。「妳在賈天靜那兒住幾日，娘便親自去接妳，到時候，賈天靜也不好意思再將妳留下來。」

陶氏決定的事，八匹馬也拉不回，陳悠只好點頭，卻突然想到秦長瑞白日的情景，急忙拉住陶氏的手。「娘，爹最近可有什麼煩心事，我今兒見他……」

陶氏臉色微變，瞬間又恢復常色，安撫地拍了拍陳悠的手。

「我知曉了，阿悠，妳快些出發吧，趁天色還未完全黑下來，趕緊去保定堂。」

陳悠點頭，拎著包袱就出了房門。

陳悠家的宅子並不在永定巷，不過因為永定巷的百味館地方大，所以她在這裡也有房間。有時回來晚了，就來永定巷歇息。

他們永定巷的這家百味館，外面瞧起來雖然不起眼，只有一個古樸的小門面，但是過了大堂一進來就別有洞天，後院很大，挨著的隔壁幾戶住家都被秦長瑞給買過來打通了，就像是個葫蘆一樣，小口大肚。

陳悠回到保定堂時，天剛完全黑下來。昨日雪才停，雖然天空還陰沈著，沒有月光，但是白雪映照著，倒也不覺得天色黑沈。

因太晚了，街道上也沒幾個行人，賈天靜與陳悠便決定在保定堂歇息一晚，明早出發。保定堂後院客房多，也有陳悠專門的房間。

陳悠回到後院，將行李放到自己房裡，便先去李阿婆那兒說了一會兒話。回來時，已經戌時中，陳悠再次確認一遍明日要帶的東西，將藥箱又整理一遍，才洗漱後躺到床上。

陳悠盯著帳頂，腦中想著的全是這幾年發生的事情，她伸手摸向她左邊鎖骨的下方，那個蓮花形的紅色印記。

四年過去，自從藥田空間戒指突然變成這朵蓮花後，她已經將藥田空間升到凡級九品。實際上，藥田空間中並沒有什麼太大的變化，只是多了許多種類的廣譜藥材而已，書架也只開了幾層，自生藥田仍然還是初級。

不過她鎖骨下那朵原本閉合起來的蓮花花苞，卻像是真的蓮花一樣，慢慢吐蕊，竟變成含苞待放的樣子，而且顏色也由淡淡的粉色變成深一些的桃紅。

這也太詭異了些，這朵蓮花「紋身」竟然像是活的，還會開放？不會開滿她全身吧！若只是這樣也就罷了，可陳悠真正的擔心的不是這個，而是這幾年來，她越漸感受到藥田空間真的在影響她的生活。

前生今世，她加起來做醫生的時間也有十來年，早應該練出面對病患的那分沈穩。可這幾年，她越發覺得自己奇怪，這種奇怪尤其表現在遇到病患上，只要她聽到哪裡有病人，渾身立馬就興奮起來，甚至會迫不及待地提著藥箱去醫治。有時，她也想控制自己這種突然而起的詭異感覺，卻很難做到。就……就像是吸了毒，有了毒癮一般……

起初，陳悠還未發現她的這種異狀。有一年，春疫爆發，保定堂人滿為患，她與唐仲忙都忙不過來，許多病患都只能等候在大堂，一直等到午後，坐在陳悠旁邊，與陳悠一起看診的唐仲才覺察出她的異樣來。

她竟診治病患從早間一直坐著不動坐到下午，連午飯都沒吃，水也沒喝一口，簡直像是種瘋魔的程度，可即便是這樣，她的臉上還能隱隱瞧出一抹興奮。她這樣的異常讓唐仲嚇了一跳，顧不得眼前病患排著的長隊，一把將她拖到後院，劈頭蓋臉將她罵了一頓。

陳悠那時被他罵懵了，過了片刻才反應過來，等回過神，才察覺渾身痠痛，腹中飢餓難忍，連她自己也被嚇到了，最後只好頂著唐仲責備的目光去用飯休息。可奇怪的是，等她再回到保定堂診病的大堂時，她整個人又不受控制地興奮起來。

等晚上保定堂關門時，陳悠的一顆心才像掉進冰窟窿一樣，連她自己也不知道自己是怎麼了，後來幾次小型疫病爆發的時候，她都是這副樣子，將唐仲嚇得不敢讓她接診。陳悠就算再遲鈍，也慢慢發現她這些奇怪的變化一定與藥田空間脫不了干係。

陳悠心中這會兒是五味雜陳，她都不知道要用什麼態度來面對自家祖傳下來的藥田空間了。可是一直糾結這個也沒用，以前她還有法子不將藥田空間帶在身邊，可現在藥田空間戒指變成了紋身一樣的玩意兒，她是想甩開也不行了。

哀嘆一聲，陳悠還是趕緊閉上眼睛睡覺，明日一早還要與賈天靜一起回醫館。許是一天趕路的疲憊也上來了，閉上眼睛不久，陳悠很快就睡熟，倒是酣睡到天明。

第三十章

翌日，還是賈天靜來敲她的房門將她叫醒。

陳悠急忙收拾洗漱，將藥箱交給阿魚揹著，跟著賈天靜上了馬車。

兩人早上起來得匆匆，都未用朝食，馬車路過東市，阿魚下車給她們買了一些早點，陳悠與賈天靜就隨意在馬車內解決朝食。

「靜姨，劉太醫這陣子有沒有寫信回來？」陳悠一邊收拾著馬車小几上方才兩人吃朝食的碗一邊問道。

賈天靜一愣，不明白她為什麼突然關心起劉太醫，以前這妮子是連建康的消息都不聞不問。

「阿悠，有什麼事情便直說，靜姨知道的都會告訴妳。」

陳悠有些尷尬，臉紅道：「靜姨，這個月保定堂的藥材還未送到，藥商是嵩州的，離建康近，我便想向妳打聽建康那邊是不是出了什麼事？」

保定堂每月需求的廣譜藥材劑量越來越大，前年就通過劉太醫與京中一個藥商搭上關係，每隔一個月，給保定堂從水路南下運來一定量的藥材。而且他們家開藥膳鋪子，分號好幾家，這需求的藥材也不是她的藥田空間能提供得起，這幾年一起從那藥商手中進藥材，這眼看已十一月了，建康的藥商哪裡是只遲了幾日，分明已遲了半月有餘，也不是沒派人去催，可是這來回就算是快馬加鞭趕到京城也要十來日的時間。

保定堂沒有一日不需要藥材，百味館缺了藥材也開不起來，這兩頭都告急，陳悠才不得已向賈天靜打聽，是不是京城藥界出了什麼事。要是真出了事，在太醫院任職的劉太醫定會第一時間知道，只要他知道就會與賈天靜提上一、兩句，陳悠也好從中捕到些影子。

賈天靜聽到這個消息頗為吃驚。「藥材還沒運到？那保定堂裡的藥材還能撐多久？」

「頂多七日，昨日藥鋪的夥計還與我說，杜仲、枸杞子、黨參、山藥怕是三日內就要空櫃了，唐仲叔也在頭疼呢！」陳悠將實情告訴賈天靜。

賈天靜憤憤地拍了兩下馬車內的小几。「這個唐仲，昨日與他吃飯，這麼重要的事，他居然一句話都未與我說，妳說說這怎麼是好，我那醫館也是在他藥鋪拿藥的！現在冬令時節，許多病症又是高發，缺了藥材還怎麼給人看病？不行，我得回去找他理論理論！」

陳悠急忙攔住賈天靜，賈天靜雖年紀大她一輪，可這性子是說風就是雨，如果不攔住她，她真要去保定堂與唐仲吵起來。

「靜姨，妳先坐下，我與妳說這事，可不是讓妳與唐仲叔吵架的。妳就算此時趕到保定堂與他翻臉大吵一架，這藥材他也拿不出來，他可不是神仙，一句話就能變出藥材來的。妳想想，劉太醫最近與妳提了什麼事嗎？」陳悠好言又耐心地勸道。

往年雖然也有藥商送藥延時，可也頂多是四、五日，有一年下的雪比今年還大，整個渭水都要凍起來一半，那藥商還守時將藥材運到華州。今年冬天雖然寒冷，可是遠不及那年。

嵩州那藥商，與他們合作幾年了，也算是信譽卓著，他藥材運得準時，他們銀子也付得及時，沒有一次是欠下銀款的，所以合作一直頗為愉快，這其中又是劉太醫牽的線，那藥商也不敢有絲毫怠慢他們，這次藥材遲遲沒有運來，怕是其中有內情。

賈天靜被陳悠這麼一勸，也耐下心來，仔細回憶起劉太醫這些日子捎的信。她就是大咧咧了點，卻也不是個愚笨的人，不然劉太醫也不會收她做徒弟。

賈天靜突然雙眼一亮，似乎是想起什麼。「阿悠，妳這麼一說，我倒是記起來上個月師傅捎來的信中提到的一件事。說是因為惠民藥局的事拖了幾年也未辦好，聖上大怒，就特意在太常寺下增設了醫藥政令一職，統籌一國醫藥制度，要將惠民藥局落到實處。師傅信中還說，恐怕眼下民間藥材要吃緊。」

怕的是高位上那位要下決心整頓醫藥一行，懂些經商的都知道茶、鹽、酒是大魏商道根本，這也是皇家涉足最多的三項，每年的稅收都占國庫的半成以上。實際上，藥材這行的利潤絲毫不輸於茶、酒，若是能被皇家握在手中，每年的稅收可就要增一大項。

皇上要整頓醫藥界，怕是頭一遭下手的就是這些大藥商……那麼，保定堂的藥材遲遲未能運來也就有了解釋。

賈天靜想到的，陳悠自然也想到了。知道皇上盯上醫藥一行，這對惠民藥局儘早設立是有好處的，也確實給老百姓辦了實事，可是一時這般扣著藥材，許多民間藥鋪醫館也遭殃了。這藥鋪醫館遭殃，間接影響到的還是百姓，這真是……陳悠都不知道該怎麼說了，也不知聖上能否知曉下頭人的難處。

「阿悠，回頭讓妳師傅給我送些藥材過來，他那藥鋪可以歇業，我這醫館卻是不行，裡頭還住著好些老弱婦孺呢！」賈天靜道。

陳悠哭笑不得，但看賈天靜這樣子，自己若不答應，恐怕下次她就要與唐仲大吵三百回合。陳悠只好無奈道：「靜姨，您別擔心，我那兒還存了些藥材，都是上等的，保准不讓您醫館缺藥。」

聽到陳悠這麼說，賈天靜才開心起來。「還是妳這小妮子有備無患，回頭把藥材都運到我醫館來，別給妳師傅那兒留，大不了，讓他也來我的醫館看診，每日他的診金我來開給他。」

陳悠無奈，只好與她說了些旁的，把話題給岔開。

兩人說著話就到了賈天靜的醫館。這醫館是劉太醫的老家業，賈天靜替他守了十來年，宮中也不是沒招過女醫，依照賈天靜的醫術還有劉太醫的關係，進宮當差自不在話下。不過，劉太醫不希望賈天靜也摻和到皇家的事裡來。這皇族就是個大染缸，只要你進了皇宮，再想與世無爭、平安度日可就要萬般小心了。賈天靜性子耿直，不適合在宮中周旋，劉太醫便將她差遣到華州來，打理他這百年的老字號醫館，也算是對她的一種保護。

阿魚在外頭喊了聲「到了」，陳悠便與賈天靜下了馬車。

兩人稍事歇息，賈天靜就帶著陳悠去醫館後院看那名特殊的病患。陳悠跟隨賈天靜進了房間，便見到一個三十出頭的女子半躺在床上，身邊還站著一個青衣丫鬟伺候。

陳悠瞧眼前的女子面色有些蒼白，整個人瘦得厲害，可只憑面色倒是真不能確診她患了什麼病，她看了賈天靜一眼。

「阿悠，這位是袁知州的妹妹錢夫人。」賈天靜笑起來，轉而又對著錢夫人介紹。「錢夫人，這是阿悠，也算得是我的半個徒兒，妳別看她年紀小，在醫藥一途卻是頗有天賦。」

錢夫人溫和地笑了笑。「只要是賈大夫介紹的，我都信得過，何況這小姑娘與妳的關係不一般。」說著，她還朝陳悠招了招手。

賈天靜朝她點頭，陳悠才慢慢走到錢夫人身邊。錢夫人和氣，說話也是細聲細氣，給人感覺就是個好親近的人。

陳悠朝錢夫人行了一禮。「阿悠見過錢夫人。」

錢夫人忙將她扶起。「在賈大夫的醫館，妳還與我客氣什麼。翠竹，把我的小匣子拿出來，裡頭有前些日子我準備的荷包，去取來。」

賈天靜在一旁坐下，讓陳悠也坐了。她笑著道：「阿悠，錢夫人與我是舊交，妳也不要拘束，這屋子裡都算自己人。」

聞言，陳悠才放鬆下來，實際上，她還真不習慣與這些官字沾上邊的婦人來往。

「賈大夫說得對，阿悠，不嫌棄就叫我芙姨，我在娘家，閨名一個芙字。」

陳悠哪裡真的就這麼順杆子往上爬。況且，她也不願意與這些有點來頭的人深交，聽了也只是一笑而過，並未應承下來。

賈天靜在一旁也不為難她，只笑著看她一眼。不一會兒，那叫翠竹的小丫鬟就回來了，手中托著一個頗為精緻的桃紅色繡著如意五福的荷包。

錢夫人從翠竹那兒取過荷包，遞到陳悠面前。「第一次見面，我這裡也沒準備什麼好東西，聽賈大夫提過妳，想著妳也是行醫的，便將這個送予妳。本是這次我要送給賈大夫的，既然見了妳這小姑娘，就借花獻佛了。賈大夫的禮物，我便下次準備，想必她也不會怪我。」

錢夫人說著，還朝陳悠俏皮地眨眨眼。雖然她臉色有些蒼白，但是這麼生動的表情一做出來，倒是讓這位錢夫人的病氣減少五分。

陳悠不大好意思，她與錢夫人非親非故的，第一次見面就收人家東西，有些不妥當，於是輕輕搖了搖手。「多謝錢夫人，無功不受祿，而且這是您送給靜姨的，我收了，靜姨可要教訓我了。」

陳悠俏皮地邊說邊推託，一旁的賈天靜聽她這般說，咯咯一笑。

「阿悠，妳靜姨在妳心裡就這麼小氣？得了，收著吧！就當是我收著了，錢夫人下次也不必給我帶東西了，省得我得了好東西還是給這小妮子。」

「瞧，妳靜姨都這麼說了，收著，也不是什麼貴重的東西。」錢夫人笑道。

陳悠只好雙手接過荷包，向錢夫人道了謝。

「快打開瞧瞧，讓妳靜姨一飽眼福。」

陳悠只好無奈地笑著將荷包打開，是捲了一圈的棉紗布，好奇地將紗布取出來放開，裡頭竟然是一套銀針，銀針頭部還鑲嵌精細的花紋，顯然是花了心思請巧匠刻上去的。

「這套銀針是前陣子夫君去嵩州帶回來的，我見這套銀針樣子新巧，想著極適合女醫使用，就一併帶來。」錢夫人笑著解釋。

陳悠有些不好意思收錢夫人這麼貴重的禮物，大夫的一套銀針已經是不便宜了，何況還是做工這麼精細的。她現在用的銀針，還是當初賈天靜透過唐仲送給她的呢！

賈天靜朝陳悠點頭，陳悠才收下，又再次向錢夫人道謝。「讓錢夫人破費了。」

錢夫人瞧眼前的小姑娘進退有度，也頗為喜愛。她家裡的閨女只比她小幾歲，還不懂事呢，人家小姑娘就已在救死扶傷了。

幾人嘮嗑了一會兒，才轉到正事上，賈天靜也不先告訴陳悠，錢夫人得什麼病，只讓陳悠診脈。

陳悠早就知道賈天靜有賣關子的毛病，只是笑笑，就摸上錢夫人的手腕。片刻後，陳悠的臉色由原本的紅潤，暫時變得難看起來，可又想到病人還在眼前，她才強迫自己按下心緒。

賈天靜見她臉色有變，安慰道：「阿悠，不用如此，錢夫人已經知道了，妳說出來無妨。」

陳悠艱難地嚥了口口水。「宮……宮外孕。」

賈天靜的面色也嚴肅起來，她的師傅劉太醫本就被譽為「婦科聖手」，她自然也最擅婦科。早先錢夫人來看診時，她還不確定錢夫人的病症，後來讓錢夫人留在醫館住了幾日，她每日觀察後才確診。所以她才專門去保定堂尋唐仲拿主意，向他要了麻沸散，又將陳悠接來了。

陳悠自知錢夫人是宮外孕後，面色就緊繃著。這個時代的宮外孕，基本就與絕症無異，生孩子即使是臍帶感染、出血都有可能讓孕婦喪命，更別說宮外孕這種需要動手術的病症。

錢夫人一早就知道自己這情況，因早先賈天靜就給她打了預防針。正因如此，這些日子，她的心情一直鬱鬱，甚至還偷偷寫好了遺書，若是她這次真有什麼三長兩短，就讓翠竹替她將這封遺書交到袁知州手裡。她是指望不上家裡夫君，若不是娘家還有哥哥撐腰，她怕是連出來治病也難。

賈天靜與陳悠自然不知道錢夫人的苦楚，她二人目前煩惱的是她的病症。

「錢夫人什麼時日閉經的？」

翠竹是錢夫人的心腹丫鬟，她在一旁擔憂地答道：「阿悠姑娘，夫人天癸已經三月未來了。」

陳悠算了算，錢夫人體內著床的受精卵恐怕已經有兩個月大，若是不及時拿除，恐要危及性命。

賈天靜雖然沒有現代那些醫學知識，可她跟著劉太醫學醫十多年，又是專精這領域的，自然也明白其中的厲害之處。

「錢夫人，妳這幾日好好休息，我與阿悠商量一番，就準備給妳醫治。」賈天靜道。

錢夫人點頭。「有勞賈大夫與阿悠姑娘了。」

陳悠知曉錢夫人的病症後，再也沒了聊天的心思，讓錢夫人好好休息，她就與賈天靜出去了。

兩人一出去，錢夫人就長長嘆了口氣。「翠竹，妳說我還有幾日能活？」

翠竹被她家夫人嚇了一跳，忙跪下勸道：「夫人，您說什麼氣話，賈大夫是華州地界最有名望的婦科大夫，聽說她以前還醫治好一個血崩的產婦，她的師傅可是宮中的劉太醫，她一定會醫治好您的，您一定會沒事的。」

錢夫人瞧著窗外，出了神，良久過後才道：「但願如此吧！翠竹，妳去幫我給哥哥那裡遞一封信。」

翠竹抹著眼淚點了點頭。

陳悠與賈天靜一起進了藥房，這一路，她都在想著錢夫人的宮外孕要怎麼醫治。宮外孕大多是由輸卵管黏膜炎和輸卵管周圍發炎引起的，想要治癒，只有給錢夫人做輸卵管手術……可是這樣的條件，怎麼給錢夫人做輸卵管手術？自那次白氏的刮宮手術過後，陳悠再也沒有做過手術，她也著實畏懼這項。

兩人在藥房坐下，賈天靜給她倒了杯藥茶，抬頭見她魂不守舍的樣子，笑了笑。「阿悠害怕了？」

陳悠咬了咬唇，問道：「靜姨，您準備怎麼給錢夫人治療？」

這事，賈天靜也是想了許多日，她略略斟酌後說道：「行針，配上師傅留給我的方子，將腹中殘胎催下來。」

陳悠聽後一驚，沒想到賈天靜會這麼說，這受精卵在輸卵管中著床，怎麼催生？這……簡直是天方夜譚，這樣受精卵一旦失去活力，只會危及錢夫人的生命。可這一系列的現代醫理讓她怎麼與賈天靜解釋？

「不行！這法子行不通！」陳悠直接道明。

賈天靜是個膽大也勇於嘗試的人，若是別人不同意她的看法，又說不出個道理來，她是不會輕易放棄自己的想法。「阿悠，妳與我說說為什麼不行？若妳能說服我，靜姨就不用這個法子。」

陳悠頓時語塞，艱難地抿了抿嘴。「靜姨，真的不行，您這樣只會讓錢夫人更危險。」

「阿悠，妳說不出個理由，可別指望我聽妳的。」

賈天靜見她支支吾吾，等得有些不耐煩。「阿悠，妳知道我的性子，若妳不能說服我，就跟著我準備過兩日要用的東西。」

陳悠無奈，一時真想不到好法子勸說賈天靜，她坐在椅子上頗為挫敗地點頭。

賈天靜臉上才有了笑容。「阿悠，靜姨以前是與妳怎麼說的，不管什麼事，都要有據可循，靜姨也不是鑽死胡同就拉不回來的人，妳若是有憑有據，靜姨怎會不聽？妳師傅時常說妳在醫藥上有天賦，靜姨也同意。若是妳在這兩日內能想出理由說服我，那我便聽妳的，如何？」

賈天靜的話說到這個分兒上，陳悠自然明白，這些都急不來，得給她時間，好好想想，怎麼向賈天靜解釋這病理。

「靜姨的話，阿悠記下了。」

賈天靜滿意地點頭，便讓她先回房休息。

陳悠心事重重地離去，卻並未回房內，而是去了藥房。

醫館裡的夥計與賈天靜說了陳悠的去向，賈天靜笑著搖搖頭，讓夥計不要管陳悠，這兩日隨她。

晚間，秦長瑞夫婦在房中對坐著喝茶。

秦長瑞將陳悠的信遞給妻子。

陶氏拆開信封，一目十行掃過去，先不論這信的內容，單看陳悠這一手工筆小楷，陶氏便欣慰地點頭。「阿悠的字總算是有些長進。」

秦長瑞瞥了一眼陶氏手中的信紙，哼了一聲。「都與阿磊練這麼些年的字了，若還拿不出手，怎會是我秦長瑞的閨女？」

陶氏見他三句話離不了自己，還非得拐著彎地誇自己一句，笑道：「永凌，我瞧你是越老臉皮越厚，阿悠的字可不是你教的，乍一看，與阿磊的字可是一樣無二呢！」

陶氏又仔細瞧了幾個字，指給秦長瑞看。「瞧這幾處的筆鋒，簡直與阿磊的如出一轍。」

秦長瑞現在已經在上唇蓄髭鬚，若是不笑的時候，更讓人覺得威嚴，整個人充斥著中年美大叔的深沈和內斂，反倒是讓人敬畏。現在他眉峰微皺著，臉色也有些不大好，讓他整個人瞧起來就是氣息凝滯。

秦長瑞知道妻子這是在找碴，只好轉移話題。「文欣，妳如何看阿悠信中所說。」

陳悠將京中劉太醫與賈天靜說的話，盡數複述了一遍，陶氏瞧得眉角直跳。她將信摺好放回信封中，想了片刻。「看來皇上勢必是要插一腳了，這華州藥材價格怕是要漲，我們要早做準備。」

秦長瑞也這般想，前幾日袁知州還來他們百味館吃飯，可袁知州嘴巴緊得很，卻是什麼也沒透露。

「這幾日我便四處尋人打聽，華州雖不是藥材出產地，如今臨新春還有將近兩個月，華州的一些藥商手中定然有些囤貨，我們稍稍提價將這些藥材購置過來。」

忽然，陶氏好似想起什麼，她不動聲色替秦長瑞倒杯茶，而後平靜地開口。「永凌，你今日是否有什麼事情瞞著我？」

兩人夫妻多年，感情甚篤，日子久了，自然也是無比默契，秦長瑞的一舉一動，不用他一句話，陶氏便知道是什麼意思，何況陳悠還提醒了她。

秦長瑞本打算將這件事瞞著妻子，可沒想到她這麼快就看出異樣，他想了想，還是決定將今日遇到的事情告訴陶氏。

陶氏震驚得幾乎坐不住，勉強壓下胸口劇烈的跳動，不敢置信地問秦長瑞。「永凌，你說什麼，你見到征兒了？」

秦長瑞起身站到陶氏面前，將陶氏攬到懷中，輕輕拍著妻子的後背，他明白，妻子此時的心情一定與他看到秦征時是一樣的。

陶氏到底不是一般婦人，小半刻鐘過後，她就反應過來，從丈夫的懷中抬起頭，擰著眉盯著丈夫，出口的話卻帶了一絲質問的意味。

「永凌，既然你見到征兒，為什麼不將他留下來?就算我們一家人如今不能相認，但藉著吃飯的名義，我們也能瞧瞧他過得好不好。」陶氏說到最後聲音都帶了一絲悲色。

秦長瑞知道妻子會這麼問，陶氏說的這些，他又何嘗不想，只是……

見秦長瑞表情略有猶豫，陶氏眉頭也越皺越緊，最後死死盯著丈夫的臉，等著他將後頭的話說下去。

秦長瑞只好將自己的疑惑與陶氏說了。陶氏整個人像是被定住一般，抱著丈夫的雙臂都是僵硬的，口中還無意識地喃喃道：「這不是真的、這不是真的。」

秦長瑞不想告訴她，就是怕她會受不住這個「噩耗」。

低頭見妻子的眼淚流了滿臉，秦長瑞只好耐心地勸慰說：「文欣，妳聽我說，妳先莫要哭，這只是我的猜測，並非就是事實，況且這些年我們不在征兒身邊，他經歷了什麼，我們都不知道。或許是這些年他改了性子呢？世間的不定因素太多，哪裡就一定會發生在我們征兒身上？妳且稍安勿躁。」

在秦長瑞的安撫下，陶氏的情緒也漸漸穩定下來，等她恢復一絲理智，臉色也如平常一般，只是雙眸裡多了厲色，雙眼周圍還微紅。

「永凌，我們定要儘早查出那是不是我們的征兒！」陶氏的話斬釘截鐵，不過說完後，她心中又一陣後怕，她不敢想，若是秦征的身體裡已經不再是他們的親生兒子，他們又該如何面對？

夫妻倆互相依偎著沈默不言，直到很晚，房間內的燈光才熄掉。

翌日，為了治療錢夫人，陳悠一大早就在藥房中冥思苦想，她坐在書桌前，手中捏著一個方子，左右仔細看過，擰起眉頭，執起筆，勾勾畫畫了好些藥材又添加了好些藥材，才稍稍滿意了些。

宮外孕若是在現代，治療得好的話不用動刀，可是在這裡，缺少先進的檢查儀器，一切只能靠大夫精準的判斷，最關鍵的是，錢夫人體內的胚胎月分已經有些大了，若是直接以藥物殺胚，會對她身體產生嚴重影響，殺胚後如果死胎排不出體外，很可能會危及她的性命。

手術反而是最好的方法，不過涉及到現代醫學，陳悠琢磨了許久也沒想到好法子與賈天靜解釋。她現在只能盡自己最大的努力，準備到時候要用到的器物，如果錢夫人用了賈天靜的治療法子，出了紕漏，那時，也只能自己硬著頭皮上了。

藥房房門被人從外面敲響，陳悠問了一句是誰。

阿魚的聲音就在外頭響起來。「大小姐，賈大夫讓您去大堂，說是袁知州來了。」

陳悠一愣，才記起袁知州是錢夫人的同胞哥哥。她也正好有事尋賈天靜，於是讓阿魚先去回報，她換身衣裳就到。

陳悠脫下外頭的麻布罩衫，又整理身上的衣裙和鬢髮，將她塗塗改改的那張方子摺好放入袖口中。

到了前頭醫館的大堂，醫館裡的小夥計端著茶正要送進旁邊休息的廂房時，陳悠卻出手止住，接過夥計手中的茶盞，親自端了進去。

陳悠微微低著頭，進了房間，裡面說話的聲音因為她的打擾而停下來。

賈天靜笑著與袁知州介紹。「這姑娘也算是我半個徒兒，這次給錢夫人診治，她也是要出半分力的。」

袁知州抬眼看了陳悠一眼。「既是賈大夫高徒，他日定也是造福一方的名醫。袁某先在這裡謝過了。」

袁知州是知曉賈天靜的身分，再加上朝廷一直催著她任華州惠民藥局的藥令，袁知州對她也是給足面子。

陳悠將茶盞輕放到袁知州身旁，低頭瞥見袁知州身旁還坐著一人，也未多想，將茶盞放下後，就退到賈天靜的身後，微斂著目，眼觀鼻，鼻觀心。

可在陳悠如此低調期間，卻總覺得有一道目光在打量著自己，聽著袁知州與賈天靜在說話，陳悠終於忍不住抬起頭朝袁知州的方向飛快瞥了一眼，然後她這一眼就再也收不回來了……

坐在袁知州身旁的年輕男子，即使面目已經長開，五官比四年多前要深刻許多，陳悠也一眼就認出了這個人！

他身材頎長，即便是坐在位子上，也顯得卓爾不凡，可無論他長得多麼俊美，也抵擋不了陳悠心中蜂湧而起的怒火。

陳悠瞧著瞧著，眼神就變了味兒，一股濃濃火藥味就要冒出來，她下意識捏緊自己的衣袖，恨不能用目光將眼前的人戳個窟窿。

她這怨念的眼神，連賈天靜也發現了，她奇怪地拍了一下陳悠的手背，不解又關切地問道：「阿悠，妳是怎麼了，身體不適？」

陳悠被賈天靜拍得回過神，才恍然地趕緊收回視線，低下頭瞧著腳尖，低聲回了句。「靜姨，我沒事。」

賈天靜輕瞥了她一眼，見她臉色不好。「阿悠，妳先回去休息。」

陳悠確實也不想在這個房間中多待，所以沒有拂賈天靜的好意，向著幾人快速行了一禮，就走出房門。

她一出去，房間內又響起低低的談話聲。

陳悠快步離開，直走到後院自己的房間中，將房門關上後，她才長長吁了口氣，做了幾個深呼吸，將胸腔中的怒火壓抑下來。

剛才看到袁知州身邊坐著的年輕男子時，她一眼就認出是當年在林遠縣險些用馬蹄踩死她的那個少年。一思及此，她的後背就跟著一麻，陳悠覺得當時被少年狠狠抽的一鞭子皮肉好似又綻開一般，隱隱作痛。

靠在門板上，陳悠氣得呼吸不穩，低聲咒罵了兩句，不由又想到怎麼會在這個時候遇到這個人？當真是晦氣！

在床邊坐下，陳悠將一旁小几上沒看完的醫書拿到手中，可是盯著這頁看了許久，一個字都看不進去，腦中一直不斷出現方才年輕男子的臉，與他少年時候的樣子不斷交替。

陳悠真是煩透了，氣得一把將醫書扔開，倒頭躺在綿軟的床上。她這兩日睡得本就少，這麼躺在床上，竟然真睡著了。

另一廂的賈天靜帶著袁知州與秦征去見了錢夫人，而後才將他們送走。

秦征與袁知州乘著同一輛馬車，兩人寒暄兩句，都開始閉目養神。

秦征眉頭微微地蹙起，方才來房內送茶的可不就是在碼頭救了阿南的少女，他不自覺就多打量她幾眼，為什麼那少女瞧他的眼神那麼古怪，就好像……要將他痛扁一頓？

秦征雖然不是個愛多管閒事的人，但還是暗暗將這件事記在心裡，準備一回去就讓阿東查查。

保定堂裡，唐仲問藥鋪夥計。「這兩日有從嵩州送來的信嗎？」

夥計苦著臉道：「沒有。唐大夫，鋪子裡的黃耆、陳皮、何首烏都沒多少了，恐怕撐不過五日，這……」

現在許多藥材都缺貨，若是嵩州藥商再不將藥材送來，恐怕藥鋪就要關門歇業了。

唐仲的眉頭擰了起來。「我知道了，你們去忙你們的，若是有病患來問診，不管開了什麼方子，你們只管抓藥，旁的先不用管，我去一趟永定巷，你們知會一聲李阿婆。」

保定堂不只唐仲一個坐堂大夫，他走開一時也不大要緊。

他並未雇車，接過夥計遞給他的披風，就出了門，朝永定巷去了。一大清早，陳悠家永定巷的百味館還沒開業，但是裡頭夥計已經忙碌起來。

櫃檯前的掌櫃見是唐仲，急忙迎過來，朝他拱了拱手，笑道：「唐大夫這般早就過來，是否來尋我們東家？」

唐仲點頭。

掌櫃的朝一個跑堂夥計招手。「帶唐大夫去小花廳歇一會兒，我去尋東家。」

唐仲一盞茶只喝了一半，秦長瑞就推門進來，身後跟著已經與秦長瑞一般高的趙燁磊。趙燁磊笑著喚了一聲唐仲叔，然後幾人都坐下。

秦長瑞喝了口茶，才開口。「唐大夫可是為了嵩州藥商的事？」

聽秦長瑞猜出自己的心思，唐仲點點頭，神色凝重。「藥鋪中許多藥材都緊缺，撐不了多少日了。」

如今中成藥還沒有推廣，來醫館看病的病患都是先看診過後，才拿了大夫們開的方子去抓藥，所以這原藥材是最不能缺少的。

保定堂這兩年名聲打下來，在華州也算是小有名氣，所以平日裡來看病的人也多，加上保定堂本就是華州大藥鋪，每日裡要消耗不少藥材，所以早前儲備的藥材用得很快。嵩州藥商這次送貨已遲了大半月有餘，其實保定堂撐到現在還沒斷藥材，已算是平日裡唐仲與陳悠儲備藥材多了。

秦長瑞點點頭，手指無意識在腿上輕輕敲擊著，像是在釐清這其中的思路。「阿悠託人送信來，照著這勢頭發展，怕是嵩州以南的藥材源頭都被控制住了，嵩州的藥材若是沒有官家調度，根本就送不過來。」

唐仲聽了一驚。「有什麼變動？」

趙燁磊這幾年也不是死讀書，秦長瑞經常會把生意上的事情交給他處理，近兩年，他也學了不少經驗，聽秦長瑞這麼一說，當即聯想到京中局勢。

「叔，可是上頭要下鐵心插一腳？」

秦長瑞毫不否認地點頭，唐仲也聽出些許內幕，既然上頭有心插手藥材，首先要收服的便是建康城周遭的各大藥商。嵩州緊鄰建康，過了嵩州才是慶陽府，雖然還沒有什麼風聲傳過來，不過可想而知，嵩州藥商大概也被控制了。

他們雖想不到皇上出於什麼心思要掌握醫藥，但是既然有這番推斷，讓他們兩家趨吉避凶還是能做到的。

秦長瑞越想越覺得奇怪，不管是秦征還是這世的發展，總覺得已經慢慢偏離上一世的軌跡。「我們先按兵不動，這件事也莫要傳出去。這幾日我便開始尋鄰州的一些藥商，多買些藥材回來，本就臨著年尾，他們價格要高些也沒關係，只要不是太離譜，咱們就都購置回來。」

「成，明日我也去問問我那幾個老友，看看他們那邊還有沒有多餘的藥材。」唐仲附和道。

幾人商量好，唐仲留在百味館吃了中飯，就急匆匆回了保定堂。

等唐仲走了後，「父子」兩人留在客廳喝茶。秦長瑞擰眉想了一會兒事，才抬起頭來對趙燁磊道：「明日一早跟我去宜州。」

趙燁磊點頭。「叔，我們去宜州可走林遠縣那條路？」

林遠縣在華州邊界，過了林遠縣就是宜州地界，這兩州同屬慶陽府。

「想順道見一見王先生與張元禮？」

他這心思是擺在臉上，被秦長瑞看出來也不奇怪。

「這兩年我都沒回過林遠縣，明年鄉試，想先見他們一面。」

秦長瑞當初收留趙燁磊是有一定目的，可這些年相處下來，卻將他當作親生兒子看待，又因為他年齡大些，所以不怎麼干預他的想法。

「那我們便從林遠縣走吧。」

第三十一章

時日過得很快，轉眼便是給錢夫人定診的日子。

袁知州也早得到消息，一早便來到醫館，在客房中等候。

賈天靜將準備好的藥物端進房間，見錢夫人這幾日潛心養著身子，今日臉色好了許多。

房中只留下翠竹一人幫忙，賈天靜與陳悠都是一身白麻布罩衣。賈天靜笑著與錢夫人說了幾句話，讓她莫要擔心，才朝陳悠使了眼色。

陳悠會意，將一旁小几上準備的烏黑湯藥遞給賈天靜。

翠竹扶著錢夫人，賈天靜將湯藥端到她嘴邊，錢夫人瞧著微微抖動的藥汁，嚥了口口水，咬咬牙，一閉眼，狠心將一碗湯藥快速喝下去。

不一會兒，錢夫人就感覺到下腹微微疼痛，不過，這疼痛輕微，忍忍還能過去。翠竹站在一邊瞧著夫人微皺眉頭、咬著嘴唇，臉上也漸漸擔憂起來。

賈天靜坐在錢夫人床邊，一邊認真觀察她的變化，一邊號脈，大約半個時辰過後，滑脈終於變化。

「阿悠，銀針！」

陳悠急忙將準備好的銀針遞給賈天靜。

「手腳！」

陳悠立馬將錢夫人的雙手按住，並示意翠竹按住錢夫人的腿腳。

賈天靜找準穴位後，下針飛快，兩刻鐘就行了一套針法。又一刻鐘後，錢夫人腹部的疼痛加劇，她再也忍不住，痛苦地悶哼起來。

賈天靜眉頭皺了皺，陳悠臉色也開始緊繃。

她與賈天靜交換了個眼色。「靜姨，讓我看看錢夫人的脈搏。」

賈天靜將位置讓給她，陳悠沈下心來捏著錢夫人的手腕。此時，錢夫人腹部疼痛，已讓她的臉色變得慘白，雙手不自覺緊緊抓著身下的被褥，手背因為緊攥，青筋突起。

陳悠臉色一變，連忙對賈天靜說道：「靜姨，脈象不對！」

賈天靜聞言，臉上多了一絲凝重之色，伸手查看錢夫人脈象，果然如陳悠所說，平脈漸陡，這絕對不是個好兆頭。

「阿悠，百潤湯。」賈天靜一邊指揮陳悠，一邊在錢夫人的各處要穴按壓。

「扶著你們夫人！」陳悠對翠竹道。

翠竹急忙抹了把淚，將錢夫人的頭微微抬起，陳悠藉著角度將小半碗湯藥給灌下去。又過了一刻鐘，錢夫人身下見紅，烏黑的瘀血排了出來。

「靜姨，見紅了。」

賈天靜一喜，她沒想到會這麼順利，只要將錯誤著床的胚胎殺死，排除體外，那麼錢夫人就沒什麼大礙了，後面只要好好調養，半年內基本就能痊癒，而且不會喪失生育能力。

可陳悠盯著錢夫人的臉，卻不如賈天靜這般輕鬆，她仍然緊緊注視錢夫人的每個表情，右手一直未離開錢夫人的手腕。

「好了，阿悠，莫要擔心，錢夫人這關是闖過來了。」賈天靜安撫地說道。

不過，陳悠沒有聽進賈天靜的話。賈天靜無奈，以為陳悠大題小作，乾脆自己去桌邊取止血的湯藥，親自餵錢夫人喝下。

「錢夫人，腹間的疼痛可好些了？」

錢夫人之前疼得滿頭大汗，喝了湯藥後，連說話的力氣也沒有，只輕微點了點頭。

賈天靜以為這次治療相當成功。「好些就好，只要再過兩、三日，那疼痛就會徹底消失了。」說完，就要拉著陳悠出去。

陳悠卻搖頭。「靜姨，我在這裡守著，我總有些不放心。」

在大魏朝宮外孕的例子著實很少，賈天靜曾經跟在劉太醫身邊，看著他成功治癒過一例。如今又遇到，才想著讓陳悠來見見世面，考慮到陳悠未見過此病例，好奇緊張些也在常理之中，可放著她一個人在房中又有些擔心，便索性坐到桌邊陪著她。

陳悠此時根本就沒有心思管賈天靜到底留下還是離開，她的全副心神都集中在錢夫人身上，一點也不敢放鬆。錢夫人輸卵管內著床的胚胎月分大了，理論上來說光靠湯藥根本就打不下來，必須要動刀子才行，她根本就不相信，賈天靜真的將胚胎給打下來。

陳悠與賈天靜相比，翠竹當然還是信任賈天靜一些的。賈天靜開口說錢夫人沒事了，翠竹也立即破涕為笑，給他們家夫人收拾起來。

床單上都是血跡，翠竹換了床單，新墊上一床，可剛墊上的床單立馬就被鮮血給染紅了。

翠竹哆嗦起來，她抖著手，帶著哭腔求助道：「賈大夫，我……我家夫人怎麼還在流血……」

賈天靜也是一驚，急忙站起，快步走到床邊，見錢夫人身下的床單上是一片鮮紅的血污，那流出的血色已不是之前的那種烏黑，而是正常血液的顏色。

陳悠臉色一沈，看了眼床單，就伸手輕輕在錢夫人的腹部按了下，明顯能感受到微微地凸起。這……這胚胎根本就還在體內！

陳悠的臉徹底黑下來。「靜姨，孩子還在體內！」

賈天靜也意識到其中不對勁，臉色比陳悠好不到哪裡去。

錢夫人忽地發出一聲尖利的叫喊，腹部就像是被千萬把刀在攪動一樣，疼得她恨不能立馬去死。

「濕布巾！」陳悠高喊一聲，翠竹反應不錯，連忙將桌上早就準備好的一塊濕布巾遞給她。

陳悠將濕布巾快速塞進錢夫人口中，以防止她因為太過疼痛而咬斷舌頭。

錢夫人越漸虛弱，陳悠估摸著方才賈天靜那劑藥讓胚胎破裂了，胚胎長得過大，輸卵管中又有炎症，此時已沒有別的辦法，唯一的辦法便是將輸卵管中已死的胚胎拿出來！

外頭候在小花廳內的袁知州聽到小妹一聲慘烈的叫喊，整個心都吊了起來，他心神不寧地來回走著，時不時往錢夫人所待的那間房看過去。

「這位公子，這邊請，袁大人在房間內。」醫館夥計將秦征與白起領進房間。

方才錢夫人那聲慘烈的叫喊，秦征也聽到了，一進房間後就關切地問道：「袁大人，令妹如何？」

袁知州沒想到秦征這個時候來，愣了一瞬，便反應過來，趕忙請秦征坐下，苦笑著搖頭。「賈大夫一直未出來，我也不知曉裡面到底怎樣了。」

秦征瞥了眼袁知州，見他臉上的擔憂不假，也微微皺起眉，安慰道：「袁大人放心，賈大夫是劉太醫門下高徒，定會讓令妹安然無恙。」

「希望如此吧！」袁知州心不在焉地道。

秦征本是來尋袁知州，可這個時候袁知州的心神都記掛在錢夫人身上，他也不好再提什麼，便陪袁知州在小花廳裡等消息。

秦征身上一襲普通的青色袍子，上面連花紋都沒有，方才在外頭穿的黑色氅衣被白起掛在一旁，這樣瞧，他穿得實是有些樸素，可秦征一舉手一投足之間，卻是貴氣十足。若是忽略他深邃內斂的眼神，整個人身上卻是溫雅俊逸、儀態風流。

不過，袁大人這時候可沒空去在乎秦征的模樣，醫館夥計送來冬日袪寒的藥茶他都沒心思喝一口。

與此同時，另一廂的陳悠快步走到桌邊，從藥箱中取出一個細白瓶，倒出一顆藥丸，塞進錢夫人口中。

在賈天靜還未問出口的時候，陳悠便道：「靜姨，止血的。」

賈天靜臉上雖然有些好奇，卻什麼也沒問，只點點頭。

「靜姨，現在如何？」

錢夫人這病症畢竟是賈天靜主治，她現在在賈天靜身邊不過是個助手而已，當然應先尊重賈天靜的意見。

宮外孕的病例本來就少，就連賈天靜總共也才見過兩例，這其中還有一例是由劉太醫主治，自己治此種病例還是第一次，原本心中還有些底，可錢夫人現在這種狀況，瞬間讓她的心沈了下來，一時竟想不到應對的法子！

大冬天的，屋子裡雖燒了暖爐，可並不溫暖，而賈天靜的額頭上卻泌出一層細密的冷汗。她深吸了一口氣道：「阿悠，繼續用藥，將腹中死胎催下來。」

那催胎的湯藥實是非常傷身，錢夫人的身體這個時候若是再用一次，定然受不了，只會加重血崩的程度。

陳悠聽賈天靜說完，身子微微一顫，須臾她才反應過來。「靜姨，這法子不行，錢夫人的身子根本不能第二次使用那湯藥，到時候不但連生育的能力保不住，性命也有危險！」

賈天靜又如何不知道那是虎狼之藥，可這個緊要關頭除了這樣做，難道還有別的辦法嗎？

「那阿悠覺得應如何做？難道要用推宮之法？」

陳悠擰眉搖頭，錢夫人此時身體內有炎症，胚胎又在輸卵管中破裂，根本就不能用推宮。忽而陳悠雙眼晶亮地盯著賈天靜，她整張精緻的小臉上都綻放著一層淡淡自信的光彩來，倒讓賈天靜整個人一怔。

陳悠突然變得激動起來，一想到要給錢夫人使用的法子，她不禁手指微微顫抖。「推宮法不行，我們必須將她體內的殘胎取出來。靜姨，我想要親手試一試！」

賈天靜緊緊擰著眉頭，內心在劇烈掙扎。陳悠說得對，依照錢夫人現在的身體狀況，根本就不能再次服用那湯藥。她這時也想不到別的萬全法子，思及平日裡陳悠都很沈穩，醫藥知識絲毫不遜色於她，賈天靜終於點頭。

陳悠似覺得體內有聲音歡呼一聲，然後她將自己的藥箱拿到床邊，從藥箱中取出早就準備好的工具。

當賈天靜瞧見陳悠手中的手術刀時，幾乎驚掉了眼珠子，因她的良好醫品才讓自己沒喊出聲，她有些責備地訓斥道：「阿悠，妳要做什麼？雖然錢夫人病危，可她也是一條活生生的人命！」

一旁等得心焦的翠竹見陳悠從藥箱中拿出形狀有些奇怪的刀來，險些也被嚇暈過去，她擋在錢夫人身前，顫抖著手指著陳悠，驚恐地瞪大眼睛，尖利吼道：「妳……妳想幹什麼？」

這時，錢夫人已經疼暈過去了，否則陳悠的這番動作最先恐懼的便是她。

陳悠無奈極了，可這個時候哪有那麼多工夫解釋。她深吸了一口氣，用誠摯的雙眼瞧著賈天靜。「靜姨，您看過的醫書比我多，難道未曾聽聞過華佗神醫的事蹟嗎？」

賈天靜渾身顫抖了一下，才回神擰眉，不敢置信地盯著陳悠，就連當初劉太醫都與她說過神醫華佗剖腹救人的事蹟是被人神化了，讓她一步一步腳踏實地，萬不要想這些不能之事。她當時雖也覺得惋惜，卻相信劉太醫說的話，但今日眼前的小姑娘竟然告訴她，神醫華佗使用過的神奇醫治之法可以再現！

賈天靜心中有興奮，可更多的卻是憂心。面對她們的是一個鮮活的生命，誰都沒有義務淪為大夫手中的試驗品，她們作為醫者要為病患的性命擔起責任。

陳悠見賈天靜仍面色猶疑，急道：「靜姨，沒有時間了，現在只有這個法子才能保住錢夫人的性命！」

陳悠的話就像一劑強心針，讓搖擺不定的賈天靜瞬間作出決定，她直直看向陳悠。「阿悠，靜姨便相信妳一次，莫要讓靜姨失望！」

隨著這句話，陳悠整個心神一鬆，同時眸子中都是滿滿的感動，賈天靜肯在這個關鍵時刻相信她，無疑是對她最大的肯定。

翠竹聽到賈天靜的話後，瞪大眼睛幾乎突出來。「我絕對不允許妳們隨便動我家夫人的身體！」

陳悠眉頭緊擰，看向翠竹，原本無害的水眸裡滿是厲色。「翠竹，妳若是不想妳家夫人有事，就莫要攔我！」

翠竹被陳悠這聲氣勢十足的吼聲給驚到。她低頭看了眼錢夫人，又抬頭看了眼賈天靜與陳悠二人，才朝後退了一步，死死瞪著陳悠。「陳大姑娘，今日若是妳不兌現諾言，我定會將這事告到知州大人那裡！」

「若是錢夫人出了紕漏，後果一切由我承擔！」賈天靜同意陳悠的提議後，自己反而冷靜下來。

這句話一出口，陳悠快速瞥了賈天靜一眼，眼底都是感動。「靜姨，我們開始吧！」

賈天靜應了一聲，便在一旁給陳悠當助手。

「麻沸散！」陳悠說道。

賈天靜迅速地端來早準備好的麻沸散，同翠竹一起替錢夫人灌下。

陳悠用熱水仔細洗過手，而後再次拿起手術刀，頓時，她渾身就充斥著那股奇怪的感覺。自從替白氏做過刮宮術後，她便再也沒有做過此類手術。

回想著手術的步驟，取出所需的工具，那股胸有成竹的奇怪力量，讓她給錢夫人做手術時無往不利。那奇怪詭異的感覺再次出現，彷彿她已做過許多這類的手術，每個動作都恰當好處，小心翼翼又熟能生巧。一旦整個人都投入到手術中，陳悠就非常專注。

幸而唐仲這次研製的麻沸散比較靠譜，免除錢夫人手術中的痛苦。隨著陳悠將一塊血淋淋的殘胚取出，又將錢夫人腹部開的一條不大的口子縫起，手術才算結束。

因大魏朝根本還沒有抗生素，所以做完手術後的錢夫人，首要之務便是防止感染。

陳悠親自替錢夫人清理身體，又將一碗參湯餵入她口中，才有時間抹一把額頭的汗水。將手術刀一放下，方才動手術時那股自信沈著全然消失殆盡，陳悠身子一軟，有些站不穩地往後踉蹌一步。

賈天靜剛給錢夫人號了脈，轉頭要與陳悠說話，見她臉色蒼白，連忙起身扶住她。「阿悠，怎麼了？」

陳悠略有些虛弱地搖搖頭。「靜姨，我沒事，您快看看錢夫人怎樣了？」

賈天靜大大鬆了口氣，笑了起來。「阿悠，我方才已經給錢夫人號了脈，她脈象趨於平穩，已脫離危險了。」

「那就好。」陳悠提著的心才落下來。

「靜姨，您留下來照顧錢夫人吧，我有些累了，想去休息一會兒。她的傷口還未癒合，千萬要注意，莫不要引發炎症！」陳悠說話有些有氣無力。

賈天靜點點頭。「靜姨會照顧好錢夫人的，妳快出去洗一洗，回房休息。」

陳悠交代好了，才安心地回房休息。

其實，賈天靜還有許多疑問要問陳悠，不過，陳悠此時疲累至極，她也識趣地並未打擾。有什麼事，等到陳悠休息好了再問也不遲。

在旁邊一直瞧著全程的翠竹張大了嘴，表情有些呆滯。「賈……賈大夫，我……我們家夫人這是真好了？」

她方才瞧見陳悠替錢夫人開膛破肚，從身體裡拿了塊東西出來，然後就像是縫衣服那般將傷口縫起，翠竹覺得她整個人的三觀都刷新了。

賈天靜看了她一眼，眉間忽地一擰，猛然看向翠竹。「翠竹，妳可記掛你們家夫人的安危？」

翠竹拿著錢夫人的衣物，被賈天靜的聲音驚了一跳，下意識就開口道：「我從小便伺候夫人，怎會不記掛夫人的安危？」

賈天靜低頭看著錢夫人的睡顏。「既然這樣便好，今日手術的事，想必妳也有分寸，若是為了妳家夫人好，就應知道什麼該說、什麼不該說，可懂？」

翠竹陪在錢夫人身邊多年，怎會不懂這些彎彎繞繞？這件事可大可小，若是往大了說，陳悠這開膛破肚的治療法子，定然會掀起軒然大波，到時候錢夫人就是第一個受到影響的人，等翠竹想明白這其中的彎彎繞繞，立即變得嚴肅起來。

「賈大夫，您放心，什麼事該說，什麼事不該說，翠竹心中有數，萬不會讓您與阿悠姑娘為難。」

賈天靜聽她這麼說才滿意地點頭。「將妳家夫人這些沾血的衣裳拿出去燒了，這房間除了我與阿悠莫再讓別人進來。」吩咐好這一切，收拾好藥箱，她才步出房間。

袁知州早在外頭等得急了，終於等到醫館的夥計來報。

袁知州連忙站起身，心情緊張不已，他重重地嚥了口口水。「我妹子如何了？」

醫館的夥計笑起來。「袁大人莫要擔心，咱們賈大夫說了，夫人已經脫離危險。」

袁知州提到嗓子眼的心才放了下去，他往後退了兩步，一把跌坐回椅子上。

秦征抬眼瞥了眼前的夥計一眼。「賈大夫呢？」

「賈大夫交代小的，讓兩位容她換身衣裳，片刻就過來。」

「不急不急，你讓賈大夫慢慢換。」袁知州高興到有些語無倫次。

夥計笑起來。「那小的就不打擾二位了。」

秦征起身拍了拍袁知州的肩膀。「令妹化險為夷，如此，袁大人也能放下心了。」

袁知州感慨地點點頭。

小半刻鐘後，賈天靜換好衣裳進來，瞧見房中不止袁知州一人，驚詫了瞬間，面色又恢復平常。

「讓袁大人久等了。」

袁知州忙扶她起來。「賈大夫說的什麼話，您救死扶傷，小妹的命都是您救回來的，我怎能受您的禮。不知我現在可否去看看小妹？」

賈天靜歉意地笑了笑。「袁大人，錢夫人身子還虛弱得很，現在不便打擾，您過幾日再看她吧。她在我這裡親自照顧著，定不會出任何狀況。」

袁知州也知賈天靜這說一不二的規矩。「也好，只要小妹平安就行，我一會兒再交代翠竹一聲。」

秦征坐在一旁，聽著兩人說話，他抬頭看了賈天靜一眼，而後似隨意地問道：「不知賈大夫用什麼法子治好錢夫人的病症？」

賈天靜沒想到他會這麼問，轉頭，眉心微揪地瞧了眼秦征，客氣道：「這治病的方子是師傳口口相傳，並不能隨意透露，還望這位大人恕罪。」

秦征又看了她一眼，才不再多問。

袁知州有話要問翠竹，不好意思地看了秦征一眼。

秦征起身，朝袁知州點了頭。「袁大人，我出去走走。」

袁知州感激地道歉，將秦征送到門口，才轉身進屋讓手下將門給帶上。

此時，賈天靜的醫館正是一日最忙的時候，前面大堂有排隊看診的病患，夥計學徒們都忙著抓藥分揀，整個醫館都是匆匆忙碌的樣子。

秦征腳步一轉就去醫館的後院。

賈天靜的醫館是一座三進的院子，前頭是看診的大堂，過後二門，是專供病患住的房間，最後一進才是賈天靜自己的住處和儲存藥材的倉庫。

前頭管理沒那麼嚴，加上醫館的人這個時候都在忙著，秦征就這麼大剌剌去了後院。他本就身材頎長，又是一副好樣貌，見到的人哪裡會將他往壞的方面想。

他就這麼大搖大擺地將醫館的後院逛了個遍。他隨便進了一間屋子，瞧見屋內木盆中的血衣、床單和一旁托盤中血淋淋的東西時，秦征一怔，他向前走了兩步，仔細看了眼托盤，濃眉忽地緊蹙，臉色微變。

白起跟在一旁，發現主子面色古怪難看，不禁問道：「世子爺，怎麼了？」

秦征掩蓋臉上的神色，微微搖頭。「無事，我們走吧。」

臨走時，秦征又瞧了那盆血衣一眼，快步出了屋子。

白起跟在後頭撓了撓頭，不明白主子到底怎麼了，突然變得這般奇怪。

等秦征從後院出來，在大堂中等了片刻，袁知州才從房間出來，歉意地對秦征拱手。

「讓大人久等了。」

兩人才同乘一輛馬車離開。

另一廂，翠竹謹記著賈天靜的話，方才袁知州問她話時，她也沒有說出陳悠救治錢夫人的具體步驟，而是敷衍過去，瞧著袁知州離開的背影，她輕吁了口氣。想起被她落在後院的血衣和床單，急忙跑過去，見到東西還好好地放在原處，不像是被人動過後，翠竹才放下心。

她趕忙將血衣和床單放入火盆中燒了，連托盤裡的東西也一骨碌倒進火盆裡，看著它們燒成灰燼，才抹了把頭上的冷汗離開。

秦長瑞與趙燁磊從宜州回來已是七天後，這次前往宜州去得匆忙，途中又在林遠縣耽擱一日，他們父子二人統共在宜州待兩日，這來回的路途即便是走最快的水路也花了四日。

宜州的生意談得並不順利，只有一家藥商有多餘的存貨，且價格又高，秦長瑞只要了部分，那藥商答應過幾日就送貨。

他們剛到華州永定巷的百味館用飯，秦長瑞才舉箸，阿力就來稟告說唐大夫來了。

秦長瑞將他迎進來，正好唐仲也未用過膳，三人便同桌一起吃飯。

「唐大夫這麼匆匆忙忙，可有什麼事？」

「陳家三哥，我在華州遇著一個南下的藥商，說手中有大批的藥材。」唐仲直言道。

秦長瑞如今對生意場上的事可老練多了。「是否可靠？」

唐仲是個大夫，他一向對藥材要求嚴格，在這方面一直都是小心翼翼，他斟酌了下回道：「我與朋友都去查探過，這藥商確實是南下販賣藥材的不假，祖籍就在華州，他手中的藥材也沒什麼問題。」

秦長瑞對唐仲鑑定藥材真偽還是很信任的，聞言也重視起來。「那藥商手中有多少藥材？」

唐仲吃了兩口酒菜，伸出五個手指。「夠保定堂五個月的量。不過那藥商價格要得倒是不低，比我們往日嵩州藥商的定價要高出三成來。」

秦長瑞大致瞭解情況後，就陷入深思。「暫且先拖著那藥商一、兩日，我要好好想想，順便調查一下這藥商。」

要說華州也不過是慶陽府下轄的州，他們在華州經營兩、三年，算是對華州的狀況頗為瞭解。華州雖產藥材，但數量非常有限，以往都只是些小藥商，不然保定堂與百味館的藥材也不會由嵩州進貨了。

恰好上頭剛有些風聲，這華州就突然冒出個大藥商來，手中還握著那麼多優質的藥材，讓人不懷疑也難。萬一是從京城逃下來的，他們接手這批藥材可就成了燙手山芋。

「成，這事我也覺得其中有蹊蹺，才急著與你們商量，明日一早我就將這藥商約出來，我們都與他見上一面。」唐仲謹慎道。

幾人商議好後，才放下心用飯。飯畢，唐仲就去賈天靜的醫館。

等唐仲到賈天靜的醫館時，賈天靜正巧送一個老友出門，回頭就見到從馬車上跳下來的唐仲。

賈天靜沒想到唐仲會這個時候來醫館，在醫館門口等著他下馬車後，兩人一同進了醫館。

「保定堂沒事了？還是怕我將你這愛徒吃了？這麼急忙趕來。」賈天靜玩笑道。

唐仲沒心思與她開玩笑。「剛才走的是袁知州？」

賈天靜鬧了個沒趣，瞪了唐仲一眼，點頭。

「阿悠呢？怎不見她？」只要陳悠隨著賈天靜來醫館幫忙，他來時，必會在大堂瞧見她正在給病患診脈，可這次卻不見陳悠的影子，著實讓唐仲奇怪。

賈天靜的神色突然變得認真起來。「阿悠在後院歇息，唐仲你跟我來，我有話與你說。」

兩人去醫館的會客廳，唐仲瞧她神色有異，心中就隱隱有感覺定是與陳悠有關，他也格外重視起來。

醫館的夥計上了茶就退出去，見兩人有話要說，還體貼地將門給帶上。

「何事這般鄭重？」唐仲有些緊張地捏著杯口。

賈天靜細細看了唐仲的神色，確信在他臉上瞧不出什麼異樣後，才將實情說出來。而唐仲知道陳悠的特別之處，此時聽來倒也不覺得她有如何奇怪，何況這剖腹之法，自神醫華佗就留傳下來了。

「這些都是你教她的？」賈天靜好奇又激動地問。

唐仲搖頭。「天靜，我早與妳說過阿悠天賦異稟，這四年跟隨在我身邊，的確是學了不少東西，但就連我，這種手術也是做不來的。我這些年潛心鑽研麻沸散，本也有將華佗師祖的技藝再現人世的意願，卻未想到我還未做到，阿悠卻先我一步做到了，讓我頗感欣慰。」

唐仲這番話說得發自肺腑，瞧著不像有假，賈天靜也與他來往這麼多年，對他的性格也算瞭解，知曉他不會與自己說假話。

陳悠算是賈天靜的半個徒弟，在醫藥一途上，能趕超前人到這個地步，兩位做師傅的當然都為她高興。

「那麻沸散可有作用？」唐仲鑽研在這麻沸散上就是將近十年的時間，以前為了驗證方子有沒有用處，還不惜在自己身上做實驗。

賈天靜臉色終於有了一絲歡喜。「這次你那麻沸散可幫了大忙，不然錢夫人根本忍受不住疼痛，就連我行醫將近二十年，見阿悠下刀子也是渾身發寒呢！別說旁人了。」

唐仲撫了撫他蓄起的一小撮鬍鬚。「看來我這些年算沒白忙活。」

兩人都不是一般的大夫，在這些事上自然也看得遠些。

唐仲忽然想到什麼，眸子裡帶著緊張盯著賈天靜。「天靜，這次算我求妳，這事萬不能透露與劉太醫，阿悠年紀還小，還什麼都不懂。」

唐仲知曉，賈天靜與劉太醫師徒情誼深厚，兩人常常通信。她幾乎是從不瞞著劉太醫任何事。

賈天靜前一刻的笑臉，後一刻全部消失殆盡，她皺眉回視唐仲。「唐大夫，在你眼裡，我就是這樣的人？師傅當初不讓我摻和皇家事，難道我為了阿悠這點思量都沒有？」

唐仲被她質問得尷尬。「賈天靜，妳這般激動做甚？我又沒說妳什麼，只是提醒妳一句。妳與劉太醫感情好，若是不小心說漏嘴可怎麼辦，我又未指責妳對阿悠不好。」

當真是女人心海底針，他不過是提醒一句，想來，他當初決定一輩子都一個人過是多麼明智。不過，兩人這般拌嘴的情況很常見，片刻後，二人又恢復常色。

賈天靜問到保定堂的藥材，唐仲將今日與秦長端商量的話與她說了，兩盞茶喝完，賈天靜領著唐仲去瞧錢夫人的情況。

唐仲本是想瞧瞧錢夫人身上的手術傷口，可礙於男女有別，也只給錢夫人診了脈象。

兩人離開時，賈天靜將一切要注意的事宜又與翠竹交代一遍。

「你今晚可還回去了？」賈天靜詢問身旁的唐仲。

唐仲抬頭瞧了一眼天色，冬日本就晝短，這會兒還有些暗淡天光，兩刻鐘，天就烏黑了，他還沒見到陳悠，便道：「不回了，明日一早再回，雪未化全，路也不好走，我一會兒交代夥計將馬車安頓好。」

賈天靜點頭。「那便住原來那間客房吧，我去尋個夥計收拾一番，夜間給你添個暖爐。」

兩人都是多年之交，素日又時常來往，也沒什麼好客氣的。

陳悠這一睡就睡了一下午，醒來時屋內已一片昏暗，睜眼時，一時不知今夕是何夕。甩了甩頭，白日裡的記憶才漸漸清晰起來。

昏暗中，陳悠舉起自己的雙手在眼前。那時真是太急了，她竟然克服心中的恐懼，給錢夫人動手術，到現在她都有些不敢相信……不過想到這裡，陳悠眉頭卻緊皺起來，當時只憑著一股勁，加上可能是受到藥田空間的影響……現在如何與賈天靜解釋？她認識賈天靜的這些年來，她可從未做過這類手術。

陳悠頓感頭疼起來，不過那個時候，她能眼睜睜地瞧著錢夫人喪命不管嗎？顯然是不可能。

在陳悠沈思時，房門就被人從外頭敲響，傳來賈天靜的聲音。「阿悠，還睡著嗎？已過酉時了，起來吃些再睡，妳師傅也過來了。」

本還準備裝死的陳悠聽到唐仲來了，立馬變得精神起來，她應了一聲，起身給賈天靜開門。

賈天靜瞧她穿著一身中衣，關上門，又給她房中點上蠟燭。

「快穿好衣裳，傍晚時，外頭又飄雪了。」賈天靜說著，將搭在屏風上的淡紫色錦緞披風遞給陳悠。「披上這個，剛起來，寒氣最容易侵體，等到花廳再脫下。」

陳悠朝賈天靜咧嘴一笑，乖巧地將長襖與披風穿好，跟著她去前院用飯。

陳悠一進花廳，唐仲就迎上來，故意沈著臉。「患病症了？怎麼精神這般不好？」

瞧見唐仲，陳悠臉上都是笑意，解下披風放到一邊。「唐仲叔，我沒事。」

「伸手！」

陳悠無奈地乖乖伸出右手，讓唐仲把了脈後，唐仲的臉色才好些。

「錢夫人的病告一段落了，後頭幾日妳也不要去前院診脈，在後院好好休息。我讓妳靜姨看著妳，沒多長日子就過年了，若是讓妳爹娘和李阿婆知道，又要擔心妳。」

「我知道了，唐仲叔，您年紀越大越囉嗦。」陳悠朝唐仲吐了吐舌頭。

「若是讓我知道妳不聽話，明日我便讓妳娘來接妳回去。」

陳悠急忙閉嘴。

晚飯間，有唐仲與她唱雙簧，很快，錢夫人手術的事就揭了過去。

陳悠從花廳出來，吸了一口夜間涼爽沁人的空氣，再去錢夫人房中看了一眼才回去休息。

等錢夫人的身體穩定下來，她打算回百味館，畢竟她還記掛著藥材的事，也不知爹娘買到藥材了嗎？剛吃晚飯時，光顧著應付賈天靜關於手術的事情，便忘了問唐仲。

陳悠懊惱地拍了下腦門，進了房間，洗漱後，便抱著湯婆子鑽進被窩。

許是下午睡多了，此刻，陳悠躺在床上一點睡意也無，想到白日裡給錢夫人動手術時那奇怪的感覺，她心念一動，默唸靈語就進入藥田空間之中。

這麼些年，空間已經從當初的凡級五品升到凡級九品，可是除了多些種類的廣譜藥材和湖泊中一些水生藥材之外，旁的根本就沒有多大變化。陳悠一進入藥田空間，迎面就是一股涼爽的清風，風中參雜淡淡的藥香，讓人頭腦跟著清醒起來。湖泊盡頭那條彷彿通天的「玉帶」一瀉千里，此時湖泊中還籠罩著一層淡淡白氣，有些像是仙境。

陳悠走到湖邊，湖水清澈浩淼，若是能從上方俯瞰，整座湖泊就猶如一塊形狀不規則的藍田玉石鑲嵌在價值連城的首飾之中，美不勝收。

陳悠難得有心情欣賞藥田空間內的景色。她一時間覺得呼吸舒暢無比，吸入口中的新鮮空氣好似帶著清新直達肺部，她忍不住深深吸了幾口氣。低頭看著眼前一望無垠的碧波，有如最純淨的眸子，陳悠瞧著瞧著，那湖水就好似有魔力一般不斷地吸引著她。

陳悠終於沒忍得住，伸手想要掬一捧湖水洗臉，可是雙手一伸入湖水中，一閃而逝的銀光從她與湖水接觸的地方迸射而出，湖水突然發生變化，一圈銀白的光暈以她的雙手為起始點，以肉眼可見的速度擴散開。那光暈所過之處，猶如重生。整個空間都被這層光暈洗禮。這景象猶如一個少女脫去臃腫的舊衣，洗去臉上醜陋的易容，露出曼妙的身材和嫩滑美豔的臉龐。

陳悠吃驚地瞧著眼前的變化，一雙清水眸子越睜越大。

春夏秋冬，四季交替，藥田空間在這層光暈的洗禮下，就像是從含苞待放的春季邁入繁盛的夏季，一切變得更加鮮活生動。忽然，她身邊一片榕樹林拔地而起，那壯觀的景象任誰見了也只有瞪大眼睛的分兒。

陳悠親眼目睹身旁的榕樹從生根發芽到冠蓋遮天，那枝椏在她身邊環繞，將她裹在榕樹叢中，讓她看起來有如森林精靈，光暈漸漸蔓延到遠方。原本空蕩的藥田空間被光暈浸染後，那橫亙在田中的枯枝落葉立即消失，轉而化為一層墨綠的草地，而不遠處的自生藥田形狀也正發生變化，不規則的形狀慢慢變成規整的四方形。一刻鐘後，讓藥田空間重生一般的光暈徹底在遠方視線所不能及的地方消失。

陳悠對這突然變化的一切還沒有回過神，直起身，眼前碧波上空就浮現一排由白色微光組成的幾行字。

「天將降大任於斯人也，必先苦其心志，勞其筋骨，餓其體膚。爾經磨礪，小有所成，今藥田空間邁入地級一品，試仍在繼續，困難仍然重重，望爾不忘初衷，再接再厲。獎勵重生光暈，鳳凰涅槃，浴火重生！」

陳悠在心中默唸著這段話，氣得都想笑起來，這空間是越發詭異，這表面工夫卻是越做越漂亮了，也好意思拿這些官話來撐面子，她那些日子一見到病患就猶如犯了毒癮一般，恨不能撲上去就給人瞧病，正是因為如此，空間才會升級這般快。現在倒好，卻都說是為了「苦其心志，勞其筋骨」，看那話，她是要繼續被這藥田空間折騰？方才因藥田空間升級所顯現的神奇情景給她帶來的震撼也抹殺不了她心中的失落和無奈。

陳悠以一捧水往臉上拍了拍，又喝了口，湖水甘甜可口，猶如清冽的山泉，這倒是讓她心情稍稍平復。旁邊就是巨大榕樹的根部，往邊上走了兩步，陳悠便坐到樹幹上，這裡可以瞧見遠處已化為碧綠一片的藥田，雖然不如祖父將藥田空間交給她時的樣子，不過比藥田空間在凡級時要好看百倍。

陳悠嘆口氣，她都有些分不清現在的情況是好是壞了。正當她打量變化過後的藥田空間時，她眼前一閃，一行字體又在眼前閃現。

「仙靈通天，地級任務開啟。空間之主必須在一個月內與選定的秦姓男子相識。任務完滿後，藥田空間將會自動升級，若是任務失敗，空間之主將會受到懲罰。」

陳悠剛剛平定的小心臟，被眼前顯現的字險些給嚇得跳出來。

這什麼玩意兒，竟還有任務？升級不是只要治療病患並且對症下藥，讓病患有顯著恢復就成？怎還會有旁的條件？這震驚可不是天上掉餡餅，可是天上掉炸彈了。

陳悠艱難地吞嚥了口口水，將眼前這行虛空中的字看了一遍又一遍，使勁地拍了拍自己的臉頰，確定她不是在作夢後，才無奈地承認這個事實。

哪個人是希望被別人控制的？自由的價值想必人人都知道。

陳悠真是煩透藥田空間干預她的生活，這次她決定不服從藥田空間給的任務。之前，雖然藥田空間影響她的生活，可並沒有真的給陳悠帶來弊端，空間如今的作用是雞肋了些，它也確實在某些方面幫助過陳悠，可並不代表陳悠就要被空間牽著鼻子走。

她冷哼一聲，在心中暗暗決定後，就跳下巨大的榕樹枝椏，在藥田空間裡巡視了一圈，離開了藥田空間。

第三十二章

第二日一早，陳悠起了個大早，親手給唐仲做朝食，而後詢問唐仲藥鋪藥材的事情。

唐仲也未瞞著陳悠，陳悠聽完後滿臉憂色，急急忙忙去與賈天靜說一聲，就與唐仲一同回永定巷百味館。

秦長瑞與陶氏沒想到陳悠會這個時候回來，臉上驚喜，趙燁磊也同樣滿臉喜悅。

「阿悠，這次靜姨帶妳見了什麼病症？」趙燁磊在陳悠身邊耳濡目染，整日見她研究這些病症，加上阿梅、阿杏在陳悠的影響下也讀醫書，他跟著看了許多，對醫藥也略懂皮毛。

陳悠看了趙燁磊一眼。「阿磊哥哥，這些過一會兒再說，你與我說說藥材的事情這幾日可有進展？」

趙燁磊知道陳悠是個天生操心的性子，對於藥材的事情也不瞞著她，將他與秦長瑞前兩日查的事都告訴她。

兩人邊說邊走。陶氏從後頭院子一走出來便瞧見這情景，陳悠已經及笄，長成了如花似玉、含苞待放的大姑娘。此時，她微低著頭凝神聽趙燁磊說話，自有一種溫婉風情，偶爾微微地抬眸，有亮光從翦水雙瞳中劃過，宛如一幅讓人沈醉的畫卷。

趙燁磊微彎著腰，輕聲與陳悠解釋著什麼，瞧著陳悠側臉的眸中明顯讓人覺著目光不同，充滿溫柔與喜悅。

陶氏並沒有走過去，而是拉著阿梅、阿杏的手，一直目送他們拐進後院的拱門。

阿梅奇怪地搖了搖陶氏的手臂。「娘，您怎麼了？為什麼站在這裡不上去與大姊打招呼？」

陶氏被喚回神，低頭朝阿梅一笑。「娘只是有些感慨，這麼不經意間，妳大姊就已經長大，變成大姑娘了，娘在家中留不得她幾年了。」

阿梅瞬間覺得嗓子眼堵得難受，她與阿杏互相看了一眼，澀澀地道：「阿梅、阿杏都不想大姊嫁人。」

陶氏被兩姊妹說得一怔，笑起來，她輕捏了下阿梅、阿杏的手心。「娘也捨不得，娘還想著多留妳們大姊兩年呢！」

阿梅、阿杏聞言才開心起來。陶氏卻盯著陳悠消失在拱門後的身影沈思起來，趙燁磊這幾年一直養在她與秦長瑞名下，所以陶氏一直沒將陳悠與趙燁磊聯繫在一起過。前世，直到他們身死，都未聽趙燁磊娶妻，而她這些日子細心觀察，趙燁磊對陳悠的感情絕對不會是兄妹之情這麼簡單，那他會不會是陳悠未來託付終身的好人選呢？

稍晚，幾人在花廳中商議後，最終決定明日約見藥商。

秦長瑞這兩日並未調查出這藥商有什麼不對的地方。

唐仲點頭。「那明日我便將那藥商約到這兒來，到時，我們再與他詳談。」

唐仲走後，秦長瑞與趙燁磊又問了賈天靜那兒的情況，才得知她們診治的乃是袁知州的親妹妹。

陳悠擰了擰眉。「爹，那日我在靜姨的醫館還見到一個人。」

秦長瑞抬頭看了她一眼，示意她繼續說。

陳悠喝了口藥茶。「那年輕男子與阿磊哥哥差不多大，相貌堂堂，衣著也不凡，與袁知州一同來醫館，我見袁知州對他頗為敬重。」

說到這裡，陳悠看了一眼秦長瑞與趙燁磊的反應，繼續道：「而且這個年輕男子與我有過一面之緣。」

趙燁磊突然緊張地抬頭盯著陳悠。「他是誰？」

陳悠搖搖頭。「我不知道他是誰，我向靜姨打聽過，靜姨說袁知州只是隨口說了句那男子是他家中的親戚，但我想必定不是。袁知州是我們華州地界的一把手，什麼人還能讓他那般小心翼翼，生怕有一點怠慢？兩人雖然也親密，可不像是沾著親。有誰家會以這樣的態度對待親戚？而且，我與這男子第一次見面時，險些命喪他的馬蹄之下，所以我記得非常清楚！

「雖然四年多過去，可他五官並非變得我認不出來。當時，我氣憤難當，想要對著他大罵，旁邊還有一位大叔勸慰我，說這人是從建康城來的，讓我不要惹到這些權貴。」

說到這裡，陳悠停頓了一下。「所以，爹，他會不會是上頭來的，在咱們華州有什麼任務？那年輕男子既未生病也無親眷在醫館中，頻頻來靜姨的醫館是不是為了調查行情，會不會與嵩州藥商被扣有關？」

陳悠一連說了幾個推測，不得不說，她這些推測都是有憑有據。秦長瑞與趙燁磊首先關心的並非陳悠話中的推測，而是她險些命喪馬蹄的事。

秦長瑞的臉色有些黑。「阿悠，妳差點被馬踩到這回事怎麼從未與爹提起過？」

趙燁磊也同樣滿臉擔憂地盯著她，彷彿下一刻就要來到她的身前詢問她有沒有什麼地方傷到了。

陳悠抽了抽嘴角。眼前的兩個男人搞錯重點了吧？再說，發生這件事的時候，她還不認識趙燁磊，秦長瑞還是陳永新，這叫她怎麼解釋？

陳悠勉強笑了笑，搪塞過去。「都好幾年了，那時有驚無險，省得爹娘擔心，我才沒說。爹，那年輕男子……」

「妳就算不體諒我，也要體諒妳娘，妳若是在外頭有個三長兩短，讓我們怎麼辦？這樣的事，下次別再發生了，阿悠，可記住了？」

陳悠只能無奈地應下來。

而後，秦長瑞才將陳悠的話仔細想了一遍。從京中來的，且與袁知州有些關係……不知怎的，秦長瑞瞬間就想到了秦征。

秦長瑞渾身都僵硬起來，眉目間更是帶著驚色。「阿悠，妳且與我詳細說說這年輕男子的樣貌。」

陳悠有些不解，但還是將男子的樣貌敘述了一遍。

秦長瑞聽完，一顆心直往下沈，他幾乎肯定陳悠說的這人便是秦征了。

陳悠見他面色有異，納悶地問道：「爹，您認識這個人？他真是從建康城來的？」

秦長瑞被陳悠問得回過神，斂去臉上的異樣，搖搖頭。「不認識，只不過奇怪這人既然是從京中來的，那定然是有令在身，我們更應該有個準備。」

「那我們要不要派人打探那個男子的身分？」趙燁磊在旁邊出主意道。

這次秦長瑞頗為反常，竟然沒同意。「不用，若那人真是京都來的，他身邊定然防範眾多，我們的人想要接觸他不容易。若是到時候暴露了，反而引起他的注意，於我們不利。」

唐仲、趙燁磊與陳悠也覺得秦長瑞說得有理，於是不再想多打探那個年輕男子的身分。

「那便先這麼決定，天色晚了，大家都去休息吧！」

陳悠將唐仲送到百味館門口，瞧著他上馬車，才轉身回房。

阿梅和阿杏好幾日沒見到她，晚上都要與她一起睡，三姊妹也難得這樣聚在一起，陳悠也就隨了她們。

另一廂的秦長瑞見趙燁磊剛進房間，就去前頭大堂叫阿力過來。

「東家有什麼吩咐？」

秦長瑞眉頭緊擰，眸色深沈，似在作什麼重要決定。「阿力，連夜去一趟薛掌櫃家中，將這封信親手交給他。」

阿力從秦長瑞手中接過一封蠟封的信件塞入懷中，披上黑色的斗篷，轉身踏入夜色中。

秦征聽到門外的腳步聲，將手中正在摩挲的茶盞放下，抬眼看向屏風。

白起從外間的屏風轉過來，將手中的幾封信件雙手捧到秦征面前。「世子爺，這些是這幾日的書信，其中有阿北命人送來的兩封，還有一封是京中來的。」

秦征伸手接過，很快就將這些信件瀏覽完，當瞧見其中一封時，他捏著信封的手攥得青筋突起，當即就將那封信捏成皺巴巴的紙團扔出去。

「世子爺，消消氣！」白起在一邊勸道，然後將他扔出去的紙團又撿回來，展開，一目十行瞄了兩眼，頓時臉色也不好了。

難怪世子要發怒，這若是他也忍不了啊！

「世子爺，李霏煙要來華州了，這……」白起低頭小聲道。

「不用你再重複一遍，我已經知道了！」

白起碰了滿頭包，只好乖乖地站在一邊沈默下來。

過了良久，秦征才壓下心中的怒氣，轉過身，他瞥了白起一眼。「過兩日，咱們就搬出袁府，你去安排，還有這兩日叫你打聽賈天靜，打聽得怎樣了？」

白起見主子周身那迫人的氣勢消失了，他輕吐一口氣，答道：「世子爺，小的打聽清楚了，袁知州的妹妹患的乃宮外孕，這等病例實屬少見，近年記載在冊的，只有宮中的劉太醫治癒過一例。賈大夫是劉太醫的高徒，能治癒這種病症，不足為奇。」

「你且與我說說這病症的具體治療之法。」秦征端起茶盞喝了一口，然後將白起拿進來的信封都扔進一旁的火盆中。

白起早查過資料，劉太醫治療宮外孕的那段記載，他也已爛熟於心，當即就將那些話背了出來。

秦征聽後，卻深思起來，照著劉太醫的法子，怎會有那些血衣？還有托盤中那血淋淋的東西？

白起見秦征沒有說話，忐忑問道：「世子爺，是小的說得不對嗎？」

秦征搖搖頭，修長的手指輕輕敲擊著椅子扶手。「我知曉了，你明日派人查一查賈天靜，再與我彙報。」

秦征揮了揮手，讓白起出去。

外間響起白起將房門關上的輕微響聲，房內只剩下他一人。

秦征瞬間眸色暗沈，深邃的雙目中盡是怒火！他緊緊捏著旁邊小几上的青花杯盞，杯中的茶水微微抖動。

李霏煙！呵，她竟還敢來華州，這次可別怪他心狠手辣！若這一世，他再看不透這個女人，那他前世就白死了！

秦征腦中都是上輩子破碎、分崩離析的悲痛幻影。他整個人猶如惡魔附體，渾身散發著一股戾氣，原本烏黑的瞳仁都好似要發紅一般。

秦征想起他含恨而死後，再睜開眼以為等待他的會是地獄惡鬼，卻未想到上天會給他又一次機會，讓他重活一世！彼時，一睜眼就回到十年前，那時候他與京中幾個世家的長子嫡孫，跟著太子與三皇子在檀香山縱情山水。

秦征醒來就與太子殿下告假，帶著白起與幾個貼身侍衛急匆匆趕回建康。可是檀香山在大魏靠著西邊，屬於漳州地界，建康靠大魏南邊中部，這一南一西隔著萬水千山，就算秦征用急行軍的速度最快也要五、六日的時間，可即便這樣，他那時也顧不得了，因為離家中祖父出事只有六日的時間。他既然重活一世，就絕對要阻止這些不幸發生！

從漳州到建康城，秦征當時日夜兼程，每日頂多休息上一個多時辰，旁的時間都是在馬背上，等到了建康毅勇侯府，已跑死了三匹馬。顧不得身上如散架般的疼痛，秦征衝進府中，一把掀翻秦老侯爺面前的膳食。

秦老侯爺吃驚地瞧著眼前渾身狼狽、發了瘋一樣的孫子，說不出話來，而後下一刻，秦老侯爺就忽地渾身抽搐、倒地不起，自那以後秦老侯爺想說話，卻再也說不出來了。

秦征當時幾乎是瞬間失去渾身的力氣，「撲通」地跟著倒地，昏迷不醒。其實，他那時早就身體透支，這一路回到京城，憑著的是他那股發狠的拚勁！

可他使了全力，仍然沒能及時阻止祖父遇害。悲痛、不甘、憤怒種種情緒，加上渾身不可抑制的疲憊暫時繃斷了他腦中的弦。

痛苦和勞累一同襲來，秦征再也扛不住地暈過去。等他再次醒來後，他還反應不過來，就聽到更壞的消息。當時被皇上派到外地的秦長瑞夫妻竟在半途遇害，雙雙離開人世！而秦老侯爺因他將飯桌掀了，中毒不深，被救回了一條命，卻全身癱瘓，不能說話，猶如一具活死屍。

秦征剛剛重生，就幾乎變成孤身一人。他那時幾近崩潰，一度懷疑這一切是不是他在作夢？這些也許並非現實，他只是活在夢中，不然，為何父母會與上一世不同，雙雙身死？

若不是皇上照拂，秦家恐怕就要從此自朝堂和繁華的建康城中消弭。一夜之間，他就從侯府的小少爺變為世子爺，若不是老侯爺還留有一口氣在，這侯府還當真只剩下他孤身一人。

之後，等他再振作起來時，就已性格大變，變得殺伐決斷。許是皇上有意想要扶持秦老侯爺這餘下的獨枝，小小年紀就得皇上重用。不過重生的這四年多來，秦征卻仍然未能查明祖父是誰下的毒，父母又是誰出手暗害。

秦征從回憶中回過神，李霏煙乃是他上一世的妻子，他還記得這個女人有多麼毒辣噁心，他當初與秦長瑞的重傷都拜她所賜，而在他彌留之際，將最鋒利的一把刀捅進他心窩的也是李霏煙，這輩子他要是再娶這個女人，他還有什麼臉去面對已逝的父母？還怎麼對得起他受的那些苦痛？

壓抑的怒氣在秦征深眸裡翻騰著，他眼睛瞇了瞇，閃過一道危險的光芒。

一大早，陳悠與阿梅、阿杏便起身了。

今日是百味館上新藥膳的日子，她要親自去廚房監督，阿梅、阿杏這幾年手藝練得頗不錯，趁今日李阿婆與唐仲都來，兩個小姑娘也想著能露一手。

陳悠端著茯苓酥餅從廚房出來，恰好瞧見正從前院過來的趙燁磊。「阿磊哥哥來嚐嚐這個，剛剛新做出來的。」

趙燁磊抬頭瞧見一身淡粉色長襖的陳悠手中端著一只白釉瓷盤，想了一夜事情沒睡好的趙燁磊瞬間精神起來。

他兩三步走到陳悠身邊，清晨的空氣帶著些寒意，前兩日下的雪還未化盡。「外面冷，阿悠趕緊進屋子。」

花廳裡有夥計一早搬進去的暖爐，南方冬季雖冷，可比北方好許多，一個暖爐在屋中就已足夠。陳悠進小花廳時，在外面凍得通紅的臉頰被熱氣一燻就更紅了，兩頰猶如煙霞，趙燁磊回過頭看到陳悠這副模樣，忽地心跳加速。他有些不好意思地撇過頭，可又忍不住頻頻朝陳悠那邊看過去。

陳悠將白釉瓷盤放在桌上，轉過身恰與趙燁磊的目光相撞，趙燁磊瞧她的眼神灼灼，讓她一怔。

「阿磊哥哥，我頭髮沒梳好嗎？」陳悠朝頭上摸了摸。

趙燁磊被當場逮個正著，連忙尷尬地低下頭，移開視線。「沒有，只瞧著阿悠今日好似有些不同。」

陳悠清亮的聲音笑起來。「阿磊哥哥是說我穿的這身衣裳吧，昨兒晚上娘送到我房間的，我說太豔了穿不了，娘硬是讓我穿，可不，一大早就丟人了。等用了朝食後，我回去就換了。」

趙燁磊急忙搖頭。「不是，阿悠穿這身衣裳很好看。」

陳悠咯咯笑起來，銀鈴般的聲音迴蕩在房間內，猶如千萬隻貓爪輕輕在趙燁磊的心房撓過。

「阿磊哥哥嚐嚐這個，這是我親手做的。」

陳悠一年裡有大半年待在保定堂中，趙燁磊又一心苦讀，其實兩人根本沒多少時日能夠見面，趙燁磊更是難得吃到她親自下廚做的點心吃食。他撚了一塊茯苓酥餅吃了一口，入口酥脆香甜，嚥下去後口中還留有淡淡的金銀花香。

在陳悠這幾年的培養下，他們一家人都成了不折不扣挑嘴的吃貨。趙燁磊雙眼就亮了起來。

「好吃嗎？」陳悠期待地盯著趙燁磊，趙燁磊當然點頭。

「既然阿磊哥哥喜歡吃，一會兒我去廚房多做些，聽爹說，你明日還要回一趟林遠縣，到時我收拾些，你帶去給王先生嚐嚐。」

趙燁磊滿眼都是溫柔。「那就麻煩阿悠了。」

「一家人有什麼麻煩不麻煩的。阿磊哥哥，你先在這兒坐，我去前院看看唐仲叔與李阿婆來了沒。」

陳悠剛要轉身離開，趙燁磊就道：「阿悠等等，我與妳一起去。」

陳悠點頭，笑著與趙燁磊一同去前院。

前院，唐仲與李阿婆剛到。

「阿婆，慢點，這雪還沒化完，早上結冰，打滑呢！」陳悠邊扶著李阿婆下馬車，邊提醒道。

李阿婆笑瞪了她一眼。「阿婆雖然年紀大了，可身子硬朗得很呢，下個馬車哪裡能摔到。」

「那也要小心。」陳悠笑著攙扶她進了百味館。

「阿婆，今早我做了好多阿婆喜歡吃的點心，阿梅、阿杏也做了不少，一會兒我讓她們裝了給阿婆帶回去慢慢吃。」

「今早什麼時候起來的，女孩子家可要注意保護身子，這些吃的，什麼時候做不成，非要一早起來趕著，身子熬壞了可怎生是好……」李阿婆這兩年記性沒以前好了，說話也變得囉嗦起來，只要一說就有些沒完沒了，可陳悠每次都耐心聽著，不管李阿婆說什麼，她都會好性子地聽她數落完，再接話。

陳悠一家加上唐仲與李阿婆，好好吃了一頓豐盛的朝食。

稍後，秦長瑞與唐仲帶著趙燁磊去前院花廳等候今日約好的藥商。陶氏、陳悠還有阿梅、阿杏則與李阿婆在後院聊天。

李阿婆帶了針線來做，陶氏也在縫秦長瑞過年的新衣，阿梅、阿杏兩姊妹在打絡子。陳悠不喜歡這些精細活兒，拿了本醫書靠在一旁的玫瑰椅上隨意翻著。

趙燁磊這時候從外面進來。「嬸子，那藥商來了。」

陳悠與陶氏互換了個眼神，陳悠起身。「阿婆，娘在這兒陪著妳，我去前院看看。」

「去吧、去吧，省得妳覺得陪我這個老婆子無聊！」李阿婆笑著打趣陳悠。

陳悠往李阿婆身邊湊了湊。「阿婆，今晚不要回去了，陪阿悠睡一晚。」

「好，臭妮子，妳說什麼都好，阿婆今晚不回去了，妳快去吧！」

陳悠才與趙燁磊一起去前院。

兩人一離開，李阿婆就湊到陶氏身邊低聲道：「阿悠她娘，妳覺得阿磊如何？」

陶氏一怔，放下手中的針線。「阿婆，我瞧著阿悠對阿磊好似沒這個意思。」

李阿婆瞧了眼兩人消失的門口，道：「有時感情是要培養的，我瞧這小子不錯，又是妳與永新帶大的，他除了你們一家又沒有旁的親人，阿悠若是能嫁給他，也能常伴你們左右。」

何況我看阿磊也是個有出息的，說不定日後就能做個官老爺，阿悠跟著他也不會吃虧。」

見陶氏眉頭緊了緊，李阿婆笑著打哈哈。「我只是瞧這小夥子不錯，以後日子是阿悠自己過，還要看阿悠的意思。阿悠她娘，妳不妨找個時間問問兩個兒女的想法，阿磊方才瞧阿悠的眼神，卻不像是個沒有情意的。」

「阿婆說的話我記下了。」陶氏點了點頭。

另一廂趙燁磊與陳悠一同去前院，卻並未進秦長瑞、唐仲與那藥商談生意的房間，而是去了隔壁。

這間房有暗格，推開暗格就能將隔壁說話的聲音聽得一清二楚。趙燁磊與陳悠坐下，隔壁房間談話的聲音就傳了過來。

「唐老闆，我這藥材可都是貨真價實，你不信可以親自去我那兒瞧瞧，我讓夥計開倉給你看！若是有一兩發霉的，我便不收你的錢，藥材都白送給你。」

聽說話聲是個中年男子，嗓子偏沙，有鼻音，怕是有多年的鼻炎。

「戴老闆，不是我不相信你的藥材，只是你這現貨只有一半，卻要我們一次付清貨款，若是我們付了錢，拿不到貨豈不是虧狠了？」唐仲皺眉道。

中年男子頗有些急躁。「我戴某是言而有信之人，若是你們不相信我，我可以寫下一分文書，將我在這華州的田地和房產都抵押上，如果我不能在規定時日內交貨，這些東西便歸你們，如何？唐老闆、陳老闆，我是真急著用銀子，不然我也不會這個價格將這批好藥材賣了，這可是我今年開春特意囤下的，若是能撐到年尾，這價格肯定還要漲！」

秦長瑞與唐仲交換了眼色，唐仲道：「戴老闆，我們也不是不相信你，畢竟是一筆不小的銀子，我們也要小心謹慎，明日我們去看過你的藥材再決定，你看如何？」

隔壁房間沈默了片刻，才傳來戴老闆好似無奈的聲音。「成，那戴某明日就恭候二位大駕。」

而後三人又商議一些細節，戴老闆才出聲告辭。

陳悠與趙燁磊互相看了一眼，兩人眼中都帶有懷疑，總覺得這戴老闆好像隱瞞了什麼。片刻，唐仲與秦長瑞將戴老闆送走，就進了他們所在的房間。

「爹，您覺得戴老闆的話是真的嗎？」陳悠皺眉問道。

秦長瑞凝神片刻道：「戴老闆說的不像是假話，可是這個時候他為何會這麼急切脫手這筆藥材？我們得連夜託人好好打聽！」

唐仲與趙燁磊也是這麼想的。

「爹，明日看藥材我也去。」

秦長瑞瞥了陳悠一眼，無奈道：「妳啊！今年就順著妳，等年後可得叫妳娘好好管管。」

陳悠覥著臉對秦長瑞笑了笑。實際上，陳悠心中想的卻不是這麼簡單。

上頭要插手藥材、完善惠民藥局，只要是有些門路的藥商都會多少瞭解到一些消息。離建康近的大藥商或許被掣肘得措手不及，可隔著建康一個府的華州，卻不用擔心這些。往後，這南方的藥材一旦被壟斷，這些藥商手中的藥材定要猛漲。戴老闆能將手中的藥材生意做到這麼大，也不是個沒腦子的人。怎麼這個時候會低價拋了這批藥材？若不是藥材有問題或是他有什麼急需用大量銀子的地兒，那這很可能就是個陷阱。

幾人又對這事商討了一會兒才散去。

唐仲出門去向好友打探這姓戴的藥商，而趙燁磊明日一早要回林遠縣，陳悠去給他準備些點心，讓他明日帶回去。如今林遠縣的藥膳鋪子是白氏管著，正巧讓趙燁磊給她也帶一些去。

趙燁磊自與他們一家搬到華州後，就入了州學，到如今已在州學中讀了兩年。後來趙燁磊覺得在州學中學不到什麼，才搬回家中。其實，趙燁磊是有能力在州學中被選為貢生進入國子監，但一來他不願意離開陳悠一家，二來建康城中局勢複雜，秦長瑞也不同意他過早入京中那些權貴的眼。

歷屆鄉試都是在金秋八月舉行，可今年初聖上特頒皇榜，將這季的秋闈提前到初春，一時讓應試的學子都有些忙不過來。等明年過了年後，趙燁磊就要去參加鄉試。

他這次特地回林遠縣，一來是與好友聚聚，二來就是尋王先生指點一二。

華州城門口，一隊人馬正從官道緩緩駛來。

兩隊護衛護著三輛馬車，中間的那輛馬車與其他的兩輛有些不同，除了寬敞得多，樣式也很古怪。不一會兒，一個穿著淺綠色長襖的少女微微掀開馬車簾子，輕聲細語問一旁的護衛。「小姐問到哪兒了？」

那騎在馬上的護衛連忙恭敬回道：「青碧姑娘，還有兩刻鐘就能到華州城了。」

叫青碧的丫鬟點點頭，放下車簾。車廂內隱隱傳來低低的說話聲。

須臾，青碧又掀開車簾。「去將蔣護衛請來，小姐有事交代。」

片刻，從車隊前面過來一男子，騎在高頭大馬上，一身黑衣，面容冷峻、身材頎長，有雙寒星一般的眸子。

「小姐有何事？」蔣護衛冰寒的雙眸朝青碧看過來。

青碧一個哆嗦，撐著膽子道：「小姐讓奴婢將這個交給您。」說著從袖口中掏出一封信遞給蔣護衛。

蔣護衛從青碧手中抽過信。「小姐可還有別的要交代？」

「沒……沒有了……」青碧被他那張毫無表情的臉嚇得結巴道。

小姐交代的事情一辦完，青碧烏龜一般縮回馬車內。蔣護衛停下來拆開信封，映入視野的便是那一筆如行雲流水的字跡。

蔣護衛緊繃的俊臉不經意間變得柔和起來，他一目十行將信中所說的事情記在心中，然後小心將信放回信封，妥貼地收進懷裡，朝車隊中間的那輛馬車深深看了一眼，等視線轉回落到官道上，又變回那副冷面。他揚起手中的馬鞭，落在馬背上，率先進華州城辦事。

青碧拍著胸口，替在車內靠著柔軟車壁的李霏煙倒了杯茶水。

李霏煙微微睜開一雙鳳眼，朝青碧瞥了一眼。「瞧妳，什麼事把妳嚇成這樣！若是這般沒有見地，下次出門便換青蓮吧！」

青碧急忙認錯。「三小姐，您別丟下奴婢，奴婢再也不會了，您就原諒奴婢一次。」

「到底怎麼了？」說話間，李霏煙將攏在袖中的手爐遞給青碧。

青碧連忙給她將手爐中的炭火換了，摸了摸不燙手，才遞給她。

「三小姐，實在不是奴婢膽小，而是蔣護衛那張冷面太過嚇人。」府上李霏煙院子裡的丫頭都怕他。

李霏煙輕笑一聲，伸出青蔥玉指戳了戳青碧的額頭。「妳們懂什麼，這叫冰山美男！蔣護衛就是因為這張冷面才吸引人！」

青碧瞥了一眼自家小姐，心中想的卻與她嘴上說的截然不同。三小姐自從四年多前生了一場大病後，醒來就怪怪的，時常從嘴裡冒出一些奇怪的詞語來，不過人卻是聰明許多。當時，與她一起伺候三小姐的幾個姊妹犯了一絲錯，便被三小姐毫不留情地打殺，幸而她當時不糊塗，才安然在三小姐身邊留下來。

後來，三小姐越來越受府中重視，老伯爺還專為她配了護衛，領頭的便是剛才那位蔣護衛。

「是，三小姐說得對。」

李霏煙瞥了一眼青碧，忽然冷笑一聲，伸手捏住青碧的下巴，一雙鳳眼中的光芒有些妖異。「青碧，我說過多少次了，在我面前，不要說假話！」

青碧覺得輕輕捏住她下巴的那隻手下一刻就會化為刀鋒，劃破她的喉嚨。她臉色嚇得煞白，連忙哀求道：「三小姐，奴婢錯了，求您饒過奴婢這一回。」

青碧被嚇得眼淚忍不住在眼眶裡打轉，眼眶一圈都紅了，可因著李霏煙，忍著淚水又不敢落下來。

李霏煙將青碧一推，冷冷朝她瞥了一眼。「自己動手！」

青碧咬著嘴唇，跪在李霏煙面前，毫不留情地甩了自己二十個大巴掌。等停下手時，本來一張還算是清秀的臉紅腫得猶如包子。

「可記住了？若是記不住，下次就是四十個！」李霏煙涼涼看了她一眼。

青碧怎敢怠慢，連連點頭。李霏煙才放鬆臉上的表情，就像剛才什麼事也沒發生一樣。

青碧帶著傷，也不敢提給自己上藥，跪在一邊伺候李霏煙用些小點心，而後又將她時常看的書拿給她。可李霏煙心思根本就不在書冊上，拿在手中的《良策》一刻鐘一頁都未翻過去，她將視線落在自己修長白膩的手指上，眼中閃過一抹勢在必得的光。

穿越的這幾年，她是要風得風、要雨得雨，就連皇上都對她刮目相看，太后更是將她當作親孫女一樣疼愛。唯獨毅勇侯府的世子秦征對她不屑一顧，她就偏不信邪，就一個古代男子，能逃過她的手掌心？到時候她要叫他只能非她不娶！

李霏煙正在出神，外頭護衛的聲音響起。「小姐，我們已經入了華州城。」

李霏煙朝青碧使了個眼色，青碧急忙掀開車簾，對外頭護衛吩咐。「小姐說直接去袁府。」

袁知州的府邸離華州城城門不遠，小半個時辰就到了。

蔣護衛已在袁府門口等著，瞧見李霏煙的馬車駛了過來，調轉馬頭迎過去，貼在車簾處低聲道：「回小姐，秦世子已離了袁府。」

李霏煙方才還慵懶地斜靠在車內，聽到蔣護衛的話，臉色瞬間就變得猙獰起來，她一把推開青碧遞過來的茶盞。

蔣護衛聽到馬車內的聲響，微皺眉頭，張了張嘴，而後又閉上，只是眼裡閃過一抹傷痛。

李霏煙瞇起眼睛，內心翻湧，秦征竟然敢避開她？看來她只折了他身邊的一個阿南還不夠！

「那小姐，我們後面怎麼辦？」

「先去袁府！」

青碧急忙出去通知護衛們。

陳悠在百味館中正寫著方子，並不知道以後與自己牽扯頗深的李霏煙正與她越來越近。

將方子規整好，放入一個木盒中，這些都是中成藥的方子，若是惠民藥局真能成功設立，往後這些方子便可做根基之用，在藥鋪中推行起來。中成藥不但是大魏醫藥必然的發展方向，也是個重大的商機。那時，一張好藥方必定千金難求。

陳悠將她整理的方子記錄在冊，規整了一些常發疾病，以及普遍用到的治療方法和發病原理，想著能用這些來給阿梅、阿杏做醫者的入門教材。阿梅和阿杏這幾年已經頗精通藥材一道，雖然學了許多理論知識，只是真的在醫人治病這方面的實踐卻是少之又少。

陳悠略一尋思，整理房中的書桌，才出去與陶氏、李阿婆等人用晚飯。

永定巷的百味館人不多，都是接待預約的高檔客人，他們一家在後院不受影響。

晚上李阿婆陪著陳悠睡，李阿婆在她耳邊又嘮叨了好一陣子，兩人才歇下。

第二日清晨，陳悠與李阿婆一早起身，用過了早飯後，趙燁磊要回林遠縣，順便讓他將李阿婆送回保定堂，而唐仲、秦長瑞和陳悠則要去戴老闆那兒看藥材。

陶氏將一家子都送到門口，才轉身回百味館內。掌櫃將上月的帳本都送給陶氏過目，秦長瑞時常不在百味館中，所以百味館這兩年來的一應帳目都是陶氏在打理。

幾人帶著保定堂和百味館的幾個夥計來到青瓦巷，戴老闆已與一個帳房模樣的人在門口等著了。青瓦巷這處便是戴老闆存放藥材的倉庫，裡面其實就是一座普通的院子。

陳悠與秦長瑞一樣身穿男子長袍，外面罩了一件清蓮蓉的斗篷，本就是冬季，穿得有些臃腫，外表瞧來就是個還未成年的少年郎，倒也不大引人注意。

「唐老闆、陳老闆，戴某等候多時，天寒地凍的，快進來先喝杯茶暖暖身子。」

陳悠幾人跟著戴老闆進了院子，院中有夥計來來去去。戴老闆領著他們來到一間堂屋，堂屋裡燒了暖爐，有夥計奉了茶，幾人喝了杯茶，才覺得身子暖和起來。

「我囤的這些藥材都在這裡，絕沒有一分次品，剩下的一半走水路，後天下午就能進華州地界，昨晚我已收到管家的信報，你們儘管驗！」戴老闆高聲保證道。

唐仲與秦長瑞點點頭，就帶著陳悠去倉庫驗藥。不多時，兩人就回來了，確實是像戴老闆所說，這些藥材都是上品，絲毫摻假的都沒有。

若是戴老闆沒問題，他們真能購得這批藥材，起碼能供應百味館與保定堂的藥材直到明年初春後。

從唐仲口中得到證實，戴老闆好似整個人都放鬆了，他笑著道：「唐兄弟、陳兄弟，你們瞧，我戴某絕不是個會說假話的人。」

秦長瑞瞧了眼戴老闆，面上看不出情緒，但就是讓戴老闆覺得心虛，急忙躲開秦長瑞的視線。

「既然這樣，我們也是言而有信之人，那明日會賓酒樓，我們便將契約給敲定了。」

「好說、好說！」戴老闆聽到秦長瑞終於鬆口，心中一塊大石頭落了下來，他客氣地將人送到青瓦巷的巷子口，瞧陳悠一行的馬車拐過彎不見了才回身。

剛進院子，就揮手讓跟在身旁的帳房吩咐夥計們規整藥材。還未等戴老闆坐下歇上一刻鐘，有小夥計就來稟告說院外有人求見。

戴老闆粗濃的眉毛一皺，想不出這時候還會有誰來這處倉庫。青瓦巷本來就人少，又處在華州僻靜的地方，平日裡除了幾個手下經常來之外，沒有人會來這個地方尋他。

「可有問是什麼人？」

夥計恭敬回答。「小的沒見過，不是咱鋪子中的大管事，穿了一身錦緞灰色長袍，瞧著有五十來歲了。」

「我知道了。」戴老闆揉了揉眉頭，滿臉疲憊，談成這樁生意費了他好些力氣，現在是誰也不想見。「就說我剛離開青瓦巷，讓他改日再來。」

夥計應聲去了。

戴老闆這眼睛還沒閉上片刻，夥計就苦著臉回來，手上還捧著一塊檀木權杖。「東家，小的說了，那人偏說您還在這兒，還讓小的將這個交給您，說您看到這個，一定會見他的。」

戴老闆壓下想要發怒的衝動，一把從夥計手裡拿過那個並不花俏的檀木權杖。剛瞧見權杖上的紋路，他就險些雙腿發軟，從椅子上滑下去。

「快、快將那人請進來，哎……等等，我親自去！」

戴老闆瞧見院門前的人後，情緒就有些控制不住。他忍耐了許久，才讓自己沒有唾罵出聲。

深深吸了口冬日寒冷的空氣，戴老闆憔悴地問道：「你們叫我做的事情已做成了，快告訴我，我兒子怎麼樣了，要是你們敢傷害他一根汗毛，我便將這件事攪黃了！」

那男子不屑地瞥了眼戴老闆。「只要讓我將契約拿到手，你就能見到你兒子。」

第三十三章

秦長瑞先將陳悠送回永定巷，便與唐仲一起出去辦事。

陳悠一邊走一邊想著今日這事，雖然她總覺得有地方不對勁，但就是瞧不出來。這幾年，他們百味館也未惹出什麼敵對，畢竟做藥膳這行的，他們屬頭一分，既然沒有競爭對手，也不會惹到什麼猜忌。

何況，他們在華州城也算低調，少與官家來往，若這藥商是個圈套，那又會是誰算計他們？因目前實在沒有破綻，他們也只能兵來將擋，水來土掩了。

想到這裡，陳悠乾脆放下心思，回百味館後院。明兒她要回賈天靜那裡瞧瞧錢夫人恢復得如何，順便將陶氏替賈天靜準備的東西帶去。

翌日一早，陳悠就來賈天靜的醫館，由阿魚隨侍著她。醫館裡的夥計都與陳悠熟悉已久，見到她後，都親切地與她打招呼。

「靜姨呢？」陳悠詢問醫館裡的一個小夥子。

「賈大夫還在後院，不知道這會兒起來了沒，陳大姑娘進去瞧瞧吧！」

陳悠無奈地拎著包裹去後院，賈天靜果然才剛剛起床，房內的書桌上還擺放著昨夜看了一半的醫書。

「靜姨，起床了，都巳時了。」陳悠將迷迷糊糊的賈天靜扶靠在床頭。

賈天靜揉了揉眼瞧清楚眼前的人。「阿悠，靜姨和妳說，我昨兒晚上將師傅留給我的醫書都翻了一遍，也沒有一本書是詳細說妳那手術法子的。阿悠，妳說唐仲這老混蛋，這麼多年了，醫術就是高我一籌，我心裡真是犯堵。」

陳悠無語地翻了個白眼，敢情賈天靜以為她這醫術是唐仲教的？這世道，大夫只收徒，醫術大部分也都是口耳相傳，很少有人會將自己繼承下來的醫術外傳，所以賈天靜即便對那手術法子再好奇，也未踰矩地直接去問唐仲或陳悠。

陳悠將她床上散落的書收拾起來放在桌上，忍不住笑出聲來。「靜姨，您還在意這些？您與唐仲叔各有所長，若是讓他看婦科方面的疾病，十個他也不如您呢！」

賈天靜瞪了陳悠一眼，頭腦清醒了些。陳悠起身將旁邊屏風上搭著的冬衣長襖拿來給賈天靜。

陳悠急忙將東西收拾了，跟著賈天靜去前院。翠竹端著藥碗從房間內出來，一抬頭便瞧見兩人。

賈天靜問道：「你們家夫人醒了嗎？」

「天亮不久就醒了，這會兒剛喝完藥，在屋子裡看書呢！」

賈天靜點點頭，又叮囑翠竹這幾日錢夫人在吃食上的忌口，才與陳悠一同進去看錢夫人。

錢夫人正靠在床頭翻看一本新出的話本，聽到動靜，見是陳悠與賈天靜，也笑起來。「陳大姑娘也來了，快過來坐，這幾日沒見到妳，還以為賈大夫將妳藏起來了呢！」

當時替錢夫人做手術的具體過程，翠竹雖沒有與她詳說，可也提了陳悠在給她診治時幫了大忙，所以錢夫人一直想著能當面感謝陳悠一番，只是這幾日都沒見到她。

「錢夫人說的哪裡話，靜姨可藏不住我。家中有事，回家了一趟，今早才趕過來。」陳悠在錢夫人床邊坐下，示意她伸出手腕。

陳悠號了脈，錢夫人的脈象平穩，只要這麼安穩將養下去，小半月後就能回家去了。

「錢夫人這幾日感覺如何？」陳悠放下錢夫人的手腕詢問道。

「前幾日腹部的傷口有些疼，這兩日已經好多了，也沒什麼旁的不適，就是每日躺在這裡不能動，頗為不便。」錢夫人如實說道。

陳悠替她拉了拉被角，淺笑安慰。「錢夫人再忍上幾日，等傷口長好了，就能稍稍動一動了。」

錢夫人是那種體貼配合的病患，若不是真的過分的要求，她一般都能忍耐下來，聞言，便點頭答應下來。

陳悠又看了錢夫人腹部縫合的傷口，與她叮囑兩句要注意的地方，才與賈天靜出去。

翠竹在外間守著，陳悠見到她，想了想，說：「你們夫人看那話本子，妳看著些，不要讓她看超過半個時辰，多勸著她休息。還有不要讓不相干的人來打擾她，她這幾日是恢復的關鍵。」

自那日給錢夫人診治，翠竹親眼瞧見陳悠的本事，現在幾乎是將她的話當作聖旨一般，哪裡還敢輕視。她連忙答應下來。「姑娘放心吧，有翠竹在，誰也不會來打攪夫人的清靜。」

「這就好。」

陳悠與賈天靜一邊說著話，一邊朝藥房那邊去。

「靜姨，照錢夫人恢復的情況，過三、四日便能拆線。等拆了線，錢夫人這手術才算是真正成功。」陳悠緩聲道。

賈天靜瞪大眼睛。「什麼，還要拆線？就是那日妳替錢夫人縫傷口的線？」

陳悠點頭，唐仲對外科手術雖不像她瞭解得那麼多，但也知道許多細節，她當時手術用的工具簡陋，卻也是專業的，針用的是專門打造的圓針，線也是特製的腸線。現在條件有限，可吸收線是不大可能了，只能用加工過的腸線來代替，所以到一定時候，必須要將縫合傷口內的線給拆除。

陳悠細心替賈天靜解說一番為什麼要拆腸線的知識，賈天靜癡迷於醫道毫不遜於唐仲，她聽得很認真，還提出幾個關鍵問題。

之後，兩人一同進了藥房，商量錢夫人接下來換的藥方。稍晚，賈天靜用完了飯，就迫不及待回房將自己一日的心得給記錄下來。

陳悠因一早起來趕路到賈天靜的醫館，又與賈天靜「馬不停蹄」忙了一個上午，用過飯後，回自己房間就去歇午覺了。

瞇上眼不知多久，陳悠迷迷糊糊地被外頭吵鬧的聲音給吵醒，她穿好衣裳出了房間，攔著一個在醫館裡照顧病患的婆子就問道：「大娘，前院是怎麼了，怎地這麼吵鬧？」

賈天靜的醫館住了好些華州有身分地位的官家夫人或小姐，平日裡都是極安靜的，就連夥計們做事也都是小心翼翼，從不在醫館內大聲喧譁。

那婆子嘴巴也大，張嘴就將緣由給說出來。「姑娘，是前頭院子住的錢夫人，她家裡來人了，來的是兩個穿著華麗的婦人，這還沒說話就先吵上了！賈大夫已經過去了。」

婆子說完才想起賈天靜之前交代不要將這件事告訴陳悠，便急忙摀住嘴，討好道：「姑娘，賈大夫不讓老婆子說，都怪老婆子不好，妳不會怪老婆子吧！」

錢夫人才恢復正常，這時候最是要靜養的時候，怎麼能受刺激？

陳悠匆匆回了句「不怪妳」，就疾步去前頭院子。

果然錢夫人的門前已經圍滿人，只見賈天靜滿臉焦急地站在一邊，陳悠責怪地瞧了一眼醫館裡的掌櫃。「不是說醫館不隨便讓人進的嗎？這些人是怎麼進來的？」

掌櫃苦著臉，也是解釋不清。「陳大姑娘，這事不能怪我們，這些人偽裝成病患進醫館，我總不能叫夥計攔著他們不讓進門吶！這群人進了門就不聲不響地進後院，等這邊鬧起來，我們尋人來拉已經來不及了。」

陳悠看向人群中間，翠竹一個人昂著頭擋在房門前，臉上雖然強作鎮定，可是任誰也能瞧出她眼底的害怕來。

「誰允許你們來的，你們不能進去！夫人正在休息！」翠竹執拗地說。

房門前是兩個穿著豔麗的女人，身後各跟著一個丫鬟，兩個家丁模樣的青年男子。男人個個身強體壯，怪不得醫館裡的夥計攔不住他們。

其中高個子橘色衣裳的女子冷笑一聲。「小賤蹄子，誰說我們不能來的？這醫館是妳家開的？小心我撕爛妳的嘴！」

翠竹被說得臉色鐵青，有心想要上前拚一把，可是考慮到兩方的實力，她還是強迫自己冷靜。

陳悠眉頭一皺，擠到賈天靜身邊，輕輕拽了拽她的衣袖，低聲問道：「靜姨，這些是什麼人？」

賈天靜沒想到她這時候來，忙瞪了她一眼。「阿悠快回去，一個姑娘家的別摻和！」

陳悠無奈，搖了搖賈天靜的衣袖，撒嬌地喚了聲「靜姨」。

賈天靜無奈地拽了她的手將她拖到一邊。「阿悠，這錢夫人不管是娘家還是夫家都不是一般人，妳與錢夫人關係處好自是沒錯，可妳一個姑娘家，若是因為錢夫人的關係得罪旁人，得不償失！靜姨說的話，妳可懂？」

陳悠當然明白這其中的道理。「靜姨，妳說的話我都明白，可是錢夫人身子眼看著就要恢復了，若是這個時候出紕漏，那連累的可還是咱們。袁知州也不是省油的燈，左右這事咱們不能坐視不管，妳快與我說說這到底是怎麼回事？」

賈天靜實在無奈，嘆口氣。「那妳答應靜姨不要出面插手，一切都交給靜姨來處理。」

見陳悠認真點頭，賈天靜拍拍她的手，才與她說了其中實情。

其實，賈天靜也是才剛剛弄清，來者是錢夫人夫君的兩個妾室。按理說，妾的身分低微，哪裡敢欺負到錢夫人的頭上來，就算錢夫人的夫君與她感情不好，也會看在袁知州的面子上，總是要給幾分薄面的。而這兩個婢妾帶了這麼多人，卻像是早就準備好的。

賈天靜叮囑她。「方才靜姨跟妳說的事情記住了，萬不可出頭。」

陳悠應了一聲，就見賈天靜擠到人群中。

陳悠腦中想了一遍，繞到人群後，將醫館掌櫃叫出來。「掌櫃的，趕緊派個腿腳快的小夥計，去知州府通知袁知州快些來醫館，然後再將醫館裡的學徒都叫來，先把這圍觀的人給疏散開。」

掌櫃明白陳悠的意思，急忙去辦。

阿魚從人群中擠過來。「大小姐，您沒事吧！」

陳悠搖頭。「阿魚哥，你幫掌櫃的將人群疏散了。」

阿魚有些猶豫地看了陳悠一眼，他可是受東家叮囑一定要保護好大小姐的。

陳悠催促。「阿魚哥，我沒事，快去吧！」

阿魚才點頭離開。

因後院禁止非有關人士不能入內，這圍觀的人大多是在醫館內養病的病患及其親屬，人並不多。很快，就被掌櫃的叫夥計們疏散開了，院子一下子變得空曠起來，只餘下中間幾個鬧事的人。

其中兩個女子見人都走光了，渾身頓覺不自在起來，左右瞧了瞧，有些心虛地看了一眼賈天靜和醫館掌櫃。

可能是覺得失了氣勢，兩個女子急忙又昂起頭死死瞪著翠竹。「小賤蹄子，快讓我們進去，不然我們就動手了！」

這周圍剩下醫館的夥計們和賈天靜、陳悠等人，沒了旁人看笑話，翠竹的底氣也足了起來，不像先前畏手畏腳了。

「兩位姨娘，妳們要見夫人，先掂量掂量自己的身分，我們夫人的哥哥袁大人可是說今日要來看夫人的！」翠竹氣勢不輸人地道。

兩個女子互相看了一眼，都從對方眼中瞧見忐忑，可想到來之前被叮囑的話，也只能咬牙硬著頭皮上了。今日她們若不將這件事辦好，回去等著她們的也不是什麼好路，若是她們能將這事辦成，她們還有一絲生機。

兩人想到這裡，也豁了出去。

「有什麼好說的，我們今日就是要見到夫人！若是妳這小賤人執意攔著，別怪我們不客氣，馬上踢門闖進去。」

陳悠瞧兩人的神色便覺得要不好，她兩步走到賈天靜身邊，在她耳邊輕聲道：「靜姨，我進去瞧瞧錢夫人，妳在外頭穩住局勢，這兩人是鐵了心要在這裡鬧。錢夫人的情緒不能波動過大，若是鬧，也不能讓她們在這裡鬧，想法子將她們弄出去。」

賈天靜覺得陳悠說得有理，她突然發現，這個時候竟是陳悠最冷靜地優先做出當前最合適的判斷，她不由多看了陳悠一眼，點點頭。「妳先進去，我一會兒讓掌櫃派人把妳的藥箱拿進去。」

陳悠點頭後在阿魚的護衛下，繞到翠竹身後，微開了門，進了房內，阿魚就不動如山地站在房門口守著。

兩個女子見陳悠進了房內，臉色一下子氣得鐵青，指著房間門口剛想罵出聲，賈天靜就上前一步。「這兩位夫人，這醫館是小婦人開的，後院裡都是病人，還請二位安靜些。若是真有什麼不可解決的矛盾，醫館內有商議事情的客廳，可否請二位移駕？」

兩個女子本就潑辣，剛又親眼瞧見陳悠進了屋子，想著來時被交代的話，這時候哪還有心思與賈天靜囉嗦，也不蠢笨地跟著耗了，兩人幾乎是同時大喝一聲。「都愣著幹什麼？既然他們擋著咱們，不讓咱們見夫人，那咱們就闖進去。」

掌櫃的見形勢不好，急忙讓醫館的夥計們上前阻攔，可這兩個女子是有備而來，身後帶著的四個家丁都是練家子，這醫館裡的年輕夥計哪裡是他們的對手。

頓時，小院裡鬧成一團。不一會兒，醫館的夥計都被掀翻在地，就連賈天靜也挨了一拳和一巴掌，混亂的時候也不知是誰打的，右邊臉頰火辣辣的疼。

阿魚急忙將賈天靜護在身後，擺出架勢與幾個家丁對峙。

掌櫃的一把年紀了，也不敢上前與這幾個惡奴拚命，只氣得鬍子都要翹起來，指著兩個女子的手指顫抖著。「光天化日，真是沒有王法了！你們竟然敢在賈大夫的醫館裡動手！」

其中一個稍顯豐腴些的女人譏誚道：「喲，老傢伙！還嫌沒傷著你這把老骨頭？想要在床上躺幾個月？」

賈天靜也知這會兒這兩個女人是不會聽勸了，急忙對老掌櫃眨眼，讓他別說，這兩人可不懂什麼尊老愛幼，到時真會將老掌櫃傷著。

老掌櫃氣得不輕，可到底是沒有上去雞蛋碰石頭。這時候，屋裡突然傳來一聲淒厲痛苦的喊聲。

賈天靜心裡「咯噔」一下，急忙轉頭朝屋內看去，也不管外頭的情況，推了門就進去。

兩個女子聽到這熟悉的聲音發出的痛苦叫喊，眉頭一挑，相互對望一眼，嘴角忍不住翹起。

橘黃衣裙的高個兒女子急忙吩咐道：「一個個和木頭一樣，還愣著做甚，房間裡夫人好似出什麼事了，我們趕緊進去保護夫人，若是被那庸醫看差了，你們誰能和老爺交代！」

此時只有翠竹與阿魚攔在門口，對面幾個強壯健碩的家丁衝過來，他們哪裡能攔住？即便阿魚功夫不錯，也頂多對付兩個。翠竹就是個嬌弱的小丫頭，一個壯實點的丫鬟都能將她制伏了。

隨著那女人命令一下，一群人就朝房門衝，兩個家丁將阿魚纏住，另外兩個家丁將醫館裡的夥計攔在外邊，翠竹被一個丫鬟拿捏住手腕，推倒在地，眼看著兩個穿著豔麗的女子帶著一個丫鬟就要推門而入。

房間內，情況甚至比外頭還要糟糕。之前陳悠推門進來，就見到半坐在床沿的錢夫人臉色不對，她立馬三步併作兩步到錢夫人身邊，搭上她的手腕，陳悠臉色頓時就變了。

「錢夫人，這時候您千萬不能動怒，您身上的傷口還未好呢，我扶著您躺下歇歇！」

錢夫人有些愣神，她瞧了陳悠一眼，然後強忍著情緒，死抿著發白的嘴唇被陳悠扶到床頭半躺下。

陳悠急忙從藥箱中拿出一瓶藥膏，取了些抹在錢夫人的太陽穴兩側，又拿了顆藥丸讓她吞下。

錢夫人閉上眼睛，可是陳悠透過她過快的脈搏和不斷掀動的眼皮知道她仍然沒能控制住情緒。

陳悠來時，兩個妾室已經在房門外吵鬧一陣子，錢夫人若不是極有修養，又是在靜心養病的時候，怎會容得她們這般囂張。雖然她知道自己若是情緒有了波動就著了那兩個賤人的道，可是她沒辦法讓自己心靜如水。

錢夫人不是個蠢笨的人，她自幼在官宦家長大，又是府中的嫡小姐，身分和修養不允許她像門外那兩個潑婦一樣，正因為如此，她才更懂得大家族中那些彎彎繞繞。平日她在府中，夫君這兩個妾室是要多乖巧就有多乖巧，每日晨昏定省，甚至連抬頭多看她一眼也不敢，更別說在她面前耀武揚威了。而現在，這兩人變化這麼大，要說是她們故意來找麻煩，錢夫人說什麼也不會信。

她來賈天靜的醫館治病，一府上下，也只有她那夫君知道實情，為了低調，甚至只帶翠竹一個丫頭。她夫君因生意上的事，去了外地，也未說什麼時候回來，但是這事前前後後也就夫君知曉，這一切就不得不讓錢夫人多想了。

若真只是有人故意來醫館鬧事，錢夫人或許還能心平氣和，就算鬧到跟前，她也權當是場戲來看，可這幕後黑手極可能就是自己一心一意、掏心掏肺對待的夫君，她哪裡還能冷靜？

錢夫人心思越來越重，腦中千萬猜想都湧了出來，她都想立馬當面質問自己的夫君，人是不是他指使的，為什麼要這麼對待她？一日夫妻還百日恩呢！何況他們夫妻都快十年了！

陳悠坐在錢夫人的床邊，細細注意著她的變化，見她脈象紊亂，臉色也越發蒼白，就知要壞事，急忙極力安撫。「錢夫人，誰活在世上不遇上一、兩件堵心事？但凡事要往好的方面想，為人心寬才能快樂。不管什麼事都有許多面的，有許多事情我們只看到它的一面……」

不管陳悠怎麼說，錢夫人都聽不進去，她好似魔怔了，雙眼放空，面色悲涼。

陳悠用力捏了捏錢夫人的手腕，然後輕輕晃了晃她。「錢夫人這幾日看那話本子是留芳齋新出來的吧！我聽醫館裡的夥計說挺有意思的，這新話本剛出來，就賣得紅火，您這幾天都瞧了，與我說說話本裡寫了什麼吧，也好讓我解解饞……」

不管陳悠用什麼心理戰術，錢夫人都不為所動，陳悠無奈極了，這時外頭又一片吵鬧聲，像是打起來了。陳悠朝窗外看了一眼，是既擔心外面的情況，又擔心錢夫人的病情和傷口。

外間傳來開門聲，陳悠緊張地起身問道：「是誰？」

「阿悠，是我！錢夫人的情況怎樣了？」賈天靜連忙出聲安撫。

陳悠鬆了口氣，將錢夫人的情況詳細說給賈天靜聽。「錢夫人情緒不穩定，我控制不住。靜姨，外面怎麼樣了？」

賈天靜喘著氣道：「阿悠，外頭有掌櫃和夥計們，暫且不用擔心，我們將錢夫人照顧好就行。」

賈天靜邊說邊從陳悠手中接過麻布罩衣套在身上，來到錢夫人床前。

外頭打鬧聲又一次響起，陳悠總有種不好的預感。「靜姨，這間房有沒有別的出口？錢夫人現在需要安靜。」

賈天靜搖頭，拍了拍陳悠的肩膀。「只能靠我們了。」

陳悠低頭瞧了眼臉色慘白的錢夫人，懊惱得不行，若在現代，病人情緒不穩，一針鎮定劑就能讓病人平靜下來……陳悠急忙止住腦中的胡思亂想。

賈天靜替錢夫人診脈後，同樣滿臉嚴肅，錢夫人的情況實在不好，必須要及時控制。賈天靜一邊快速地給錢夫人施針，一邊著急地喊道：「阿悠，生草烏、香白芷、當歸、川芎、天南星，快！」

陳悠應了一聲，就去藥箱中尋賈天靜要的藥材，尋到一半，陳悠艱難地嚥了口口水。「靜姨，沒有南天星……」

「什麼？」賈天靜吃驚地回過頭，看向陳悠的小藥箱，深吸了口氣。「阿悠，妳來看著錢夫人，若是她掙扎得厲害，便扎她的昏穴，我去藥房拿藥材。」

賈天靜急忙起身將手中的銀針給了陳悠，然後快步去外間。剛想打開房門，房門就被人從外面「撲通」撞了一下，然後響起翠竹嘶啞的叫喊。「妳們不能進去！妳們若是進去了，袁大人絕對不會饒妳們！」

「呵呵，袁大人，他在哪兒呢！我怎麼沒看見？都沒吃飯嗎？用力撞！今日我們就要見著夫人，確定夫人的安全！」橘色衣裙高個子女人的聲音自外頭傳來。

「她們！好大的……膽子……」錢夫人手指著門口憤怒地吐出幾個字。

陳悠握住錢夫人的手。「錢夫人，您這時候千萬不能激動，這些人來這裡定是受人挑唆，您要是生氣，便是中她們的圈套！」

可這個時候錢夫人什麼話也聽不進去，突然她痛得大喊一聲，右手摀住腹部，急急喘起粗氣。

陳悠抿了抿嘴，雙眸目光一定，握住手中的銀針毫不猶豫地扎向錢夫人的睡穴，錢夫人眼睛一閉，便暈了過去。

陳悠小心將錢夫人扶著躺下，賈天靜這時也回來了，且臉色難看。

「看來，這時候是出不去了！阿悠，我們得用別的方子。」

現在由不得她們一點點猶豫，陳悠點頭。「靜姨，我知道。」

「阿悠，妳看看錢夫人的情況，我去檢查下藥箱中還有什麼藥材。」

兩人快速分工，精神都進入高度緊張集中的狀態。這個時候，不能出一點點差錯。

陳悠掀開錢夫人身上的衣物，檢查她腹部的傷口，看到傷口的樣子，陳悠吃了一驚。傷口紅腫，縫合的地方還滲出血絲，周圍的皮膚發白，這明明就是傷口崩裂的跡象。

陳悠深吸了口氣，眼前的情況越來越嚴峻了，她儘量平靜下心緒對賈天靜道：「靜姨，錢夫人的傷口裂開了。」

「什麼？」賈天靜連忙過來看了一眼，瞪大眼睛吃驚不已，這樣的傷口可不是一般劃傷崩開的傷口，而是直接隔著五臟六腑，若是出點意外，哪怕只是感染，錢夫人活下來的可能性也不大。「阿悠，現在我們怎麼辦？」

陳悠這時比賈天靜還要緊張，可是面對錢夫人的情況，她必須讓自己冷靜下來，手術是她做的，賈天靜對這行不熟，她要負責到底。

抬手順了順散落下來的一縷長髮，陳悠盯著錢夫人的傷口看了須臾，開口道：「靜姨，藥箱裡還有什麼藥材？」

「當歸、茉莉花、菖蒲……還有唐仲調製的麻沸散，與一些不知什麼作用的膏藥和粉末。」

「靜姨，將麻沸散給錢夫人灌下去。」

陳悠清冷的聲線在房間內響起，賈天靜因為這說話聲也愈加鎮定起來，便取了長嘴壺給錢夫人灌藥。陳悠轉身已經從藥箱中取出手術用具，幸而這些東西她都一併放在藥箱裡備用，從未取出來過。內室裡燒著暖爐，上頭溫著一壺開水，陳悠將開水注入木盆中，簡單地將用具消毒過，而後用白布巾摀住口鼻，深吸了一口氣，來到床邊。

「靜姨，我要給錢夫人重新縫合傷口，您在旁邊注意她的脈象，適當行針。」

兩人不止配合了一次，賈天靜立即應下。

門外的吵鬧聲越來越大，還傳來阿魚忍耐的呼痛聲，而後是那兩個女人囂張的笑聲，房門被踢得哐哐作響。

陳悠額頭上滲出一層細密的汗珠，她凝神盯著手中的腸線，不敢有絲毫的分神，儘管有那種熟悉的胸有成竹的感覺，可也不能完全遮蓋外界的干擾。

賈天靜瞥見陳悠的表情，用細棉布替她擦去額頭的汗水，起身到外間搬了桌椅將門從內抵住。錢夫人這時候在重新縫合傷口，如果真的讓這幫人進來，那手術定會被打斷，到時候被不知情的人看到陳悠的動作，幾百張嘴都說不清楚。

那桌子和幾張椅子根本就沒起什麼用處，眼看門閂就要被人撞開了。賈天靜腦中混亂不已，只想著若是這些人要進內室，她拚死也要攔住。

「哐噹！哐噹……」脆弱的門板再也堅持不住，「嘩啦」一聲從外面整個被撞開，抵在門口的桌椅也被撞翻。

賈天靜什麼也顧不得，大聲喊道：「阿悠，他們進來了！」然後張開雙臂擋在內室與外室相連的門口。

這時候，醫館的夥計身上基本都負了傷，阿魚和翠竹更是倒在地上，爬都爬不起來。

兩個女子笑呵呵地邁進屋內，豐腴一些的女子道：「賈大夫，別掙扎了，念妳在華州城還有些名聲，給妳個面子，快些讓開，不然別怪我的人沒手下留情。」

賈天靜也不說話，只是倔強地攔在內室門口。

陳悠用了全力才不受外頭影響，她下手飛快，可即便她在藥田空間的幫助下，手術技術熟練精湛，但也沒有超能力，能一下子完成傷口縫合。

「給我把賈大夫拉開！」

賈天靜畢竟只是個大夫，又是女子，哪裡能攔得住這兩個練家子的家丁。

兩個女子朝賈天靜得意地一笑，然後看向內室。「夫人這是怎麼了，我們姊妹鬧出這麼大動靜，也不出一聲，莫不是躺在床上連說話的力氣都沒有了？」說著，兩個女子就要進內室。

就在這時，一隊官差及時湧入房間，二話不說，兩三下便將這兩個鬧事的女子制伏。賈天靜被放開後，還有些回不過神來，直到袁知州冷著臉進了房間，她才虛脫般地吐了口氣。

這時候，賈天靜也沒時間想這到底是怎麼回事了，急忙道：「阿悠在裡間給錢夫人急救，快些將房間內的人都帶出去，然後尋一個機靈的夥計進來。快，沒時間了！」

袁知州聽賈天靜這麼說，心都沈到了谷底。

秦征隨後也進了屋內，他身材頎長、身姿挺拔，一進入房間，瞬間讓人覺得屋內逼仄了起來，他朝著身旁的白起遞了個眼神。

白起明瞭，轉身對官差們幾句簡短的吩咐，兩個潑婦就立即被倒了迷藥的帕子摀住口鼻，暈了過去，連掙扎的時間也沒有，外室幾乎是片刻就安靜下來了。

秦征拍了拍袁知州的肩，兩人被老掌櫃請去前堂。受了傷的阿魚和翠竹都被抬到醫館大堂醫治，老掌櫃親自給袁知州與秦征上了茶，萬分愧疚地道了歉。

「袁大人，是我們醫館的疏忽，讓錢夫人受了驚，病情加重！」

這時候，袁知州已經冷靜下來，他明白，這件事與醫館根本沒什麼關係。

「老掌櫃，說什麼話，這事與你們無關，是我沒照顧好小妹，被有心人覷了空，若是賈大夫出來，還請你讓她來見一見我。」

老掌櫃恭敬地點頭後就退下了，出了房間後帶著醫館裡的夥計收拾殘局。

秦征摩挲著杯口，不知在想什麼？

袁知州捏著桌角，黑著臉陰沈道：「錢家竟然敢這麼傷我妹子，真當我是縮在龜殼裡的王八了！」

秦征瞥了袁知州一眼，放下杯盞。「袁知州，錢家不過是小小商戶，你當他們真有這個膽子？」

袁知州渾身一僵，看向秦征一張似笑非笑的俊臉，突然說不出話來。

秦征也不多說，由他看著。袁知州片刻才回神，起身，鄭重地朝秦征深深施了一禮。

「今日多虧了秦大人，小妹才得救！請受下官一拜。」

秦征將袁知州扶起來。「袁大人不必多禮，小事一樁。」

原來，陳悠讓老掌櫃派人去給袁知州送信，半途就遇到袁知州本人，只是那時他身邊只帶著兩個隨身的衙役，幸而秦征路過，才借了他的人及時趕到醫館制住兩個瘋婦。

「袁大人，方才瞧見這裡頭給令妹治病的並非是賈大夫本人，不知裡頭是誰？」秦征狀似不經意地問道。

袁知州答道：「陳家的大姑娘，保定堂秦大人應該知道吧？」

秦征頷首。

「這姑娘是保定堂裡唐大夫的徒弟，賈大夫也頗為看重她，聽說醫術不輸給唐大夫。」

袁知州解釋道。

華州城的藥鋪之首數保定堂，而醫術高明的大夫便是唐仲首屈一指，婦科方面賈天靜當仁不讓。唐仲到今日也只收陳悠一個徒弟，可想而知，陳悠在外的名聲也差不到哪兒去。況且這些年，陳悠也一直在保定堂看診，頗得好評。

秦征瞇了瞇眼，那日的血衣終於有了解釋。

等陳悠將錢夫人傷口的最後一針縫合好，放下手中的工具，渾身似虛脫了一般，喘息地靠在椅背上。

賈天靜急忙上來關切地詢問，並替陳悠將額間的冷汗抹去。「阿悠，妳怎麼了？」

陳悠臉色蒼白虛弱地搖搖頭。「靜姨，我沒事，趕緊給錢夫人用藥，千萬不能讓傷口出血化膿！」

賈天靜也不是不能分清輕重緩急的人，她拍了拍陳悠的手臂，就轉身給錢夫人診脈，施針，開方子。

老掌櫃派的機靈夥計正在外間候著，片刻，賈天靜就拿著一張剛寫的藥方交給那小夥計。「去藥房按這方子把藥抓了，腿腳快些！」

這邊賈天靜已經準備好藥罐和滾水，只等著藥材一來，先短時間內熬一波，讓錢夫人服用一碗救急。

陳悠歇息了片刻，身上感覺好多了，她起身走到床邊替錢夫人號脈，又看了賈天靜給錢夫人開的方子，什麼也沒說，坐在一邊等著夥計拿藥材來。

小夥計的動作很快，不多時就回來了。他在外間門框上敲擊兩下，賈天靜急忙出去。「怎樣，藥材都配齊了？」

小夥計喘著氣，顯然是剛才跑急了。「賈大夫，旁的都不差，就只差一味天南星。」

「什麼！」賈天靜瞪大眼睛。

小夥計侷促道：「賈大夫，小的絕對不會說謊，醫館這幾日藥材本就吃緊，天南星昨天就斷藥了，掌櫃的也記錄下來，交到您的案頭，只是您沒來得及看。」

賈天靜一時有些混亂，之前醫館也有好幾味藥材斷貨，保定堂後來又送了些來，只是醫館來瞧病的人這幾日過多，藥材消耗量也比平日大，這一來二去，有些藥材就沒來得及補充。可天南星一味藥材在方子中處於無法替代的地位，它算得上是藥引。

賈天靜深吸了口氣。「你快去問問掌櫃那兒有沒有。」

小夥計連忙應了一聲，跑去了。

陳悠聽到外面的響聲，疾步出來問道：「靜姨，怎麼了？」

賈天靜沮喪又無奈地道：「少了一味天南星。」

陳悠長年研究藥材，剛才又看過賈天靜的藥方，自然知道這味藥材的重要，她腦子一動。「靜姨，妳那藥箱中還有沒有？」

被陳悠一提醒，賈天靜也回過神。「阿悠，我去瞧瞧我的藥箱，妳在這裡照看著錢夫人，小心些。」說完，就快步去了後院。

陳悠趕忙進內室，將旁的藥材快速處理好，放入藥罐中，而後一人去淨房，默唸靈語，就進入藥田空間，在藥田空間的小院裡，很快尋到裝著天南星的小木盒，取了些帶出來。

將藥材滾水熬煮一刻鐘，陳悠掀開錢夫人的傷口，見那傷口已經愈加紅腫不堪，麻沸散的藥效已過，錢夫人被痛醒，她下意識伸手就要往自己腹部搗去，卻被陳悠一把拉開。

陳悠立即將熬好的湯藥給錢夫人灌下去，又給錢夫人行了一遍針，慢慢地，錢夫人這才安然昏睡過去。見腹部的傷口腫脹消去許多，陳悠終於喘了口氣。

總算，錢夫人這傷是救回來了。

此時，賈天靜兩手空空地回來時，聞到內室的藥香，吃驚地瞪大眼睛。「阿悠，妳是從哪裡弄來天南星？」

陳悠勉強扯了扯嘴角。「前兩日在百味館做新藥膳，餘了些，便被我隨便塞進荷包中，這會兒突然想起來，就尋了出來。」

這藥方中天南星是藥引，要的分量不多，陳悠這麼說倒也有幾分可信。

賈天靜原本還擔心錢夫人的病情再次惡化，沒想到陳悠已讓她脫離危險，便一把抱住陳悠。「阿悠，這次又多虧妳了。」

陳悠笑了笑。「靜姨說的什麼話，這是我應該做的，是我將錢夫人變成這樣的，我應該對她的傷勢負責。」
賈天靜替錢夫人號了脈，起身將被角掖了掖，而後才攬著陳悠的肩膀。「阿悠，我們出去吧，讓錢夫人好好休息。」
陳悠揹起藥箱與賈天靜一起出了房門，賈天靜叫一個婆子來守著門，且給房內換上一個炭爐。
賈天靜剛到院內，就有個小夥計快步迎上來，恭敬道：「賈大夫，掌櫃讓您去他那兒一趟。」
賈天靜應了下來，轉頭對陳悠說：「阿悠，妳先回去，我去掌櫃那兒瞧瞧是什麼事。」
經過了這麼一場手術，陳悠確實有些身體虛脫。每次用這種開掛般的能力，都會覺得筋疲力盡，她能堅持下來，已經算是不錯了。
回到房間，陳悠倒在床上，連衣裳也未脫就睡了過去。
前頭院子，老掌櫃與賈天靜說了袁知州的交代，賈天靜急忙又去醫館的會客廳。
方才賈天靜從錢夫人房間內出來時，已有小夥計向袁大人彙報過了，可袁知州沒聽到賈天靜親口說的仍然不放心。
「賈大夫，我小妹如何了？」
賈天靜向袁知州行了一禮，立馬被袁知州給扶起來。
「袁大人莫要擔心，錢夫人已經脫離危險，只是這樣的事下次若再發生，我便不能保證再將錢夫人從鬼門關拉回來了。」

袁知州憤怒地捶了桌子一拳，桌上的杯盞一時嘩嘩作響。秦征面不改色地瞥了眼袁知州，而後仍然淡定地坐在桌旁喝茶。

「賈大夫放心，這些日子，我會派人在醫館中看著，等小妹身子痊癒，我就接她回家。」

「這樣自是再好不過。」

袁知州又細細問了錢夫人的情況，兩盞茶後才與秦征一起離開。

袁知州與秦征是坐不同馬車來的，來人到了醫館門口，打一聲招呼就上了各自的馬車。

秦征朝白起招了招手，白起便與秦征一同進了車內。

「世子有什麼吩咐？」

「白起，趁著守護錢夫人的空檔，在這醫館中插進去幾個人，注意陳家那姑娘的舉動。」秦征摩挲著左手拇指上的白玉扳指吩咐道。

白起面有不解。「世子爺，這陳家大姑娘的身世我們不是早就查清楚了嗎？他們都是一般的平頭百姓，若說有什麼特別的，也不過是個會醫術的姑娘家而已，您要是想尋醫術高明的大夫，唐大夫不是更合適？難道是您對人家姑娘有意思？」

白起這樣一想，那陳家的大姑娘長得還真是水靈，要是好好打扮一番，不比建康城裡那些高門閨秀差。白起還想要再往下說，卻忽然感到落在自己臉上的目光，冰寒冷漠，他識趣地立即閉了嘴。

「若是喜歡問，我便叫人將你這舌頭割了！」

白起臉色一白，急忙求饒。「世子爺息怒，是小的話多了。」

「知道了就去辦事！」

白起下了馬車，大冬天的，嚇出了一頭冷汗來。他跟了世子爺這麼多年，可知道世子爺說這些從不是開玩笑的，以前與他一同伺候世子爺的貼身小廝因做了壞事，便莫名其妙地失蹤了。他雖然沒再見過他，但也明白這些都是世子爺的手筆。

白起招呼手下按照秦征的吩咐給布置好，他上了一匹棗紅馬，走在秦征馬車一側，突然想起來，還在建康侯府中毫無知覺的老侯爺，腦中便靈光乍現。難道，世子爺讓他派人盯著陳家大姑娘，是想瞧瞧陳家大姑娘的醫術能不能醫治好老侯爺的病？

幾人還未回到住處，阿北就騎馬迎面而來。

阿北一身剽悍的模樣，穿著冬衣還能瞧出來身上虯結的胸肌。他來到馬車邊，小聲向裡頭的秦征彙報。「世子爺，李霏煙尋來了。」

秦征眉心一擰，他為躲著李霏煙，前陣子就搬出袁府，卻不知她還是這麼快就找上門來。

「我知曉了。」

阿北恭敬應了一聲，調轉馬頭與白起並排貼在馬車邊。「阿南怎麼樣了？」

阿北與阿南是表兄弟，這些天，他一直在忙秦征吩咐的事，壓根兒連見阿南一面的時間都沒有。

白起瞥了他一眼。「幸而救得及時，不然阿南以後恐怕不能待在爺的身邊了。」

聞言，阿北緊了緊手中的韁繩，在秦征身邊的親信都知道阿南是為了什麼會傷成那樣，一想到李霏煙那個惡毒的女人，阿北的情緒就有些控制不住。

「好了，爺還沒出手呢，遲早替阿南討回公道，你甭急了。」白起勸道。

「我知道。」阿北沈重地點頭。想到那日在華州碼頭瞧見的情景，若不是那陳家大姑娘及時出手，恐怕阿南這時早不頂用了。阿南要強，要是知道身子成了廢人，定是不如死了自在。他在心中記下陳悠這個人情。

秦征的馬車漸漸駛遠。

第三十四章

陳悠下午經歷那麼一場疲憊的縫合手術後，一覺睡到傍晚才醒來，便問了院內灑掃的大娘賈天靜的去向後，快步前往前院的帳房。

陳悠進來的時候，賈天靜正聽著老掌櫃說著這兩日醫館藥材使用的情況。醫館看病抓藥，最是不能缺藥少方，保定堂的藥材遲遲沒運過來，醫館這兩日用藥又厲害，到今晚已經短缺了十幾味常用藥材。

藥材不像食物，今天玉米麵吃完了，可以用一鍋麵疙瘩代替，方子裡缺了哪味藥材可就不是原來的方子。藥方的配比藥效成分可都是有講究的，分量稍微有點不對都會出錯，何況是缺少各類藥材了。

賈天靜皺著眉，食指敲著杯口。「祥叔，你讓夥計們連夜將醫館裡剩下的藥材分量統計一遍給我拿來。」

老掌櫃應下來。「東家，我這就去。」

陳悠與老掌櫃打了個招呼，就坐到賈天靜的身邊。「靜姨，缺了多少藥材？」

賈天靜嘆口氣。「眼看著年關了，好些人來配養生的方子，天氣又越發冷起來，許多年紀大的人這節氣老毛病最會復發，這兩日消耗的藥材比平日竟然多出了幾倍，能不缺嗎？」

賈天靜這醫館開了這麼多年，除了每年大年節關上個五、六天，平常還沒有關門的時候，這時候卻因為缺藥材要暫時歇業了。

「靜姨，要不我讓老掌櫃叫夥計去旁的藥鋪問問？藥材貴些沒關係，只望著能應個急便好。」

賈天靜無奈地看了陳悠一眼。「阿悠，妳當我沒問過？前幾日我就遣人問了，別人藥鋪也有坐堂的大夫，怎麼會在這個節骨眼把藥材讓給咱們？」

一時陳悠也沒了法子，只盼著秦長瑞快些將那筆生意談好，讓藥材貨源供上。如今已顯出苗頭了，用不了多久，華州地界的藥材都要翻倍往上漲，到時候百姓或許連風寒的湯藥都吃不上了。

寒冬時節，白日短夜裡長，一忽兒天就黑了。

阿魚受了傷，陳悠派遣醫館的夥計送一封信回百味館，告訴秦長瑞夫婦，她今夜在賈天靜這兒歇下了。

陳悠與賈天靜剛用過晚飯，唐仲就推門進來。他披著一件灰鼠皮的披風，進來被室內溫暖的燭火一照，鼻頭和臉頰都凍得有些紅。

陳悠驚訝地放下手中捧著的茶盞。「唐仲叔，您怎地這麼晚來了？」

唐仲很自然地解開身上的披風搭在旁邊的屏風上。「妳這麼晚沒回去，我與妳爹娘都擔心妳，便過來看看。」

聽了唐仲的話，陳悠的心暖暖的。今夜的天氣不好，外頭許是夜深了，那北風「嗚嗚」的聲音直颳得人心寒，又帶著呼嘯打樹梢房頭而過，叫人聽了只想鑽進暖呼呼的被窩裡。唐仲卻在這個時候趕了半個時辰的馬車親自過來，只為了確認陳悠是不是安全，怎能不讓陳悠暖心窩子。

「唐仲叔，我在靜姨這裡能有什麼事，前頭我不是叫人送信回去了嗎？」

唐仲瞥了她一眼，眼裡有一絲責怪。「還說沒事，若沒事，阿魚是怎麼受傷的？」

陳悠頓時被唐仲說得沒脾氣了。確實，下午若不是袁知州和那位貴公子帶著人及時趕到，不說錢夫人命在旦夕，她都很有可能受到牽連。

心虛地縮了縮脖子，陳悠瞄了唐仲一眼，討好道：「唐仲叔，這只是意外，我會保護好自己的。」

唐仲瞪了她一眼，到底是不捨得再訓斥她，他聽到秦長瑞詢問送信小夥計的話，知道陳悠搶救錢夫人累了良久，指不定這會兒還沒緩過氣。

陳悠攙著唐仲往屋內走。「這麼晚了，唐仲叔，您也不要回保定堂了，就在這裡歇下，明早我與您一同回去。我先去找大娘替您把房間收拾一下，多添一床被子，您與靜姨聊一會兒。」

賈天靜正好想問問唐仲有關陳悠做手術的事，並沒深想。唐仲一時也沒體會到陳悠的意思，他這會兒心裡還想著，陳悠第二日與他一起回去也好，阿魚受傷了，要在醫館裡養上幾日，暫時不能保護她，她與他一路安全些，況且他也想細問今日發生的事。

兩人就這麼被丟在屋中。陳悠回身將門掩上，偷偷笑了笑，一陣冷風兜頭灌過來，這才裹了裹身上的衣服，快走幾步去後院，尋人替唐仲收拾房間了。

第二日，陳悠提早起身替賈天靜與唐仲做了朝食，兩人都喜歡吃陳悠做的食物，這一早倒是吃了不少。

唐仲帶著陳悠剛出醫館大門，保定堂送藥材的馬車就到了，這才解了賈天靜醫館的燃眉之急。

回了百味館，等到秦長瑞回來已經是晚飯後，陳悠怎麼想還是不放心藥商的事，決定去書房找秦長瑞問問。

這時候天色已黑，永定巷百味館後院的人本就不多，現在也大多去歇息了。院內長廊上留下幾只昏暗的燈籠，在夜風中搖擺，發出明明滅滅的燈火。

一陣寒風吹來，陳悠裹了裹身上的披風，將一張小臉縮了一半進白兔毛的披風裡。她加快腳步，朝秦長瑞在後院的書房走去。

轉過長廊，陳悠就見到秦長瑞的書房裡亮著燈火，鬆了口氣，朝著書房小跑過去。當靠近書房，正想要敲門時，陳悠卻突然聽到裡面傳出的說話聲。

「永凌，征兒的事你查得如何了？」這是陶氏的聲音，聲音中透出一股悲傷和難過。

陳悠一驚，陶氏在她面前很少會露出這樣的情緒。準備敲門的手頓住，她猶疑了一下，最終沒有挪動腳步。

書房裡，秦長瑞深深嘆了口氣，片刻才傳來他的說話聲。「文欣，他現在住在會賓酒樓，我們的人根本連接近都接近不了……我只知他這次是為了惠民藥局的事情來華州的，旁的一點也打聽不出來。」

陶氏神情一黯。「這孩子……」

「文欣，妳莫要傷心，這些年都是他一個人撐著，性情大變也並非不可能，只要咱們沒真的見到征兒，就說明還有希望。」秦長瑞將妻子的手握在手中安慰道。

陶氏看了丈夫一眼，點點頭，可又覺得不甘心。「永凌，我們將征兒請出來，直接向他攤明真相不行嗎？何故要這般折騰？」

秦長瑞將愛妻攬進懷中，輕拍著她的後背，溫言道：「文欣，為夫知道妳心急，先不說征兒是不是原來那個，就算是，他能一下子接受咱們變成現在這個樣子？指不定會將我們當瘋子對待，若他不是我們的征兒，我們不是將弱點暴露於他人眼皮底下？文欣，現在可不是只有我們兩個人，我們還有阿悠、阿梅、阿杏和懷敏，他們也是我們的孩子，我們不能這麼自私！」

陶氏被丈夫的話堵得啞口無言。想到家中的幾個孩子，她也明白剛剛自己說的話是多麼不負責任。

「永凌，那我們該怎麼辦？」陶氏無助道。

「文欣，別急，我們都忍耐這麼多時日，難道還會在乎這幾個月？這件事就交給為夫，為夫一定給妳個交代。」

陶氏眼神恍惚地點點頭，頭埋進丈夫的懷中汲取溫暖。

秦長瑞聽到外面有聲響，臉色一變，急忙開門查看，可是根本就沒瞧見人影，秦長瑞眉峰蹙起。

陶氏上前詢問。「永凌，怎麼了？」

秦長瑞看了妻子一眼，面色仍然緊繃著。「方才有人在外面聽我們說話。」

陶氏一驚，瞪大眼睛。

秦長瑞又朝空空的院子看了一眼，轉頭對妻子說道：「進去吧，那人已經走了。」重新將門關好，秦長瑞眼睛微瞇。「文欣，這段日子多注意百味館裡的人，萬不能讓人鑽了空子。」

陶氏這時也面色嚴峻起來，鄭重點頭。

此時，跑回房間內的陳悠，心緒卻有如翻江倒海。雙親說的話雖然不清不楚，但是陳悠從中發現這個叫征兒的人對他們的重要性。或許他們這些年做的一切都是為了這個叫征兒的人。

陳悠越想越心驚，想到這些年爹爹一心專注在百味館上，還要在慶陽府開藥膳館子，心就猛地一沈。雖然她一早便知陳永新夫婦換了芯兒，這幾年來，也毫不懷疑雙親是真心對他們的，可是突然知道這個消息，陳悠心中還是後怕和不安，直覺告訴她，如今叫征兒的人定然不簡單，而雙親一心想要查探他，很有可能就會被牽扯入其中，再加上爹爹口中模稜兩可的話，一個猜測隱隱在陳悠心中成形。

四年多前，聖上頒發皇榜設立惠民藥局，陳悠從皇榜上就懷疑那人的存在，雙親將藥膳鋪子開到華州，她並未阻攔，但是後來的藥膳鋪子拓展她是再未參與過。爹爹要在慶陽府開百味館，陳悠其實不大願意，這意味著她與心中的那個不定因素越來越接近。她不想再重複上一世的結局，可是無形之中好像有一股力量將他們拉得越來越近，爹爹口中所說的人，會不會就是自己埋葬在記憶深處的那個人？

陳悠不敢再往下想了。深呼吸了一口氣，讓自己冷靜下來，這一切都還只是猜測，不一定會發生，可她也不能什麼都不做。

陳悠慢步走到床邊，在床邊坐下，思量著該怎麼辦。她此時還不能與雙親攤牌，說不準兩人會用什麼態度對她，她就只能靠自己來查清楚這件事。

夜晚，房間內安靜無比，只有外頭寒風捲著雪花呼嘯的聲音，裡頭只有燈芯燃久了偶爾發出的輕微「噼啪」聲。

陳悠想了許久，也沒想到什麼萬全的法子。這時候她已經平靜下來，事情不是一時半會兒能解決的，索性先洗洗睡下，指不定睡一覺起來就能想到好辦法呢！

第二日，陳悠起床用過朝食，帶著阿梅、阿杏前往保定堂。

抵達的時候，陳悠還沒下車，就聽到保定堂門口嘈雜的聲音。

阿力貼到窗邊壓著聲音道：「大小姐，保定堂正門都被人堵住了，咱們走後門吧。」

陳悠有些錯愕，往日保定堂也有人滿為患的時候，可也沒有阿力說得這般誇張，大堂的門都能被堵住？

車廂內，阿梅、阿杏兩張一樣的小臉驚奇地看著陳悠，小嘴微張著，有些不敢置信。

陳悠掀開車簾朝保定堂門口看了一眼。門口被許多人擠滿，外頭還排了幾條人龍，有些人大冷天就縮著脖子站在雪地裡排隊，雪花在那些人頭上、身上都積了一層，門口兩個夥計大聲吆喝著維持秩序。若是沒有兩個強壯的夥計在外頭看著，毫不懷疑這些人會一擁而上擠進保定堂。阿力說得一點也不誇張。

「大姊，外頭怎麼了？」

陳悠示意阿梅、阿杏過來看一眼，當兩雙胞姊妹瞧見那情景，都瞪大眼睛。「大姊，這比過年燈會上的人還要擠呢！那我們怎麼進去？」

陳悠一邊吩咐外頭騎馬的阿力帶著馬車從後門進去，一邊叮囑阿梅、阿杏。「我們從後門進去，保定堂的人多，妳們就不要去前堂了，大姊會安排妳們在後堂的藥房裡按著方子抓藥配藥，有事就讓阿力哥告訴大姊，病患多，妳們可千萬不要亂跑，可記住了？」

阿梅和阿杏見陳悠說得嚴肅認真，都懂事又乖巧地點頭。「我們會照著大姊說的話做，大姊莫要擔心。」

得了兩個小的保證，陳悠才放了一半的心。

阿力引著馬車繞過一條人少的小巷，到了保定堂的後門，下馬敲門，裡頭有人貼著門詢問是誰。

阿力報了陳悠的名字，那門連忙開了，一個大娘迎出來。

「是陳大姑娘？唉唷！這麼冷的天怎麼來了？快進來暖暖，這幾日來藥鋪的人太多了，這後門都得時時守著。」

陳悠帶著阿梅、阿杏下了馬車。

那大娘看陳悠身後還跟著兩個十來歲長得一模一樣的小姑娘，且與陳悠還有幾分相似，就猜是陳悠的妹子。「陳大姑娘，這兩個小姑娘可是妳家妹子？長得真是好看！像是從年畫裡走出來的一般。」

陳悠笑著道謝，阿梅、阿杏乖巧地與大娘問好。「大娘，阿婆呢？」

「李阿婆見藥鋪忙也閒不住，偏要上前頭幫忙，我剛才已經派人去告訴她老人家了，妳們幾個小姑娘先跟著大娘去屋裡暖和一陣子，一會兒唐大夫和李阿婆都會過來。」

陳悠應了一聲，帶著阿梅、阿杏去藥鋪後院的廂房。

解下披風搭在屏風上，陳悠頓了一下，轉身吩咐阿力。「阿力哥，你去藥鋪大門口問問那些人為什麼都擠著來保定堂看病？」
「知道了，大小姐。」阿力轉身麻利地去了。
按理說，華州城的藥鋪可不止保定堂一家，各家藥鋪也都有坐堂大夫，犯不著趕著上保定堂來。雖說唐仲的醫術是好，可保定堂的病患也不見得是由唐仲看診，保定堂還有別的大夫坐診。雖然別家藥鋪沒有保定堂來得正規公正，但看些尋常病症都不是問題，一般若不是什麼疑難雜症，這天兒又不好，百姓們犯不著都趕著來保定堂排隊。
陳悠與阿梅、阿杏一盞熱茶才喝下去，唐仲就扶著李阿婆進屋了。
李阿婆見阿梅、阿杏兩姊妹也跟來了，滿是皺紋的臉笑得皺成一張橘子皮。「妳們兩個小傢伙怎麼也跟來了？天這麼冷，可有凍著？」
阿梅、阿杏對李阿婆笑了笑，急忙搖頭，乖巧懂事地上前扶著李阿婆坐下。
「阿悠過來怎麼不派人與我說一聲？」唐仲身前還圍著棉布罩衫，顯然剛丟下前頭大堂的病患趕過來。
陳悠給唐仲和李阿婆各倒了茶。「本也沒定著哪日來，反正有阿力哥和他幾個兄弟護送，哪裡會有什麼事。」
唐仲喝了口熱茶，用手指點了點陳悠。「妳呀！」說完又把目光放到阿梅和阿杏身上。「妳怎麼把這兩個小姑娘也帶來了？」
「唐仲叔，阿梅和阿杏跟著我學了幾年的醫藥，雖然還不到給病患診治的程度，不過在藥房裡抓抓藥還是成的。恰好保定堂這麼忙，讓她們來出分力，順便也歷練歷練。」陳悠解釋道。

唐仲對陳悠的話還是很贊同的。「成，回頭妳領著她們去後院的藥房吧，讓人教教她們。」

阿梅和阿杏聽到唐仲允許，臉上皆是一片喜色，機靈地上前向唐仲行禮道謝。

「行了，行這些虛禮做甚，妳們記住，『不死於病，乃死於醫』，既然妳們要接觸醫藥，便要有虔誠、謙遜的態度，對待每個病患、每張藥方都要慎重認真，萬不可出絲毫差錯，病患的性命安危，就掌握在妳們這分毫之中！可明白了？」

唐仲說得鄭重，阿梅、阿杏也聽得認真，而後兩個小姑娘都嚴肅地應下，陳悠在一旁看著感到欣慰。

「既然妳們都知道了，我也不多說，想必妳們大姊也與妳們說了不少大道理，吃過午飯便去藥房幫忙吧！」

李阿婆坐在一旁與陳悠說話。「阿梅、阿杏這麼小，怎就叫她們來藥鋪做事了？」

「阿婆，她們可不小，今年都十一歲了。我這麼大的時候都能給人看病了，何況是她們自己想來的，我可沒有強迫她們。」

「阿婆，是我們自己想來的，不關大姊的事。」阿梅和阿杏急忙幫陳悠開脫。

「知道了，阿婆不怪妳們大姊。」李阿婆說完，摸了摸阿梅、阿杏柔軟的髮髻，嗔了陳悠一眼。「妳當人人都像妳一樣從小是個鬼靈精，什麼都會！」

陳悠也不回嘴，由著李阿婆說，過了一會兒，放下手中的茶盞，才正色道：「唐仲叔，我們方才從前堂大門過，怎地那麼多病患等在外面？就算是時疫爆發的時候也沒有過這麼多人吶。」

唐仲顯然已被這個問題困擾幾日了。他撥了下茶水，說道：「三日前，藥鋪的病患只是多了些而已，我便沒在意，以為這是因年底，今年又比往年冷的關係。卻不想，昨日來藥鋪的病患猛增，一早藥鋪開門的時候，外頭就排了長隊。我就趕忙讓幾個強壯的夥計將人攔著，才未引起騷亂。這些病患怪得很，有時分明是小病小痛，一帖藥下去就能解決的事，他們偏要多配上一分。後來旁的大夫和夥計與我說這情況，到昨兒下午，我已經讓他們控制藥量。若不是病患，獨獨來抓藥的人，咱們現在都不接待了。」

陳悠一聽，沒想到竟是這種情況。「唐仲叔你可派人打聽為什麼這些人都要來保定堂？華州的藥鋪不說有十來家，也有六、七家啊！」

「我差人打探過，夥計來和我彙報，那些病患說旁家藥鋪都斷了藥材，一半都歇業了……現在就剩下咱們保定堂和妳靜姨的醫館能配齊藥方子。」唐仲滿臉擔憂。

陳悠瞪眼，有些不敢相信。「什麼？旁家藥鋪子的藥材都賣完了？」

雖然他們早得到上頭封鎖藥源的消息，靠著京都的大藥商基本都被朝廷控制，可是這華州地界的藥材也不會消耗得這麼快，依照往年慣例，也能撐到過年。可現在離大年還有一個多月的時間，怎麼突然開始鬧藥慌了？怪不得，那些來藥鋪的病患偏要多抓一服藥，敢情是害怕過幾日就買不到藥材。

「唐仲叔，這是從哪日開始的？」

「我知道的起碼已有兩、三日了。」

「那您準備怎麼辦？」陳悠皺眉詢問。

唐仲嘆口氣。「藥鋪開著哪能不接待病患，況且有些病患確實是急需醫治。阿悠，妳不知道，早上藥鋪還沒開門，已有人在外頭站了一、兩個時辰，若是咱們也像別家那樣停業，這些病患又該怎麼辦？」

陳悠聽懂唐仲的意思，唐仲這是不想關門呢！

「唐仲叔，我知曉您心繫那些病患，但是特殊時期，特殊對待。您與爹經常來往，想必也清楚上頭的意思，劉太醫信中已經透露京中要來人管惠民藥局的事情，咱們這些藥材買來不易，可不能就這麼大把撒出去。

「上面把著藥源，讓藥材運不過來，這都是官家默許的，我們不過是老百姓，就算要與官鬥，也不能明面上來。唐仲叔，事到如今，您還看不明白嗎？眼前這局勢分明是幕後有人有意為之，如果咱們這個時候，跟那人對著幹，要是讓人記恨上，估計咱們的保定堂都開不成了！」陳悠眸色一定，抿了抿嘴道。

陳悠的一番話，讓唐仲臉色越來越難看，最後他看了陳悠一眼，頗無奈道：「那咱們真要將保定堂暫時關了？」

陳悠見唐仲聽進去了，微微笑起來。「說要關門也太嚴重了，保定堂目前只需要低調，倒也不至於到關門的那一步。」

「那我們該用什麼法子？」

「阿悠知道唐仲叔同情那些病患，咱們可以每日限定醫治的名額，過了名額便不再接診，接診時也可先確定病患是不是真的需要治療，若不符合咱們的要求，便不予診治。唐仲叔，您看這樣可行？」

唐仲叔思考了片刻，點點頭。「阿悠，這法子成，待到晚上我們再商量細節。」

「看來這華州醫藥要發生大變動，唐仲叔，咱們可不要做出頭鳥，回頭您安排人去給靜姨透個信兒。還有，咱這藥也不能施得太寬裕了，否則必會遭人懷疑。」

唐仲苦笑著搖搖頭。「年紀大了啊，我竟還沒妳一個十幾歲丫頭思慮周到，回頭我給妳爹寫封信。」

「唐仲叔，哪裡是您年紀大，是您將心思都放在病患上，入了局，當然沒有我這個旁觀者瞧得清。」

「好了，就妳會說話！別安慰我了，這也快午時了，咱們先去吃午飯，吃過午飯，妳跟著我去前院醫治病患。」

大娘進來收拾茶盞，有些歉意地說：「幾個姑娘來得匆忙，大娘也不知道妳們的口味，便自己作主隨意加了幾個菜，姑娘們都擔待些。」

「無妨，一頓午飯而已，阿梅和阿杏都不挑嘴，大娘不用擔心。」陳悠笑回道。

「那就好、那就好。」

用過午飯，陳悠將李阿婆送回房間歇午覺，而後跟著唐仲去前院。

去大堂巡視了一遭，裡頭坐滿病患和家屬，有些確實是需要及時診治，有些卻只是輕微風寒一類，根本就不需要配方子，在家中做好保暖措施養兩日就好。

這一忙就忙到天黑，到了藥鋪關門的時辰，前堂還有許多病患沒排上診，夥計也只能抱歉地請他們第二日趕早了。

陳悠站起身，捏了捏痠痛的身子，拿起桌前一疊紀錄，一下午她接待了幾十個病患，只除了一位是剛懷有身孕，胎位不正；一位是受了頗為嚴重的外傷；一位老者腿疾，旁的都是小病，怕是都因斷藥的傳言而來抓藥回去存著。

陳悠捏著那疊紀錄去後院，尋到唐仲，將那疊紀錄給他瞧，唐仲眉頭擰了起來，因他下午接的診也與陳悠的大同小異。

「先吃晚飯吧！累了一下午，這事咱們吃過了再商議。」

陳悠點頭。

阿力瞅了空就將他打探的消息告訴陳悠，果然如陳悠推測的那樣。

「阿力哥，我一會兒寫封信，你連夜跑一趟，將信送到爹手中，今夜你就不用回來了，在永定巷歇著，明早再過來。」

「是，大小姐。」

陳悠趁晚飯前的一點時間，去房間快速寫了信交給阿力。

會賓酒樓三樓，一扇窗半開著，有雪花飄進窗內，落在裡頭紛繁的花樣地毯上，片刻，就因屋內的暖意融化，變為一粒晶瑩的水珠。

白起匆匆爬上樓，步子走得急了些，到了房門前，才理了理衣襟，拍掉身上沾到的一層雪花，敲門進屋。

「如何？」

秦征背對著白起坐在窗前，清冷低沈的聲線在房內響起，他視線落在樓下的大街上。年底了，就算是下雪，行人仍然不少，花花綠綠的油紙傘上頭，都鋪了一層薄薄的雪花。

白起微微抬頭看了主子一眼，他見秦征雖是看著窗外，但是目中沒有焦距，倒像是在想著事情。

「回世子爺，近半月內隸屬慶陽府下所有州縣的藥材都處於嚴重的缺貨狀態，大半藥鋪已關門，剩下的也多支持不了幾日，只是……只是……」白起看了秦征一眼，支支吾吾沒說下去。

秦征回過頭，一雙點漆般的深眸看著他，讓白起渾身一寒。「你若是不說，便永遠也不要說了。」

白起兩腿一軟，就跪倒在地。「世子爺恕罪，是白起不知輕重，只是華州內還有保定堂與賈天靜的醫館毫不收斂地大肆施藥，阻礙咱們計劃的進行。」

秦征轉頭再次看向外面飄揚的雪花。「劉太醫那裡知會了嗎？」

「半個月前就去了信。」

「嗯，可有回音？」

「還沒有，估摸就在這兩日了。」

「你去查查給賈天靜醫館供藥的是哪家藥鋪，咱們攔截藥源，這個時候竟還有這般多的存藥？」秦征的聲音冷下來，有如這冬日冰雪和寒風。

白起這時不敢有一絲一毫的猶豫，急忙回道：「世子爺，這個屬下已經查了，給賈大夫醫館供藥的就是保定堂。」

「這麼說，這根源出在保定堂上。」秦征一雙深邃的眼微瞇，洩漏出一絲危險的光來。「去查保定堂藥材的來源，若是過一日他們還不收斂，你便帶人查封保定堂吧！」此話語比這數九寒冬還要冰寒。

白起一怔，應了後連忙退下。

秦征復又坐在窗前，右手摩挲著大拇指上的玉扳指，陷入了方才那種沈思的狀態，誰也不知道他在想什麼，抑或是在算計什麼。

白起下了樓，去了會賓酒樓的後院書房，他背著手，披風也未披，有片片雪花落到一身深藍色的衣袍上，沾了斑斑白點。他忽地對身後跟著的護衛說了一聲。「去把阿北叫來。」

等到阿北趕到書房，已經是一盞茶後了，剛到門口聲音就傳了過來。「尋我什麼事？可是爺有什麼吩咐。」

白起瞪了他一眼，阿北雖是負責諜報方面的事項，可他這個人本質上卻是個話嘮。若是他與你不熟還好，若是熟的話，他能沒完沒了在你耳邊嘮叨半天。不過他同樣也是個公私分明的人，即便是話再多，也絕不會說出哪句不該說的。

白起起身將一張宣紙遞到阿北面前，阿北搓了搓手接過，掃了眼宣紙上的內容，面容一下子變得嚴肅起來。「我知道了，這便去辦。」說完，將紙張扔到火盆中燒了，轉身出了書房。

阿北叫來手下，將任務分派出去，最終他還是偷偷寫了張紙條，揣到懷中，親自騎馬出了門。

三更天，陳悠才與唐仲商定好保定堂第二日開門的章程，唐仲仔細記錄下來，準備翌日一早就將保定堂裡的學徒夥計們叫到一起，交代清楚。

商量完後，陳悠朝後院的房間走，捶著痠痛的肩膀和腰部，轉身瞧見西廂那邊李阿婆、阿梅和阿杏房間中的燈火已滅，就徑直朝自己的房間走去。

突然一道破空之聲從陳悠身旁擦過，嚇得她險些驚叫出聲，下意識閃身躲到一根柱子後，四處查看，卻沒有發現任何人影。

陳悠冷哼著咒罵兩聲，才從柱子後出來，撞進眼簾的是一枝繫著紅纓的箭，箭上綁了一張紙條。

陳悠謹慎地看了一眼四周，小心地取下箭矢，見那精鐵打造的箭尖並不鋒利，反而鈍得很，可這麼鈍的箭，都能射入走廊的木柱中，可想而知這人身上的功夫是多麼了得。

如果這人剛才想要她的命，那麼她連掙扎的機會都沒有。想到這裡，陳悠一陣後怕，拿著那枝箭矢疾步跑回房間。

黑暗中，阿北蹲在房頂上，瞧見陳悠將那枝箭帶走，才閃身隱入黑夜中。

燃了燈火，陳悠拆開箭矢上綁著的紙條，紙條上的字跡不是很好看，只有一行，但寫的內容卻讓陳悠膽戰心驚。

保定堂，莫要做出頭鳥！

陳悠捏著這張紙，思緒一下子清晰起來，看來是真的有人刻意干預藥材的事，她白天說的那些本只是為了說服唐仲叔，可眼下看來已經有人盯上保定堂了。

只是為什麼會有人給她送信？陳悠有些搞不明白。方才那樣，這人分明就是注意她良久，特意尋了機會將消息送到她手中。雖然猜不到這人是誰，但這消息總不會空穴來風。

想到明日還要早起，陳悠急忙洗漱睡下了，只是在睡前，又將門窗檢查一遍，這人出入保定堂如入無人之境，讓陳悠更加警惕起來。

翌日，踩著紛紛小雪，阿力一早便回了，還多帶幾個夥計來。唐仲已將他與陳悠昨日商量好的交代下去。

「阿力哥，怎地這麼早？」陳悠從前堂過來，還一身大夫的罩衫。

「大小姐，東家讓小的接您和二小姐、三小姐回去。」阿力滿臉鄭重。

「什麼？爹怎麼這時候要接我和阿梅、阿杏回去，他有交代什麼嗎？」陳悠一雙眉也越擰越緊。

「東家什麼也沒與小的說，只讓小的今日一定要把妳們接回去。大小姐，您若是想知道緣由，只能回去親自問東家了。」

陳悠也不想阿力為難，她是瞭解爹爹脾氣的，他這樣決定一定有他的道理。

「成，我先去和唐仲叔說一聲，你到藥房去尋阿梅、阿杏，讓她們到後院來將東西收拾一番。」

等陳悠帶著妹妹們上了馬車，阿梅和阿杏還迷迷糊糊的不知發生了什麼事。

「大姊，怎麼了，我們剛來為什麼就要走？」阿梅不解地問道。

「想是家中發生什麼事了，爹只讓阿力哥來接咱們，並沒說原因，妳們只要聽爹的話就好。」

阿梅和阿杏點頭，幾人走得匆忙，馬車內也沒有放爐子，氈簾有些薄，不時被外頭刺骨的寒風掀開一條小縫，冷風透進來，讓幾個小姑娘愈加凍得縮成一團。

陳悠將阿梅、阿杏身上繫的披風緊了緊，又將她們摟到自己懷裡。今年比往年要冷上許多，大魏朝的馬車也沒人改進，若是平常時節還好，到了冬季，馬車裡若是不放個炭盆或是湯婆子暖爐之類的，保准你透心涼。

前面駕車的阿力突然說道：「大小姐，前面好似有官家的馬車，咱們要讓路，您和二小姐、三小姐坐穩些。」

阿力將馬車往邊上趕，不多時，就停了下來。

陳悠有些好奇，微微掀開簾子朝外頭看過去，果見不遠處向著她們這邊迎面行來一輛馬車，車廂壁上雕刻著官家的圖案。

多日積雪，華州城本就不寬闊的道路兩邊都堆著鏟開的積雪，這路便更窄了。本來還可容下兩輛馬車並駕而行，卻因為積雪，現下頂多只能容下一輛馬車。

陳悠看向那輛馬車，卻與一般見到的馬車有很大區別；馬車車廂寬大，裡頭緊貼著車門還覆了一層厚厚的毛氈，整輛馬車雕刻的紋路也很不一般。車身恐怕是榆木做的，這種木材產自嵩州一帶，木質特硬，是製作馬車上好的木材，耐腐耐濕，往慶陽府這邊就很少有這種木材了。

唐仲當年為了尋找適合麻沸散的藥材，幾乎走遍了半個大魏朝，每去一地都會將當地特殊的藥用植物記錄下來，榆木正好也是種藥材，唐仲才會特意向她提到。

整輛馬車完全與大魏朝當下的普通馬車不同，幾乎是彌補了大魏朝現在馬車的所有不足。

馬車旁邊跟著幾個護衛，其中一名騎著棗紅色高頭大馬的護衛最引人注目。這人引人注目的原因不是他外貌本就出色，而是一身讓人膽寒的氣勢，就像是從沙場上剛剛浴血歸來的人，渾身都透著一股沈沈的血氣，讓人不敢有接近一分的想法。

陳悠緊盯著這奇怪的馬車、奇怪的護衛，心頭慢慢出現一個猜測：這般做派又公然乘著帶官家標誌的馬車，難道這是建康城派來管惠民藥局的人？。

可當馬車與陳悠所坐的馬車擦身而過時，她卻聽到馬車內一個女聲響起來，然後馬車簾子微微掀開，一個碧色衣裳的丫鬟對著騎馬的冷面護衛說了兩句話，冷面護衛只微微點頭。

只這一瞬，陳悠透過車簾縫隙也看清了，那馬車裡分明只坐了一個打扮華貴的女子，不是來管惠民藥局的欽差。不久，那輛馬車就越行越遠，消失在雪色之中，馬車一走遠，就引來周圍百姓的一片議論之聲。

阿梅也興奮地道：「大姊，妳方才看到那馬車了嗎？真是豪華漂亮，坐起來肯定比咱們的馬車舒服多了，這是哪個官家，可真是會享受。」

陳悠笑著摸了摸阿梅的頭，應和兩句，可心中總有一種熟悉又奇怪的感覺。

怎麼會是一個女子？大魏朝即便是民風開放，也不可能是女子為政做官，難道說這個女人和那個人有什麼密切的關係？

陳悠帶著滿肚子的疑問回到永定巷。

掌櫃的已經在門口候著了，見陳悠和阿梅、阿杏下車，連忙過去扶了一把。「大小姐、二小姐、三小姐，快些去後院，東家等急了。」

陳悠怔了一下，點點頭，拉著阿梅、阿杏跟掌櫃去後院的書房。

此時陶氏也在裡頭，陶氏見陳悠進來，見到她們安全無虞，鬆了口氣，臉色才有了點笑顏。「妳爹有話對妳說，娘先帶著阿梅、阿杏休息。」

等陶氏出去，陳悠才皺眉問道：「爹，發生什麼事了？」

秦長瑞一手放在扶手上，一手輕放於右腿上，神情凝重，自從他們家百味館的生意順暢以來，陳悠已經很少在秦長瑞臉上看到過這種神色。

「保定堂有麻煩了。」

陳悠面色一凝。「爹，這是真的？」

沒想到那張紙條上說的竟然是真的！怪不得爹爹這般急著要接她們姊妹回來。

陳悠驚疑不定地將她在保定堂莫名收到的那枝箭矢說給秦長瑞聽。

「爹，也不知道是誰暗中透露給我這個消息。不過昨晚，我與唐仲叔已經布置下去了，這樣還是礙了那人的眼嗎？」陳悠心急如焚，不說保定堂是唐仲這些年來的心血，她也是對那藥鋪有感情的，況且裡頭還住著李阿婆和唐仲。

秦長瑞緊了緊手心。「說不準，若是那人做事雷厲風行，冷漠無情，說不定今日便要對保定堂下手。」

聽了秦長瑞的話，陳悠的心簡直如墜冰窟。「爹，那我們怎麼辦？」

「我今早已經叫阿力帶信給唐仲了，他看了自會明白。」秦長瑞又與陳悠說了他的打算。

陳悠雖是認真聽著，可心裡就是忍不住記掛著保定堂。

「阿悠也莫要太過擔心，我讓阿力幾個人過去幫忙了，一有什麼情況，會立馬回來通知。」秦長瑞安撫地拍了拍陳悠的肩膀。

陳悠也只能點點頭，剛想要起身回房休息。書房外卻響起一陣急促的腳步聲，隨後書房的門被敲響。

「東家，是我！」這是掌櫃的聲音。

「進來。」秦長瑞盯著掌櫃的臉看，永定巷百味館的掌櫃雖然是個中年男子，但總是一臉笑容，溫和可親，很少會這樣冷著一張臉。

「出什麼事了？」

「東家，不好了，咱們剛到碼頭的藥材被扣下了！」

「什麼？」這次就連秦長瑞都震驚地站起來。他急忙按捺下心中的驚訝，讓自己儘快冷靜下來。「薛明，咱們藥材可交接了？」

掌櫃臉色愈加蒼白。「東家，回來彙報的夥計說，龐忠剛剛交接過藥材還沒有一刻鐘，藥材便被官府的人扣下了。」

陳悠瞪眼不敢置信地站起來，藥材如果沒被他們的人接手，出了什麼問題，或是被官府扣留，這原因都由戴老闆來承擔。可偏偏在他們的人接手藥材後才被官府的人扣下，這其中透著一股濃濃的陰謀氣息。

秦長瑞隱在寬袖下的拳頭緊了緊。「現在形勢怎麼樣？」

「龐忠帶著人正在碼頭與官府的官差僵持著，拖延時間等東家您過去。」

「叫人備馬車，我們現在就走！」

薛掌櫃行了一禮，急匆匆去前院安排，這批藥材花了他們上萬兩銀子，若這次真要出什麼紕漏，先不說他們是不是會惹怒官家，要是損失了，百味館與保定堂都要元氣大傷。

「阿悠，妳去將這件事告訴妳娘，我先帶人去碼頭。」

陳悠點頭，急匆匆去後院尋陶氏，陶氏乍一聽這個消息也是臉色突變。阿梅和阿杏已在房中休息，陶氏與陳悠坐在房中，一時間，母女倆都沈默下來。

良久，陳悠道：「娘，咱們坐在家中也想不出法子，妳在家看著阿梅、阿杏，我去碼頭看看什麼情況，說不準到時候會想到辦法。」

陶氏考慮片刻點頭，陳悠有時候是有些急智的，說不定去了真能幫上些忙。「一路小心些，現在這個情況下，定然是有人惦記上咱們家，咱們不論何時都要小心，多帶幾個人。」

「娘，我知道了。」

陳悠拿了披風，快步出了後院，剛到前院大堂，阿力就急匆匆地進門來，一眼便能看到他臉上的著急。

陳悠見到他這樣的神色，心就往下墜。果然，阿力兩三步來到她身邊，以微微粗啞的聲音道：「大小姐，保定堂那邊不好了。」

「那邊怎麼了？」陳悠覺得自己出口的聲音都帶著顫抖。

「因為保定堂限制接診，那些一大早圍在保定堂外頭的病患聚眾鬧事！唐大夫受傷了！」

陳悠的臉色整個沈下來，想到這些年唐仲為她做的、對她的維護，想到他經常輕摸她的頭髮一副慈祥寬容的目光，陳悠的心是既酸澀又憤怒。

是誰？有這麼大的膽子竟然敢傷害她在乎的人。

阿力敏感地察覺到大小姐情緒的變化，他沒有說話，只等著陳悠的決定。

「阿力哥，帶上人，我們先去保定堂！」陳悠迅速上了馬車，讓百味館裡的夥計將她的去向告知陶氏。

阿力駕著馬車，帶著人，迅速朝保定堂的方向奔去。

天空中又有小雪飄下來，蓋住馬車在道路上留下的一排車印。

陳悠帶著阿力幾人以最快的速度趕到保定堂門口，只見保定堂門口早已水洩不通，裡三層外三層堵滿了人。爭吵聲、謾罵聲、嘲諷聲……亂成一片，那在保定堂門前攔著的幾個強壯夥計，臉上脖子上都有不同的瘀痕，甚至還有個夥計青青的鼻子下掛著血跡，顯然剛剛發生過一場暴動。

保定堂原本整潔的門口都是爛菜葉，一旁的對聯也在打鬧中歪七扭八，頗顯狼狽，毫無平日裡大藥鋪的風光。

陳悠坐在馬車中觀察這些聚眾鬧事的病患，一雙清澈明亮的雙眼裡是犀利的光芒，各種聲音竄入她的耳中。

「媽了個巴子的，你們保定堂就是這麼醫病救人的？把我們病患晾在門外！你們藥鋪是不想開了吧？如果不想開，我們就幫你們砸了！」

「什麼仁醫仁術，我娘這都快沒一口氣了，還不讓我們進去，這不是要我們幾個子女的命嗎？老娘辛苦一輩子，到頭來卻因為你們治不了病，若是老娘有什麼三長兩短，我就讓你們藥鋪陪葬！」

「明明有藥卻不願意救人，這到底是什麼良心，就算是殺人放火的，心肝也沒你們這麼黑啊！」

「大夥兒，要是今天保定堂不給咱們治病抓藥，咱們就將它砸了！出了這口怨氣！」

……

越來越多這種聲音，漸漸地一浪高過一浪，很快保定堂裡解釋的聲音已經被蓋過去，場面頓時有些失控，那些堵在門口的強壯高大夥計也漸漸力不從心。

夾在人群中的一些病患從縫隙中看到保定堂大堂裡擺放的藥櫃，貪念頓起，有些藥材可是價格不菲，若是趁這個時候能搶得些許，或許能賣得一筆不小的銀錢。

陳悠的眼神漸漸落在幾人身上，她發現，每當病患們沈默下來的時候，總是這幾個人帶頭將氣氛鬧上來，就好像是有人蓄意在控制著這場暴亂。

「阿力哥，去後門。」

阿力很快將馬車趕到保定堂後門，開門的大娘問了好幾遍，確定是陳悠才敢開門放人進來。

陳悠從車上跳下來，進了保定堂後院。

「大姑娘，妳怎麼這個時候回來，保定堂不安全，快些回家去！」大娘擔心地說道。

陳悠臉上的表情鬆動了些。「沒事，大娘，我自己有分寸，妳幫我照顧好李阿婆，千萬別讓她到前堂去。」

大娘嘆口氣，應了一聲。

「大娘，大堂門口那些人是什麼時候開始鬧事的？」

「就在大姑娘早上剛走不久，咱們藥鋪還沒開，就有人在外頭大呼小叫，後來也不知怎的就鬧起來了。妳唐仲叔剛才去前頭解釋還被打傷了，現在正在前堂的診室裡。」

陳悠道了謝，與阿力一起去唐仲所在的診室。藥鋪裡另一個年紀頗大、鬍鬚花白的大夫正給唐仲頭上的傷口敷藥，唐仲「嘶嘶」地抽著氣。

老大夫無奈地勸解道：「唐大夫，你與那些暴民理論什麼？那些人一看就是專門來找碴的。」

「總不能眼瞧著他們詆毀藥鋪！」唐仲嘆氣地拍了把大腿，一擻頭正好見到從外面進來的陳悠，驚詫道：「阿悠，妳怎麼回來了？」

陳悠什麼也沒說，上去親自查看一番唐仲額頭上的傷勢，見唐仲的傷勢並沒有想像中那麼嚴重，才放下心來。

輕吁了口氣，陳悠坐到唐仲身邊。「阿力哥將保定堂的事與我說了，我便趕回來了。」

陳悠未向唐仲說藥材被官府扣留的事，這個時候已經夠亂了，她不想再給唐仲壓力。

「妳這妮子，知道藥鋪鬧事，怎麼還來？快些回去，小姑娘家能在這裡幫什麼忙！」

陳悠也不回嘴，等到唐仲話說完，才站起身。「唐仲叔，您在這裡好好休息，我去大堂看看。」

阿力帶著幾個夥計緊跟在陳悠身後，出了診室。

唐仲張著嘴瞧陳悠這番動作，竟驚訝地忘記阻攔，等見陳悠轉過房門身影消失後，才回過神。他猛然起身，想要上去攔住陳悠，受傷的頭部一暈眩，眼前一黑，差點栽到地上，幸好老大夫反應及時，拉住了他。

「唐大夫你這是做甚？你頭上血流得可不少呢，還是好好歇著吧！老夫瞧陳大姑娘能應付這場面，這幾年，我在藥鋪也算是看著這姑娘長大的，她沒你想的那樣嬌弱。況且她身後還跟著阿力幾個小子，就算去了沒什麼幫助，阿力也不會讓她受傷的。」

老大夫一番勸慰下來，唐仲終於不像方才那麼擔心了。想到陳悠當時在李陳莊時，小小年紀就那麼冷靜聰慧，似乎這幾年是他太愛護這個小姑娘了。即便是這樣，唐仲也不大放心，他坐在椅子上休息片刻，還是在老大夫的攙扶下，去了前頭大堂。

陳悠一進大堂，各種憤怒的聲音就充斥在耳邊，刺激著人的情緒。外面聚眾鬧事的病患出口的話也越來越難聽，只要是個正常人，難免不會被激怒。她掃了一眼堵在門口使勁朝藥鋪裡擠的那群人，目光冰冷銳利，像是一把剛剛出鞘的寒刃，還沒落在人身上就讓人毛骨悚然。

一個四十多歲的大娘首當其衝被陳悠這種目光盯得渾身一縮，心中升起了些許膽怯，可是身後的人一個高聲怒喊，她退下去的膽子又回來了，即便心虛，臉上卻因為後頭不斷的支持而表現得更猙獰。

那些不斷朝裡擠的人已經將防線逼退大半步，還有一步的距離，就能觸到藥鋪的櫃檯，此時想要關門攔人已經不可能。那攔著人群的幾個夥計，被外頭的病患拍打著，大冬天的，額頭、臉上都是汗水，隱隱有堅持不住的趨勢。

現在必須立即想辦法阻止這些人，不然後果不堪設想，很有可能保定堂內的藥材都會被哄搶而空。

陳悠上前一步，將這些人的臉一個個映入視野中，阿力急忙緊跟一步，怕陳悠受到丁點兒傷害。

陳悠微微偏頭，輕輕在阿力耳邊說了幾句話。阿力立即吩咐身後的幾個夥計幾句，幾人飛快地離開前堂。

陳悠勾了勾嘴角，清亮的聲音高聲道：「你們可知，這般聚眾鬧事，在大魏的律法中是要被官府收監的！」

清透的少女聲音在這群混雜的噪音中很有穿透力。霎時，保定堂門口安靜下來。俗話說，民不與官鬥，在這裡畢竟都是一些平凡的老百姓，一時聽到陳悠這句話，都有些膽怯。

人群瞬間安靜下來，讓藥鋪的幾個夥計都得到喘息，他們都感激地看了陳悠一眼。

人群中一個高瘦的中年男子見眼前人們都停止喧鬧，臉色一變，又急又怒地開口吼道：「呵！保定堂如今連個男人都沒有嗎？竟然出來個丫頭說事，別將我們當傻子哄，妳一個丫頭，能懂什麼，今日保定堂不給我們診病放藥，咱們就進去砸了藥鋪！」

「對，砸了藥鋪！砸了藥鋪！」

被這個男子一帶動，剛剛停滯下來的人群瞬間又激憤起來，甚至比之前更加難以控制。

陳悠看著那個男子冷冷笑了一聲，毫不畏懼地又朝前走了一步，聲音再次響起來。「這位大叔，我們只是開店做生意，主動權在我們，藥材是我們的，我們想賣便賣。生意，便是你情我願的事，什麼時候開鋪子，什麼時候不開鋪子，是我們說了算，又有誰規定，我們一定要將東西賣予你們?可真是天大的笑話!你要是將這理由說出去,恐怕三歲的孩子都會嘲笑你!」

陳悠說的話雖然聽著奇怪,但其中卻是有那麼一、兩分歪理,一時竟然讓人不知怎麼反駁。

這時,人群中另外一個婦人吼道:「你們開的是藥鋪,如何和一般的鋪子相比?我若在布莊裡買了一疋布,我不喜歡還可以去退,你們沒將人的病治好,可以還回來嗎?重新治嗎?」

婦人這句話一出口,人群立馬像是炸開了鍋。

陳悠嘲諷地看了一眼那婦人,那婦人得意地撇了撇嘴。

「那華州城這麼多家藥鋪你們為何偏要選中保定堂?我們這生了病診治可是不能退貨的喔!」

「睜著眼說瞎話,別家藥鋪如果有藥材,你們還能這般囂張?」

陳悠嘻嘻一笑。「那你們怎麼知道我們保定堂還有藥材呢?」

中間那高瘦男子順口就接了下去。「沒有大量藥材,你們前兩日為何如此大肆施藥!別裝蒜!」

陳悠嘴角彎得更大了。「這位大哥,你竟然知道保定堂中有大量的藥材吶,這個就連我都不知曉呢!」

眼前站在大堂中，居高臨下的少女彷彿一點也不懼怕眼前這麼多人聚眾鬧事，她說話時就像是與普通人聊天一般，男子總覺得有些不對勁，可是又想不到是哪裡不對。

陳悠臉上始終掛著一抹意味不明的淡笑，這種表情比黑沈著臉色更讓人沒底，混在人群中的男子終於忍耐不住。「咱們與這個小丫頭說什麼，咱們進去砸了保定堂！讓這些狗娘養的別囂張！」

人群被他這句話煽動起來，陳悠沒有再接下去，等著人群拚命地往保定堂內擠的時候，人群卻被大力撥開了。

方才帶頭煽動群眾的那幾人瞬間被雷霆手段鎮壓，棉布堵住了嘴，那擠進人群中的四、五個壯漢，一人扭著一個將人帶出群眾，而後二話不說，將這幾人塞進一輛馬車中，做完這一切，那幾個壯漢往這群還堵在保定堂門口的病患冷冷瞥了一眼。「誰還敢鬧事，與他們的後果一樣。」

撂下這句話，幾個壯漢上馬趕車離開了保定堂這條街，所有的病患視線都落在漸行漸遠的馬車上，車身上有官府標記，陳悠一開始說的那句話迴蕩在所有人的腦海中。

他們很早就聽說，袁知州為了提高華州城內的治安，經常會叫一些官差巡查時換上常服，若是誰被發現違犯律法，就立即毫不留情地執行公務，帶回衙門。

剛才那幾人難道就是穿著常服的官差？天吶！

所有人都是背脊一涼，再也不敢在保定堂門口放肆。根本不用陳悠再說，這群人互相竊竊私語了兩句，都默默地散了。不到一刻鐘，保定堂門口就「門可羅雀」，好像剛剛那場暴動根本就沒發生過一樣。

陳悠終於吁了一口氣，收回臉上幾乎僵硬的淡笑。剛剛她的目的並不是與那些人理論，只是替阿力的人爭取時間罷了。

一直在門口攔著病患的幾個夥計累得幾乎要癱倒在地，但臉上都是一副放鬆神態，他們好奇地看向陳悠。「陳大姑娘，方才那些人真是官府的啊？這回官府真是做了好事！」

陳悠笑了笑，並未回答這個夥計的問題，讓他們帶著人將保定堂門口收拾好，將藥鋪的門給關上。

夥計摸了摸頭，迷迷糊糊地想了片刻，也猜不到是真是假，索性帶著人將保定堂收拾歇業了。

陳悠轉身瞧見唐仲扶著門框，站在拐角處，疾走幾步上去扶住他。

唐仲臉上憋著笑，伸手給了她一個栗子。「臭丫頭，膽子真大！要是別人發現了怎麼辦？」

陳悠縮了縮頭。「放心吧，唐仲叔，這裡沒人認識阿力哥的幾個兄弟，再加上那些人本就慌亂，這個時候哪裡還會想到那些人是不是真的。」

陳悠的機智倒是讓唐仲讚了一聲。

老大夫去前堂給幾個擋著病患的夥計瞧傷口去了，這時，由陳悠邊扶著唐仲邊說：「唐仲叔，今日的事定是有人蓄謀已久，我讓阿力哥抓的那幾個人便是聽了有心人的吩咐，等阿力哥的兄弟回來，咱們就能知道指使之人是誰！」

阿力的人沒多久就回來了。

「阿力哥，可問出什麼來了？」陳悠著急地問。

「回大小姐，那些人確實是受人指使，不過他們也只是拿了銀子替人辦事，並不知道背後是誰。」

陳悠聽後，點點頭，與唐仲商量好一會兒，也沒討論出個眉目來。

他們這幾年在華州還真是沒怎麼與人交惡，這會兒是誰要蓄意害他們？

到這時，陳悠才將藥材出事的事情與唐仲坦白了。唐仲聽了大驚，師徒兩人一起又乘坐馬車去華州碼頭。

第三十五章

寒風凜凜，碼頭卻沒有因此而沈默靜謐下來，反而更加熱鬧。到了碼頭，便能看到碼頭卸貨處站著一排官差，而秦長瑞正與那為首的捕頭說話。

唐仲方要下車趕過去，被陳悠攔住。「唐仲叔，等等，爹恐怕正向周捕頭打聽事情，我們還是在這兒先等著。」

果然，秦長瑞與周捕頭說了一會兒話，便回身往他們這邊走來，阿力迎了過去。

秦長瑞瞥了阿力一眼。「阿悠來了？」

阿力跟在身後點點頭。「唐大夫也來了。」

秦長瑞低沈地「嗯」了一聲，加快步伐，又一路上交代薛掌櫃幾件事，最後上了陳悠的馬車。

秦長瑞一上車，陳悠就心急地問道：「爹，怎樣了？」

結果，藥材還是被暫時扣留了，說是嵩州那邊來的藥材，要等著查明，才能發放下來。官府明面上是這麼說，若是沒有門路，將這藥材扣個半年一年的，你也沒地方說理去。藥材被隨意放置在衙門，沒人保養儲藏，這年一過，包准會出問題。那時候，就算能將這批藥材拿回來，也大多不能入藥了，等同虧本。

由於這批藥材是先付了款項，銀子搭進去了，貨物又少了大半，對百味館和保定堂都是不小的打擊。現下保定堂暫且不能開，那餘下的藥材也頂多夠百味館撐到年底，來年若是這藥政還不改，慶陽府的百味館是開不成了。這牽一髮而動全身的事，將秦長瑞早就安排好的計劃全部打亂。

幾人回到永定巷早已過了午時，陶氏在家裡也惦記著他們父女兩，見他們回來才鬆口氣。幸好百味館裡什麼都是現成的，陶氏陪他們在包間內簡單吃過午飯。

現在最緊要的是將上頭的意思瞭解清楚，才能找到正確的應對法子。陳悠想來想去，最終還是準備去一趟賈天靜那裡，錢夫人是袁知州的親妹子，她對錢夫人又有救命之恩，從她那兒與袁知州搭線問問看。秦長瑞這邊則已經派人去尋戴老闆了。

下午，陳悠馬不停蹄地趕到賈天靜的醫館，醫館也是半歇業狀態，倒是少見的清靜，大堂內靜悄悄的，堂中只留一個夥計，此時正坐在暖爐邊打瞌睡。

陳悠進來時，弄了些聲響，才讓他猛然驚醒，邊揉著眼睛邊下意識地說：「醫館近日不接病患，請回吧！」等到抬頭見是陳悠時，才急忙迎上來。「怎麼是陳大姑娘，這麼冷的天，趕緊進來烤烤火。」

陳悠笑了笑，有些心不在焉。「靜姨呢？」

「真不巧，賈大夫早上出門，現在還沒回來。妳要是有急事尋她，先去後院等等，讓大娘給妳弄碗熱湯水暖暖。」

陳悠道了謝，自行去了後院，想了片刻，還是拐去錢夫人的院子。翠竹正端了藥碗進房間，瞧見她，忙將她請了進去。

「夫人，您看誰來了。」翠竹脆著嗓子說道。

錢夫人靠在床頭看書，聞言抬頭，就笑起來。「阿悠怎麼來了？」

陳悠此時也不與錢夫人拐彎抹角，直接將官府扣留藥材的事說了。

錢夫人正了正神色。「哦？竟然還有這樣的事。阿悠，妳不要擔心，晚間哥哥會來看我，我幫妳問問他是怎麼回事。」

「那就多謝夫人了！」陳悠得了錢夫人的承諾，心安了一分。

「這點忙算什麼，阿悠妳就放心等著好了。」

陳悠點點頭，又給錢夫人看了傷口，說道再過幾日拆線，就能搬回去養著了。

與錢夫人聊了一會兒天，翠竹才將陳悠送出門。

傍晚時，賈天靜回來，醫館夥計告訴她陳悠在這裡，她忙去陳悠的房間，見她伏案在寫著什麼。

聽到門口的響聲，陳悠回頭叫了一聲「靜姨」。

「外面還下著雪，不是叫妳別過來嗎，怎麼又過來了？」賈天靜走到陳悠身邊，摸了摸她凍紅的手，果然一片冰涼。

「房間裡也不生個暖爐，看妳渾身冷得和冰似的。」說著，將手裡捧著的手爐塞給陳悠。

陳悠放下筆，抱著手爐暖了暖手，哈了口氣，神色平靜地道：「靜姨，藥材出事了。」

賈天靜瞬間瞪大眼睛。「啥？」

陳悠無奈地將今日發生的事都與賈天靜說了，賈天靜聽後沈默了良久。

「莫不是與新來的藥政大人有關？」見陳悠面有疑惑，她繼續道：「阿悠，妳猜我今日是被誰叫出門的？」

能讓賈天靜親自上門拜訪的自然只有官府的人，而且官職定然不小。

「難道是袁知州？」

見賈天靜點點頭，陳悠一驚，沒想到真的是袁知州，可是袁知州這個時候尋賈天靜做什麼？若是為了錢夫人的病況，他完全可以在醫館裡說。

「袁知州尋我給他推薦幾位醫德醫術都上好的大夫。」

「就為了這事？」

「是，就為了這事。」

陳悠低頭，燈火下，濃密的長睫將暗影投到一雙靈動的雙眸上，形成一道幽暗的剪影，少女的肌膚在橘黃燈光的映襯下好似變得透明一般。突然陳悠抬頭，雙眸中一片清輝。

「惠民藥局！靜姨，會不會是為了惠民藥局才向妳打聽大夫的事？」陳悠覺得這猜想越來越有可能，上頭禁錮了大藥商，惠民藥局這麼多年來也沒能在州縣辦起來，恐怕藥界這麼大的動靜就是為了這件事，這麼一想，所有的事情都說得通了。

賈天靜被陳悠這麼一提醒，也瞬間就想明白了，為了給惠民藥局清道，控制藥源又打探名聲好的大夫，讓各家藥鋪醫館處於半癱瘓的狀態，在這樣的情況下，惠民藥局要崛起便是天時、地利、人和。屆時再配合官府的調配，藥材將會一舉被官家至少控制一半在手上。這法子當真是好算計，只要官家的藥局開起來，那時候，勢必各處的醫館和藥鋪還要受打擊。

陳悠與賈天靜一同用過晚飯，飯後兩人去藥房，商量錢夫人近幾日的藥方。剛將藥方給寫好，藥房外就有人敲門。

「誰啊？」賈天靜問了一句。

「賈大夫，是我，翠竹，我們夫人請陳大姑娘過去一趟。」

陳悠一喜，急忙去開門，跟著翠竹去錢夫人所住的院子。

從錢夫人那兒，陳悠知曉這事與袁知州沒關係，那扣留藥材的官差也不是袁知州派去的。

陳悠從錢夫人院子裡出來，與賈天靜打聲招呼，就回房歇著了。

看來，布局的人就是那位上頭來的人，陳悠腦海中一閃而過前些日子與袁知州一起來醫館的那個男子，不由得想起前幾年林遠縣發生的那件事，陳悠就恨恨地詛咒了幾聲，當真是討厭什麼來什麼！

既然找到了源頭，便要「對症下藥」。從那日兩人見面來看，那個人根本就沒認出她，而且一個建康來的欽差，他們家與他素未相識，為何要設計陷害他們？

官家在嵩州建康一帶扣了那麼多大藥商，若是想給惠民藥局供藥，直接集結官府的人調運便是，建康到慶陽府一路運河下來，水路很方便，為什麼要大費周章設這個圈套？難道是為了銀子？

陳悠覺得她一舉找到癥結所在。百味館和保定堂被他這麼一設計，若是藥材真拿不回來，前後至少要折六千兩銀子在裡頭。六千兩可不是個小數目，放在華州，頂好的酒樓也能買下三家了。

沒想到，那個男子竟然是個貪官！

陳悠握著拳，氣得不輕。本就與他結仇，現下，新仇添上舊怨，簡直有些讓人忍無可忍。帶著滿身的怒氣，她掀開被子，正要上床休息，突然胸口一陣劇烈的疼痛，彷彿被人突然扎了一針。

入骨的疼痛讓陳悠一瞬間失了力氣倒在床上，急速地喘息起來，那疼痛一波一波地從左胸房散發到渾身每一處血脈。陳悠死死地捏住胸口那塊布料，劇痛讓她整個人以一種自我保護的姿勢蜷成一團，冷汗幾乎是瞬間就浸透了裡衣。

陳悠整張臉慘白如紙，下意識咬著唇，一手緊緊捏著被褥。這陣疼痛猶如一個冬季那麼漫長難熬，實際上，只有短短片刻而已，來得突然，消失得也迅速，就好像它從未存在過一樣。

陳悠虛脫地趴在床邊，全身力氣好似被抽空了，喘息一會兒後，她撐起身子慢慢坐起來，立即給自己把脈，卻發現自己脈象正常，根本就沒有任何問題。

平日裡，她也一向注意自己和家人的身體，自己身體一直健康，從沒有什麼毛病，怎麼會突然劇痛起來？

難道是有什麼隱疾她自己沒查出來？想到這個，陳悠臉色一白，在床邊坐了兩刻鐘，那疼痛的感覺沒有再來，渾身黏膩得叫人難受。她讓大娘燒了水，潦草地擦洗了一番，這才上床歇息。

許是今日實在筋疲力盡了，陳悠不一會兒就進入夢鄉，就在她熟睡之際，左胸房上方的紅豔蓮花卻發出微微紅光，良久才慢慢消退。

如今醫館幾乎已經關門，不接診病患，賈天靜在醫館裡沒什麼事情，一大早就與陳悠去百味館。

天色朦朧，寒風肆虐，冬日的清晨，帶著特有的靜謐，馬蹄聲踏在積了薄薄一層雪的街道上，回聲傳出老遠。

賈天靜閉目養神，過了一會兒卻微微睜眼，看對面好似陷入沈思的陳悠一眼，突然俯身一把抓住她的手腕。

陳悠驚了一下，而後卻任由賈天靜替自己把脈，心中不由自主地開始緊張，她盯著賈天靜的臉，試圖從她臉上看出什麼診斷結果。

「心跳加快，神情緊張。阿悠，靜姨知道妳在擔心，可是自己的身體也不能不顧。」賈天靜放開她的手腕。

陳悠被她的話說得心一沈。「靜姨，我可是患了什麼病症？」

賈天靜奇怪地看了陳悠一眼，眉頭蹙了蹙。「阿悠妳為什麼這麼緊張，難道自己的身體妳沒個數嗎？」

陳悠嘆了口氣，將昨夜發生的事情都說給賈天靜聽，賈天靜聽後嚇了一跳，連忙又仔仔細細替陳悠把了一次脈。

賈天靜放下手，搖搖頭。「阿悠，妳除了身子有些疲憊之外，旁的一切都正常，從脈象上看，確實如妳自己的感覺那樣，沒一點問題。」

陳悠沈默下來。她不明白，既然她的身體沒問題，為什麼會有那陣突如其來讓人難忍的疼痛？

「以前可有過？」賈天靜憂心地問道。

陳悠搖搖頭。「靜姨，以前從未這樣，我自己是大夫，自然也懂養生之道，又怎會不注意身體？」

「那回頭叫妳師傅替妳看看，我與唐仲擅長的地方多有不同，他或許能瞧出個一二，妳也不要太過將這件事放在心上，既然妳我都沒看出問題，那八成便是沒有問題。」賈天靜安慰道。

聞言，陳悠點頭。

到百味館時，天光才大亮，街道上逐漸熙熙攘攘。兩人下車進了百味館，直接去了後院。

此時秦長瑞與陶氏也已起身了。陳悠到後院的書房時，秦長瑞正準備出門。

「爹，我昨日向錢夫人打探，藥材的事與袁知州沒關係。」陳悠將昨天在錢夫人那兒打探的消息與秦長瑞都說了一遍。

秦長瑞點點頭，面色嚴峻。「阿悠，我知道了。」

「爹，事情可有轉機？戴老闆那兒怎麼說？」

「姓戴的昨日已帶著家人逃出華州，我已派人沿著水路去追了，不知能不能追到。」

「爹，您說會不會是上面來的那位藥政大人做的？」陳悠將她與賈天靜的猜測與秦長瑞說了一遍。

秦長瑞身體一僵，原來還沈著的臉上頓時暗沈，陳悠還只當是她說到點子上，才讓秦長瑞的臉色突變。

書房內沈默了片刻，秦長瑞開口。「阿悠，妳今日哪兒也不要去了，在家中好好休息，事情都交給爹來辦。」

儘管陳悠覺得秦長瑞變得有些奇怪，可是也並未深想，應了一聲便出了書房。

書房的門被陳悠從外面關上，隨著輕微的「吱呀」聲，秦長瑞整個人如虛脫一般陷入座椅中。他一隻大掌蓋住眼睛，閉起的一雙眼內滿布血絲。其實，昨日事情發生不久，秦長瑞便知道這件事與袁知州沒關係，有這個能耐的人，自然就只有從建康城來的那位藥政大人。

這位藥政大人很可能是奉皇命辦事，並不好查，但只要心細，還是能查出些蛛絲馬跡，秦長瑞前些日子已經能推測出，上頭派來整治惠民藥局的藥政就是秦征。

因為那個原因，秦長瑞本能躲避與秦征的接觸，從這段日子來看，秦征的手段和用人做事，他已越發懷疑秦征不是原來的秦征了。不過，有些事情再逃避，還是有需要面對的一天。

秦長瑞深吸了口氣，睜開眼，盯著書房內四季如意屏風看了片刻，才取了披風，步伐堅定地出門。

會賓酒樓一大早就開門迎客，冬日的寒冷並未讓會賓酒樓變得冷清起來。

三樓的一間窗戶被人從裡面推開，白起走到書案前，對著伏案筆走龍蛇的主子說：「世子爺，昨日保定堂關門歇業了。」

秦征運筆寫完最後一筆，放下毛筆，抬頭看了眼白起，眼尾帶了一抹興味。「昨日？」

「是，世子爺，昨日他們關門了，這保定堂也算是識相。」

秦征臉色一變，卻突然冷哼一聲。「白起，一會兒你親自去告訴阿北，若是他不想待在我身邊，就將他與阿南都打發了！」

白起心中一沈，不敢置信地看了主子一眼，一向做事老練沈穩的他，這個時候也震驚得啞口無言，良久，才覺得自己能正常說話。「世子爺，您是說阿北給保定堂報了信？」

秦征冷冷瞥了他一眼，並未回答他的話，但是白起已經清楚知道結局，他恨鐵不成鋼地嘆口氣。

「世子爺，您放心，屬下幫您好好教訓阿北。」

秦征不再理他，拿起案桌旁的一遝書信看起來。

白起有些尷尬地站在一邊，硬著頭皮問道：「世子爺，各處州縣的惠民藥局已經準備差不多了，您準備什麼時候『劍鋒出鞘』？」

秦征好似沒聽到白起的話一般，捏著一封書信，濃眉蹙起。

「這是怎麼回事？」秦征將一封書信摔到白起面前。

白起戰戰兢兢地撿起書信，一目十行看過，越看到後頭，他也越是皺眉。「李霏煙竟然將保定堂的藥材扣留下來？世子爺，她想做什麼？」

「派人去查，下午就要給我個合理的解釋！」秦征冷聲道。

「是，世子爺。」白起才心情忐忑地退出房間。

不久袁知州來拜訪，白起將房內侍候的事交給秦東，自己則親自去查秦征吩咐的事情。

阿北下午從外頭匆匆忙忙趕回來，風塵僕僕，一張剛毅的臉凍得通紅。回了會賓酒樓的後院還沒來得及喝上一杯熱茶暖暖身子，就被白起身邊的小廝叫到白起辦事的書房。

「白無常，你還有沒有點人性，大爺剛從外頭辦事回來，還沒來得及喝口熱水，就被你心急火燎地叫來，你今日要不請大爺喝杯西湖龍井，大爺就賴在你這裡不走了！」阿北有些無賴地開玩笑道。

白起鄙夷地瞥了他一眼，嘲諷道：「我看某些人都要丟了飯碗，還有心情惦記著名茶，當真是可悲可嘆！」

阿北被說得莫名其妙，可他們從小在世子爺身邊侍奉，相處已久，阿北敏感地聽出白起話中的怒意，也不敢再開玩笑了。白起這小子別看是個文弱書生樣，手段可是比他這個一身功夫的還狠辣。

朝守門的小廝使了個眼色，小廝會意，書房中不一會兒就剩下兄弟兩人。

「白起，是世子爺那邊出事了？」

白起哼了一聲，這音調語氣倒是與秦征有五、六分相似，看來這小子整日在世子爺身邊待著，近墨者黑了。

阿北見白起不說話，只擺著張冷臉，就有些招架不住。「大哥，到底是什麼事，關鍵時候，你別變悶葫蘆啊！你這是想急死我！」

老侯爺打從秦征年幼時，就從百位少年中挑選四人來給秦征做伴讀，說是伴讀，其實也算是給秦征從小培養的左膀右臂。

他與白起是那個時候就跟著秦征的，另外兩人則分別是「不用」和「玄林」。不用這次留在建康侯府，而玄林在四年前犯了事，被秦征給秘密處決了。阿北雖沒有親眼見過，但是這件事卻是白起親手處理的。

玄林不在之後，才多了如今的秦東，接了玄林以前做的事。除了秦東，他與白起和不用是一起長大的，又同時效命於世子爺，幾人感情比起親兄弟也不遑多讓。

那時玄林犯事，他們就痛心不已，而阿北這次又觸了世子爺的底線，怎能不叫白起生氣。

「啪」的一聲，白起將毛筆擲在桌上，憤怒地看著阿北。「你這幾日做過什麼你自己知道，你若是還想和我白起做兄弟，今日你就去向世子爺請罪，不然玄林的下場便是你的下場，你我做了這麼多年兄弟、朋友，別到那時候，怪我不提醒你！」

阿北也意識到事情的嚴重性，白起的一番話讓他眼睛瞪得有如銅鈴，他臉色有些發白地低下頭，剛毅的漢子此時看來卻憔悴無比。

「白起，你知道了？」阿北後悔道。

白起簡直要被這頭蠢驢氣得冷笑出聲。「要是我知曉的話，你也就不會還好好地站在這裡了，我定讓人打得你滿地找牙！是今兒世子爺與我說的，我話就說到此，你看著辦吧！」

阿北滿臉的挫敗，一個高大的男子此時看來卻比誰都懦弱無助。「白大哥，你說世子爺會原諒我嗎？陳家大姑娘救了阿南一命，我才動了惻隱之心。」

白起都想掐死這個混蛋算了，他們當時四人，白起雖然看上去最瘦小，不過卻是幾人當中年齡最大的，且自小心智早熟，幾人雖當面不願意叫他大哥，但心中早就承認他這個老大。正因為如此，白起知道阿北做了錯事，才會這般恨鐵不成鋼。

「阿北，說了你多少次，你怎地這麼糊塗！世子爺才是咱們唯一的主子，這幾年，你我時時跟在世子爺身邊，也熟悉他辦事的手段，我們是要給世子爺如虎添翼的，可不是給他拖後腿的。我知道你心疼愛護阿南，可報答的方法有那麼多種，你偏偏選了最讓世子爺忌諱的一種。若是以後有誰再救了阿南，你難道要背叛世子爺嗎？」白起的聲音裡帶著質問。

阿北臉色煞白。「大哥，我死也不會背叛世子爺的！這次是我糊塗了，以後再也不犯這樣的錯。」

「這話你與我說沒用，你別以為世子爺看中我們幾人，我們就能為所欲為，我們身邊也時刻都有眼睛盯著，你回去好好想想怎麼讓世子爺原諒你吧，大哥也只能提醒你到這兒了。」

阿北想叫白起替自己說幾句好話，可是張了張嘴，還是嚥了下去。他懨懨地起身，完全沒了來時那開玩笑的興頭。「那大哥忙吧，我下去了。」

白起背對著他，冷冰冰地看也不看阿北一眼，心中無奈又痛恨地想：這小子就是要給些教訓，不然不分好歹！

唐仲下午到百味館，賈天靜擔心陳悠的身子，當即讓唐仲給她把了脈，從唐仲口中得出相同的結果，陳悠身體很健康，根本沒有問題。

賈天靜才放下心，唐仲被她們的行為弄得莫名，陳悠向他解釋了原因。

「怎麼會突然疼痛難忍，以前可有這種情況，當時是何感覺，哪處疼痛？」唐仲心急之下問了一堆問題。

陳悠知他擔心，也耐心地一一回答。因她知曉，許多隱疾都不是透過把脈能把出來的，需要長期觀察。

「昨夜還是第一次這樣，以前從未有過，我回房間時還好好的，而後坐在床邊，那劇痛就突然襲來，雖然時間很短，卻讓人難以忍耐。」

唐仲也從未遇到過這樣的怪病。「這些日子可有哪裡不舒服？」

陳悠搖頭。「之前身子都好得很，沒有不適的時候。」

「莫要擔心了，既然現在好好的，也不是什麼大問題，回頭，靜姨寫信託師傅問問太醫院醫正。」

陳悠連忙搖手。「不用了靜姨，這都好好的呢，哪裡要這麼麻煩。」

「阿悠，妳的健康最重要，莫要說了，就這麼決定。」

陳悠只好道謝。

雪花覆蓋了會賓酒樓的樓頂，整個華州城看過去白皚皚一片，這寂靜的白色掩蓋市井街道的一絲嘈雜，讓臨著渭水的華州城有如水墨畫一般。

秦東給秦征取了搭在屏風上的灰鼠皮披風。

秦征剛繫好披風，白起就匆忙進來稟告。「世子爺，李霏煙來了。」

「攔住她，說我不在。」秦征眉尖皺起，厭惡又排斥道。

「可……」白起話還沒說完就被打斷。

「世子爺，我就這麼不受你待見？」李霏煙在青碧的攙扶下闖進房內，她身後跟著冷冰冰的蔣護衛。

秦征渾身散發著冷冽的寒氣，微微不耐道：「妳怎麼來了？」

秦征明顯不歡迎的語氣，李霏煙並不生氣，反而覺得眼前的男子高大俊美又冷酷，簡直就是自己理想的伴侶。

李霏煙俏皮地朝秦征眨眨眼，長睫微翹，一雙秋水眸子濕漉漉的，若非秦征經過前世，當真要以為面前的人是個單純可愛的少女。

「煙兒當然是來祝世子爺一臂之力的！」說完，李霏煙朝青碧使了個眼色，青碧從袖口中拿出一張紙來，遞到她面前。

李霏煙接過來展開看了兩眼，遞給秦征。

秦征不但沒有接，還下意識地讓了讓，頗為嘲諷地道：「李家三小姐的東西，秦某可不敢隨便要。」

李霏煙完美的表情出現一絲破綻，但很快又恢復，她犀利的眸光朝白起看了一眼，意思很明白，既然你家主子不接，你便替你們家主子接了。

可白起卻像是個木頭人一樣站在門口，微微低著頭，什麼表情也沒有。李霏煙忍著被忽視的不快，嘴角扯了扯，將那張紙壓到秦征書桌的鎮紙下。

「世子爺，煙兒知道你不想要煙兒的東西是心疼煙兒，可這並不是什麼貴重的，不過只是一些藥材罷了，你看在煙兒一心為你著想的分上，便收下吧！」

李霏煙這般自導自演，秦征在這麼不配合的情況下，她都能一個人將話圓成這般，連站在一邊努力減低存在感的白起都有些汗顏了。

「三小姐，妳話都說完了？說完請回吧，我還有事。」秦征捏了捏拳頭，按捺下自己的怒意。

「世子爺若是有事，我便不打擾了，不過聖上那兒，世子爺可要小心應對，還有，世子爺身邊那個叫阿南的護衛現在如何？」

李霏煙笑著將這句話說完，便轉身告辭。

直到聽不見李霏煙的腳步聲，白起的神經才微微放鬆些，果然阿南險些喪命是因為李霏煙這個女人。白起咬咬牙，壓下怒氣，來到秦征身後，詢問道：「世子爺，還出去嗎？」

秦征瞥了他一眼，率先出了房門，白起方想邁步跟上，瞥見書桌鎮紙下壓著的紙張，拿了起來，一目十行，掃了一眼，追了上去。

一邊走著路，白起想著那張紙上寫的內容，那是一分不小的藥材儲備，若此時徵用，恰能解決惠民藥局的貨源之危。在嵩州和建康那邊控制的藥源，因天氣關係，起碼還有五、六日才能用官船運過來，但是華州城目前的情況卻正是惠民藥局造勢開張的最佳時期，假如再等個五、六日，恐怕形勢就沒有現在這般好了。

不管李霏煙是從哪裡得到的消息，但是她這批藥材確實是送得恰到好處。不過，這被李霏煙扣留的藥材原本應是百味館的……

白起跟著上了後面一輛馬車，兩輛馬車很快消失在堆著積雪的街道盡頭。

旁邊小巷中，李霏煙乘坐著她那輛特製的馬車，等到看不見秦征馬車的影子，她才放下車簾。

青碧在一邊奉茶，李霏煙端起小几上的茶盞，慢慢啜了一口，笑著看向青碧。「青碧，妳不覺得我做的事奇怪嗎？」

青碧渾身一僵，連忙放下手中的茶盞，跪在馬車內的地毯上，低著頭有些膽怯地問道：「三小姐為什麼要將那些藥材送給秦世子？恕奴婢愚昧，不明白三小姐的意思。」

李霏煙好似因為這個問題很高興，竟然難得說得詳細。「因為秦征現在就缺藥材，他缺什麼，我就給他什麼，我要讓他覺得離不開我，這樣我才能把他的心搶過來，只要握著他的心，以後叫他做什麼他不會做呢？青碧妳說是不是？而且，秦家勢單力薄，到他這輩都是三代單傳，如今，老侯爺長年臥床，原來的世子、世子妃又雙雙亡故。他在皇上那裡是有地位不錯，可沒有家族庇佑，他日後也只能走聯姻一途，青碧，妳不覺得，我這樣的身分很適合他嗎？」

李霏煙眼中帶著笑意，心中是滿滿的自信，秦征是她這幾年精挑細選出來的，以後他只能娶她一人！即便他現在不喜歡她，她也有辦法慢慢將他改變，讓他成為她的裙下之臣。雖然難度高了些，可是，她天生便是百裡挑一的天之驕女，不就是喜歡這種有挑戰的事情嗎？

而且，秦征一直是她計劃中的一部分！

青碧抖了抖，要是能選擇，她一點也不想聽三小姐這些話，她儘量讓自己的真實情緒不要洩漏出來，可難免聲音還是帶了些顫抖。「像三小姐這樣的女子誰都能配得上！」

「哦？青碧可是真心話？」

「青碧不敢欺瞞三小姐！」青碧惶恐地解釋。

李霏煙瞥了她一眼，陰陰地笑了笑，青碧背脊瞬間涼透。不過，這次李霏煙卻沒與她計較。

「回去吧！」李霏煙說道。

青碧連忙去通知外面的護衛。

近著年底，即便是雪花紛飛的冬日裡，出來辦年貨的百姓也不少，拐了彎路過東市的街道，人就更多了，街道兩邊都是小販的吆喝聲。青碧不知李霏煙為何要走這條路，回袁府可是有別的路可以走的。

突然，一個護衛貼著馬車車簾與李霏煙低語了兩句，李霏煙古怪一笑，道：「就這麼辦，給他們點教訓。」

「是，三小姐。」

馬車前方，一個小廝跟在一個十來歲的小男孩身後，小男孩對東市上賣的許多小玩意兒著迷，在人群裡到處亂鑽著，直惹得那小廝叫苦不堪。

「我的小少爺，您慢點，這兒人多！」小廝跟在後頭無奈地喊道。

可這樣的聲音顯然對調皮的小少爺沒用，小傢伙連頭也不回，直對著一個賣糖人的攤子鑽過去。

這時，恰好一輛青帷馬車大聲吆喝著朝這邊趕過來，兩旁行人急忙罵著繞開道，那小男孩卻仍然沈浸在興奮中，根本就沒注意到朝他撞過去的馬車。

駕車的小夥子大喝道：「都讓開，快些讓開！」

跟在後頭的小廝看到眼前的馬車幾乎就要撞到小少爺的情形，嚇得臉色青白、渾身僵硬，理智全失的他竟然忘記去救小少爺。

兩旁罵罵咧咧的行人們也同樣被這幕驚到，等大家都回過神，想要來救這個小男孩時，慘劇已經發生。

隨著一聲淒慘的叫聲，小男孩幾乎被這輛馬車撞飛，恰好旁邊是個賣刀的小攤，伸出攤位的一把鋒利刀刃沿著小男孩的手臂劃開一條長長的血口子，當即就皮開肉綻，讓人瞧得頭皮發麻。

小廝膽子都嚇破了，事情發生後，跌跌撞撞朝著已經摔在地上不知死活的小男孩跑過去。

那駕馬車的男子見出了命案，也不顧會不會被人攔阻，橫衝直撞駕著馬車就要衝出東市，逃離現場。

好心的路人要將他扣下，可無奈那趕車的男子如瘋癲了一般，拚命在馬匹身上甩著鞭子，拉車的馬嘶吼著撒開蹄子就跑，誰也不敢就這樣空手攔下這輛車。所以，撞了小男孩的馬車不久就逃跑了，消失在人們的視線中。

隱在暗處的一輛車內，李霏煙的笑聲讓人背脊發涼。「事情可成了？」

「回三小姐，已經辦妥了！」

「繞道回袁府。」

「是！」

那被撞的小男孩面朝下趴在地上，右手臂上滿是鮮血，一動也不動，也不知生死。從衣著上來看，不像是一般人家的孩子。

圍觀的路人誰也不敢上去，便都圍著指指點點。

小廝腿軟地跪在自家小少爺面前，心中一團亂麻，若是小少爺死了，他這個伺候的人也活不成了。瞬間，小廝就大哭起來，完全沒顧及到眼前的小少年是否還活著，不過在他看來，被馬車撞成那般，手臂又受了這麼重的傷，少爺只是個八、九歲的孩子，哪裡還能活得下來！

就在他哭嚎的時候，人群突然被人撥開。一個穿著靛藍色精緻外袍的可愛小男孩疾步到了小廝身邊，他伸出手，捏了捏被撞倒在地的男孩的手腕。

靛藍色外袍的小男孩板著一張小臉，如撥開陰雲露出了璀璨陽光。他用還帶著一分稚氣的聲音沈穩道：「阿水哥，這個男孩還沒死，我們趕緊把他送去醫館！」

說話的小男孩便是陳懷敏。這幾年，他跟在陳悠身後，多少也學了些醫術的皮毛，家中三個姊姊都會醫術，即便是他沒有刻意去學，長期浸染之下也能懂些。何況，小傢伙也頗喜歡這一行，時常沒事的時候，會去姊姊們那兒拿醫書來看。

明日休沐，他剛剛下學，便讓阿水陪著他去書齋中添置些紙筆，剛從書齋出來，就親眼看到這男孩被馬車撞到的情形。

陳懷敏立刻就認出了這男孩——是錢府的小少爺錢錦程，與他在同一間私塾。只是這小子還在初級班，他不過是聽同窗提過兩次，偶爾在私塾裡也見過幾面。

錢府的小廝聽到這話，瞬間止住哭聲，轉頭看向與自家小少爺差不多大的男孩，他哆嗦著嘴唇，顫抖地問道：「你、你說的可是真的？我們家小少爺沒死？」

陳懷敏認真地點點頭，一張包子臉格外認真。

小廝伸手想將地上的錢錦程翻過來查看鼻息，卻一把被阿水給攔住。阿水皺眉道：「你們家少爺摔得不輕，若不懂醫術的人，這時還是莫要隨意動他，當務之急是快些將他送到醫館或是藥鋪，給大夫看看！」

阿水這番話剛說完，旁邊圍觀的人也都紛紛應和，讓小廝快些將他家少爺送去醫館醫治，如果及時，說不定能保住一命。

見小廝手腳慌亂不知怎麼將錢錦程抱起來的樣子，陳懷敏拍了拍阿水的手臂。「阿水哥，你幫幫他！」

阿水見自家小少爺開口，便上前一步，極有技巧地將錢錦程給抱起來。

「少爺，我們去哪兒？」阿水問道，離得最近的長春堂前幾日已經關門，藥鋪東家都帶著一家老小回老家過年了。

陳懷敏的眉毛皺在一起，但是他決定得很快。「回百味館，大姊今日在家。」

阿水沒有猶豫，抱著錢錦程上了陳懷敏的馬車，那小廝也跟著坐上去，陳懷敏主動與趕車的夥計坐在車前。幸而永定巷離東市不遠，車把式趕得快些，一刻鐘就到了。

陳懷敏率先跳下馬車，將車簾掀開，讓阿水抱著錢錦程慢些，轉頭讓迎過來的夥計去尋陳悠。

薛掌櫃一見小少爺帶個受傷的小男孩回來，嚇了一跳，手中算了一半的帳也不管了，上來著急地問道：「這是怎麼了？」

「薛伯伯，先尋個房間將人安置了，一會兒我再跟你們解釋。」陳懷敏小大人似的說。

薛掌櫃瞥了眼阿水懷中的孩子，那孩子原本一張白嫩的臉上有多處擦傷，冬衣的右臂上被刮開一條長長的口子，鮮血淋漓，這境況就算是個成年人都要堅持不住，何況錢錦程只是個不滿十歲的孩子，若不是他還有微弱的呼吸，薛掌櫃都以為這孩子已經去了。

「快跟我這邊來！」薛掌櫃就近將錢錦程安排在帳房旁邊的一間客房。

阿水剛將孩子放下，陳悠、唐仲和賈天靜就都趕來了。

幾人二話不說，先進房間替錢錦程號脈治傷。那跟來的小廝上前一步想要攔阻幾人，卻被薛掌櫃一把攔住。

「這位小哥，你莫要著急，方才進去的都是大夫，其中一位是保定堂的唐大夫。」

「真的？城東保定堂？」小廝好似尋到了一根救命稻草，激動問道。

薛掌櫃拍了拍他的肩膀，點點頭。

小廝長長吁了口氣，然後又雙手合十唸起菩薩保佑。

陳悠他們前腳剛到，陶氏帶著阿梅、阿杏後腳就回來了。

陶氏瞧見阿水青色的棉袍上都是血跡，眸色一變，目光在屋內掃了一圈，看到平安站在薛掌櫃旁邊的陳懷敏，才心情平復下來。她朝陳懷敏招招手。「懷敏過來。」

陳懷敏抿著一張小嘴，走到陶氏的身邊，喚了一聲娘。

阿梅、阿杏也嚇了一跳，剛才夥計一進屋就喊有人受傷了，讓陳悠快些過去，他們下意識認為是陳懷敏出了什麼事。

阿梅輕輕彈了彈陳懷敏的額頭。「四弟，你把我們嚇死了，都以為你出了什麼事呢！」

陳懷敏一把捂住腦門，噘嘴瞪了阿梅一眼。「二姊，別打我的頭，先生說會變笨的，我才把剛剛看的醫書記住一半呢，被妳一打忘光了！」

阿梅無語地回瞪了他一眼。

陶氏瞥了眼屋內的陌生小廝。「阿水，你先去換衣裳。」

「懷敏，這是怎麼了？」

陳懷敏聽了陶氏的詢問，才一一將之前東市發生的事情向大家詳細說了一遍。

陶氏牽著陳懷敏的手，向客房那邊看了一眼，眸色深深，不知在想些什麼。

陳懷敏有些擔心地看著陶氏的臉色。「娘，懷敏是不是做錯了？」

陶氏回神，笑著摸了摸陳懷敏軟軟的頭髮和剛剛因為坐在車前凍紅的臉頰。「沒有，懷敏做得很對，若是你今天不把這孩子帶回來，恐怕他就一命嗚呼了。」

得了陶氏的肯定，陳懷敏小小的身子才放鬆下來。

「娘，大姊能治好他嗎？」陳懷敏抬頭問道。

陶氏溫言回道：「娘也不知道，但是娘知道，你大姊一定會盡力的。而且唐大夫和賈大夫也在，你莫要擔心。」

陳懷敏點點頭，自小大姊就是最厲害的，會治許多病症，而且聽同窗說，華州城最有名的兩個大夫便是賈大夫和唐大夫，錢錦程一定會得救的！

薛掌櫃拉過錢錦程的小廝，說道：「這位小哥，你家少爺家住哪裡，我們這便派人去通知家主。」

那小廝渾身一僵，猶豫片刻，還是將錢府的地址給說出來。

薛掌櫃知道他怕主人家責罰，語氣越發溫和。「小哥能不能給一件小少爺的信物，這樣你主人家也能多一分信任。」

小廝聞言從懷中取出一個精緻的寶藍色荷包，荷包上還綴著一塊翡翠。「掌櫃的，這是小少爺隨身的荷包，只要拿著這個，府上一定會立馬派人來的。」

薛掌櫃接過，喚來一個夥計，交代了一番，讓他趕緊趕車去錢府，將錢府的主人請來。

陶氏帶著陳懷敏回房中換衣裳，阿梅、阿杏與薛掌櫃便在外間等著。

第三十六章

房間內，陳悠瞧見錢錦程的傷口時，愣是吸了口冷氣。

臉上的擦傷還是其次，關鍵是手臂上劃開三寸來長的傷口，血肉外翻，可怖不已。這還只是外表能看見的傷勢，方才阿水跟著進來時，大概說了錢錦程是怎麼受傷的。陳悠聽後，簡直覺得頭皮發麻，這十歲還不到的孩子，被馬車撞飛，落在地上，五臟定然受創不小。

這麼重的傷勢，連陳悠都沒有把握能救回來。

錢錦程已經昏迷，呼吸微弱，擦傷遍布的小臉上泛著死灰。唐仲與賈天靜瞧見孩子這種情況同樣大震，不過兩人好歹行醫也有二十年的經驗了，立即就冷靜下來。做大夫的，時時刻刻都要面對生死，他們需要的不是同情，而是冷然面對的勇氣和與死神爭搶性命的卓越醫術。

「阿悠，妳和妳靜姨先替這孩子處理傷口，我去尋藥材。」唐仲說道。

他們來得匆忙，一應藥物都未帶在身邊，而錢錦程這種情況需要的湯藥方子卻要立即配好煎製才行。

陳悠點頭，又讓人將她的藥箱送來。幸好百味館中本就是做藥膳的，她也經常在這裡給阿梅、阿杏教授醫藥知識，各類急需的藥材才沒有短缺。

阿梅和阿杏見唐仲心急火燎地去後院，兩個小姑娘互相看了一眼，也跟著過去了。

「唐仲叔，有我們能幫忙的嗎？」阿梅詢問道。

唐仲回頭看了她們一眼，想著兩個小姑娘確實這個時候能派上用場，而且他需要懂醫術的人來煎煮草藥，遂道：「固衝湯可會？」

阿梅連忙點頭。「止血的方子。」

「嗯，煎兩碗固衝湯，一會兒我將人參四逆湯的藥包給妳們，到時一併給妳們煎藥的法子。」唐仲說話時手中不停地掂量著藥量，放入專門秤量藥材的小秤上。

「唐仲叔，您放心吧，我們會做好的。」

片刻後，唐仲就回到前院，進了房內，賈天靜轉身從他手中接過消過毒的棉布罩衫，又將陳悠的遞給她。

陳悠打開自己的藥箱，用酒將裡面所有器具都重新擦拭一遍，又洗了手，深吸了一口氣，才嚴肅地對唐仲說道：「唐仲叔，這孩子手臂的傷口必須要馬上縫合，內傷也要儘快確認，不然活下來的可能性不大。」

唐仲明白錢錦程的情況不大好，聽了陳悠的話也不耽擱。「阿悠有什麼法子？」

陳悠想了想。「先給孩子服用固本的湯藥和止休的湯藥，把手臂上的傷口縫合，而後一定要讓孩子清醒過來，確診內傷，再想對策。」

現在沒有聽診器，也沒有醫療儀器，只能用手有規則地按壓和憑藉經驗來確診，而這一切在病人昏迷的時候是看不到反應的，所以首要之務是讓病人清醒過來，保持自己的意識。

唐仲兩步走到床邊，給錢錦程號了脈，嚴峻道：「這法子可行。天靜，妳覺得如何？」

賈天靜站在床邊看了眼孩子。「方才我與阿悠已經說了，我也覺得這法子能行。」

「好，便這麼辦！」唐仲一錘定音後，轉身在藥箱中取出要用到的工具和藥物。

陳悠看了唐仲一眼。「唐仲叔，是你來還是我來？」

雖說唐仲擅長外科，可常常診治的病患也只是扭傷、斷裂等等，真要是血肉模糊的縫合手術，唐仲並未做過。而聽賈天靜說過，陳悠曾經替錢夫人剖腹縫合過，唐仲當然還是屬意陳悠來做這個縫合手術。

「妳來，我在一旁做幫手。」

這個時候不是推辭耽擱的時候，即便陳悠向來排斥外科手術，可考慮到實際情況，仍快速點頭。眼前，錢錦程正慢慢地虛弱下來，像是一朵開在朝陽下帶著露水的花朵，生命才剛剛開始，就被人一腳踐踏一般，以肉眼可見的速度逝去生命力。

陳悠顧不得自己的情緒和排斥，救眼前孩子的性命才是最重要的。

唐仲給錢錦程餵下固衝湯，將右臂上的衣裳都剪下來，傷口周圍消了毒。

陳悠拿好工具，站在床邊，深吸了口氣，微微彎下身子，準備開始動作。

立在另外一邊的賈天靜卻轉身要出去，唐仲以餘光瞥見，退了兩步，拉住她。「天靜，妳要幹什麼？」

賈天靜笑了笑。「沒事，等你們師徒縫合好了，我再進來。」

她這句話說出口，唐仲才明白過來賈天靜是什麼意思。醫者手藝都是保命的，不是一個門下的學徒，手藝都不外傳，雖然她已然將陳悠當成弟子看待，在她眼裡，這縫合傷口的手術可是唐仲傳給陳悠的。上次給錢夫人看病時，只有她與陳悠兩人，她在場是迫不得已。現在唐仲也在旁邊，那她還站在一邊恬不知恥地偷師，便不是君子所為！

賈天靜自幼師從名門，師傅在她小時候就教導給她這些職業操守，她雖然沈迷醫術，可絕對不會乘人之危，何況唐仲還是她的好友。

「哎……這個時候還守這些勞什子規矩，一會兒這孩子要是挺不過去，還要妳施針呢！」

賈天靜看著唐仲真誠的雙眼，猶豫了一下，才點點頭，最終留了下來。劉太醫傳給她幾套針法，對止血定痛有奇效，甚至比湯藥還要好用，如果這孩子熬不過去，確實是需要她出手。

陳悠拿著縫合工具，心卻跳得飛快，她盯著錢錦程右臂上的傷口，臉色越來越難看，雙手也控制不住地顫抖著。

這到底是怎麼回事？那種每次手術時胸有成竹、經驗豐富的感覺完全消失了，好像從來都不存在過！

現在站在病患面前的陳悠，就完全是個外科菜鳥，甚至連縫合下針都不知道從哪裡下，眼前的傷口就像是個不斷在擴大的血洞，下一刻就要將她吸進去，讓她呼吸都困難起來。

陳悠吃驚地睜大眼，幾乎忘記要眨，呼吸也越漸地急促起來，拿著縫針的右手更是誇張地開始抖動。

唐仲給錢錦程用尖嘴壺灌下小半碗麻沸湯後，將藥壺放在一旁的小几上，回頭看到陳悠竟然還沒動手，他看出陳悠的異樣，瞳孔一縮，捏著她的肩膀搖了一下。「阿悠！」

陳悠被這一晃，從震驚和挫敗中驚醒，她竟然反常地叫了一聲「師傅」。

賈天靜也發現陳悠的反常，眉心緊蹙起一條深深的溝壑。

陳悠此時臉色難看極了，這還不是最讓唐仲震驚的，讓他最震驚的是陳悠臉上的表情，好似陷入夢魘般無比痛苦。

陳悠下意識用袖口擦了擦額頭沁出的細密冷汗，發散的眸光也慢慢重新凝聚起來，她看了唐仲一眼，又把視線放回到錢錦程身上，閉了閉眼，企圖喚回她那種手術時候無往不利的感覺。

可等到她再睜開眼，沒用，一點用也沒有，那種感覺徹底消失了，再也回不來！

陳悠的嘴唇哆嗦著，全身像是脫力一般，她拿著縫合手術工具的手頹然垂落下來。面對唐仲，她愧疚地低下頭，整個人像是突然失去信心，蔫了一般。她緊緊咬著唇，淡色的嘴唇上都被咬出血跡。

唐仲和賈天靜震驚地聽到陳悠道：「唐仲叔，我不行，我不能縫合傷口了！」

唐仲擔憂地看著陳悠，雖然不知道她身上發生了什麼事，但是他仍快速作了決定。他用寬厚的手掌摸了摸陳悠軟滑的髮髻，溫言安撫。「阿悠，沒事，不要害怕也不要擔心，一切還有唐仲叔呢！」

唐仲從陳悠手中接過縫合手術的工具。

他看了陳悠一眼，陳悠瞬間就讀懂唐仲眼中的意思。當時她與唐仲說過她替錢夫人動手術的過程，可那畢竟是口述，與實際操作差距很大，而這樣直接皮肉縫合的手術，唐仲與賈天靜以前都未做過。

冷靜些許的陳悠，也理智起來，現在她雖然沒有豐富的實際臨床經驗，可理論知識卻是十分豐富，加上這幾年，她幾乎是將藥田空間內所有能看的醫書都看了一遍，對許多古藥方和現代醫學知識體系更加瞭解。

手術過程中陳悠好似在與唐仲討論，其實是指點他該如何下手。唐仲本就精通醫術，又擅長外科，再加上陳悠提點，縫合手術進行得很順利。

瞧唐仲認真地替錢錦程縫合，陳悠恐懼和愧疚的心理才得到少許安慰。不過，因為錢錦程年紀小，又傷勢嚴重，儘管唐仲儘量加快速度，錢錦程還是險些沒挺過去，幸而有賈天靜在，在危急時施了兩遍針。

等到縫合手術做完，唐仲的額頭也沁出一層冷汗，幾人神情都稍稍放鬆了些。

這時，房間外卻傳來吵鬧聲。

秦長瑞剛下馬車還未進百味館，後面一輛馬車也跟著在百味館門前停下來。

秦長瑞奇怪地瞥了眼那輛馬車，心想，這不到飯點怎麼就有人來百味館了？

駕車的小廝連忙跳下馬車，跑到馬車邊，掀開車簾，將一位花白鬍子老人從馬車內給扶出來。

秦長瑞眉頭一皺，認出這人是錢府的老太爺，這錢老太爺嫡長孫娶的正是袁知州一母同胞的親妹妹。老爺子今年都古來稀了，平日聽說腿腳也不好，怎麼今日跑到他百味館來了，臉色還有些不對勁？

大堂裡的夥計瞧見東家在門外站著，連忙迎過來。「東家，這天冷得很，快些進去吧！」

秦長瑞點頭，先一步進堂屋，薛掌櫃見他回來，急忙將之前發生的事說了。

「孩子呢？」秦長瑞皺眉問。

「安置在客房裡。大小姐、唐大夫和賈大夫都在裡頭呢！」薛掌櫃回道。

秦長瑞點頭。「怎麼是錢老太爺過來，錢大少爺呢？」

薛掌櫃將秦長瑞請到旁邊的帳房隔間裡，才放開聲道：「夥計回來說，事情通知到錢府裡，錢老太爺就拄著枴杖硬是上了馬車，誰也攔不住。」

「那受傷的孩子是什麼身分？」

「回東家，錢大少的庶長子，陸姨娘出的，錢家大房現在就只這個男嗣，聽說錢老太爺特別疼愛這個孩子。」薛掌櫃做事心細，早在陳懷敏把錢錦程帶回來後，他就派人將錢府的事情打聽得七七八八了。

薛掌櫃說錢錦程受傷的過程時，秦長瑞就覺得這其中定有蹊蹺，現在聽薛掌櫃大致說了一番錢家的狀況，這種感覺尤甚。

「你去叫人請錢大老爺過來，錢老太爺我去應付。」

薛掌櫃應了一聲，便下去安排了。

秦長瑞凝眉沈思又坐了半刻鐘，才從帳房中出去。

錢老太爺已經進了百味館，一進來就到處喊道：「我的曾孫呢？錦程！錦程！」伺候錢錦程的小廝害怕地朝老太爺那邊瞟了一眼，怎麼也沒想到會是老太爺親自過來。要知道，府上的老太爺年紀大了，有時候半年都不一定出一次府門。老太爺極溺愛小少爺，這要是被老太爺知道，小少爺是在他的眼皮子底下出事的，他也甭活了！

陶氏聽到聲音急忙迎上去，她替陳懷敏換了衣裳，又把今兒錢錦程被馬車撞的事情詳細問了一遍，才帶著陳懷敏回到前院。剛坐下一盞茶還未喝完，就聽到大堂傳出聲音。陶氏也未想到，錢府竟然會是錢老太爺親自過來，她瞧著錢老太爺乾瘦的身軀，都擔心他下一刻受不住會摔倒在地。

「晚輩是百味館的老闆娘。天寒地凍，老爺子怎麼親自來了？」陶氏朝錢老爺子行了一禮道。

錢老太爺根本就不看陶氏，他生氣道：「我的乖曾孫，我不來誰來？快讓我見我的乖曾孫！」

陶氏汗顏，看來這麼大年紀的錢老太爺耳力還挺好，她說的話竟然一字不漏都聽到了。有時，人年紀大了，脾氣反而更像孩子，錢老太爺在府中呼來喝去習慣了，一府的人都尊敬他，年紀越發大了，性格反而開始偏執起來，加上他長時間不出府門，如今到了別家也當作自己家看待。

陶氏也知不能與這般年紀大的老人一般見識，她耐著性子上前解釋。「錢老爺子，小少爺受了傷，正在房中醫治，大夫們都在裡面，您先坐下歇歇，晚輩給您奉杯茶。」

錢老太爺拄了拄枴杖，不屑地瞥了眼陶氏。「我現在就要見到錦程，妳告訴我，他在哪裡！」

陶氏怎麼也沒想到錢老太爺這般不講理，朝站在一旁的夥計使了個眼色，夥計上前一步，那跟在錢老爺子身後的幾個壯碩小廝立馬上前一步將錢老爺子護住。

錢老爺子怒道：「妳要幹什麼？」

陶氏無奈地笑出聲，她只不過是想讓夥計將這裡的情況告訴陳悠他們而已。

「錢老爺子，我一個婦道人家能幹什麼？」

「那妳快讓我見錦程！你們難道將錦程給綁架了？」

陶氏走向前一步。「老爺子，小少爺在街上被馬車撞了，現在傷重急救，大夫們都在房間內，您這個時候怎麼能進去！」

錢老太爺一聽更不得了，之前他只知小曾孫在百味館，出了些事，他便不顧家人反對，帶著人就準備接人回去，可沒想到是受了重傷。本來身體就不怎麼好的錢老太爺兩眼一翻，差點就暈過去。幸好身旁有小廝扶著，可知道事實後，錢老爺子就更忍不住了。「什麼，錦程受了重傷？不行，我現在一定要見錦程！你們誰也別想攔著！」

陶氏沒想到錢老太爺聽不進去她說的話，正準備再說時，秦長瑞從帳房中出來。他走到陶氏身邊，拍了拍她的肩膀，看了她一眼，讓陶氏歇下，自己來應付錢老太爺。

「錢老太爺，陳某知您擔心孩子，可也得分個時候，小少爺正在房間內搶救，您老若是希望那孩子有危險，便繼續胡來吧，小少爺與我無關，我可是不會有一絲一毫的同情。」秦長瑞似笑非笑地說完這番話。

錢老太爺渾身一震，喘著粗氣盯著秦長瑞。「你！你們幾個畜生還愣著幹什麼？」

圍在錢老太爺身邊的幾個小廝，互相看了一眼，就要動手，秦長瑞身後也出現了幾個夥計，個個氣勢凌厲，一比之下，錢府的小廝就落了下乘。

錢老太爺的眼睛都氣紅了，他憤憤道：「一群沒用的東西。」

小廝們慚愧地站到錢老太爺的身後。

「那就請老太爺進屋喝杯茶，若是有什麼消息，自有夥計來通知。」

錢老爺子朝秦長瑞翻了個大大的白眼。「若是錦程有什麼三長兩短，我定要你們百味館跟著陪葬！」說完，就被小廝扶進房內休息。

秦長瑞也是首次遇到這麼不講理的老爺子，頓覺頭疼，也不知錢錦程的情況怎麼樣了。

就在這個時候，客房的門從裡面打開，陳悠從房間裡出來，錢老太爺見有人從屋裡出來，屁股還沒坐熱，又拄著枴杖過去著急詢問。「錦程怎樣了？讓我進去看看！」

錢錦程的手術才進行到一半，她是出來拿湯藥的，方才外頭吵鬧，他們險些被影響，讓錢錦程一命嗚呼。此時，陳悠哪裡還有心情回答別人問題，心裡只想著能不能有比人參四逆湯效果更好的湯藥。

錢老爺子見眼前的小丫頭竟然忽視自己的話，一把抓著陳悠的手臂，不讓她走。

陳悠回過神，皺眉看了眼自己手臂，身旁阿水連忙向她解釋。「大小姐，這是錢府的老太爺，來接曾孫的……」

陳悠的臉色才和緩一分。「老太爺，您放心，我們一定會盡力救回您的曾孫，現在唐大夫與賈大夫正在給小少爺醫治，他會好起來的。」

錢老太爺死死抓住陳悠的手臂，就是不鬆手。「我進去看錦程一眼，只要確定他好好的，我就出來。」話說完就要往房間裡衝。

陳悠沒想到這老爺子這麼執著。「老太爺，您進去會影響大夫給您曾孫醫治！」

「我就只看一眼，放心，我不會影響的！」

哪裡能不影響，他們已經被影響了好嗎！況且裡面剛剛完成縫合手術，到處都是血，還未清理，要是被錢老太爺瞧見，還不當場嚇暈過去。

陳悠深吸了口氣，定睛看著錢老太爺。「如果老太爺您真要這樣，那麼小少爺你們就帶回去吧，是死是活我們一概不管。」

錢老太爺沒想到陳悠會說出這樣的話，不免吃驚地盯著她。片刻，錢老太爺還是不甘地放下攥著陳悠的手，憤憤地走到一邊。

陳悠沒時間在這裡安慰病患家屬的情緒，連一個眼神都未留給錢老太爺，就匆匆去了後院。

錢老太爺盯著從裡面打開的房門再次關上，他的心也像是被人吊起來又啪地突然放下去一樣。這時，錢老太爺終於想起錢錦程身邊的小廝，一雙執拗的渾濁雙眼在廳中一掃，最後落在站在陶氏身後不遠處的小廝身上。

「你過來！」錢老太爺心口憋著一股氣沒處撒，立即就喝那小廝。

小廝戰戰兢兢地走出來，恨不能將自己縮成一團，到了錢老太爺的面前，「咚」地就跪下了。

「說，錦程是怎麼受傷的？」錢老太爺的枴杖用力在地上敲了敲，小廝的心就跟著顫了顫。

錢老太爺正要大聲訓斥，被秦長瑞一把攔下來。「錢老太爺，您若是還想在這外間等候小少爺的消息，便安靜下來。否則，小少爺若是因您老人家耽誤了醫治，您可是得不償失，教訓家奴的時間多得是，而救小少爺便只有這一次機會。」

錢老太爺雖然大脾氣慣了，可年輕時也沈著鎮定過，真要是把好歹放在他面前，他還是能分得清輕重的。「好，看在錦程的面子上，我暫時便饒過你！等咱們回府看我怎麼整治你！」

錢老太爺話一說完，那小廝就被旁邊的人給拉到一旁。

外間暫時安靜下來，只剩下一屋子眼神各異的人。

「都準備好了嗎？」陳悠拿著藥物進來時問道。

唐仲與賈天靜點頭，現在躺在床上的錢錦程昏迷著，身上棉袍已經脫下，只剩下兩件單薄的裡衣和中衣，幸好屋內又添置幾個炭盆，讓裡面暖和許多。

陳悠從托盤中將湯藥遞給唐仲，唐仲將濃黑的湯藥用尖嘴壺慢慢灌進錢錦程的嘴中。

賈天靜又輔以針灸刺激，半刻鐘後，錢錦程就悠悠醒了過來。麻沸散已經漸漸失去藥效，右臂傷口的疼痛瞬間傳向全身的每個痛覺神經，讓小小的錢錦程痛苦地叫喊出聲。

但是這個時候，陳悠他們不能給孩子服用止痛的湯藥，陳悠要進行全身檢查，孩子必須保持意識清醒才可以。

陳悠俯下身，用溫熱的手掌，輕輕摸了摸錢錦程的額頭，安撫道：「乖，忍忍就過去了，等治療結束，姊姊做好吃的給你吃。」

其實，這只是陳悠下意識出口的安慰話語，錢錦程才八歲，一醒來就被疼痛折磨得神志不清，根本就分不出心神聽她說什麼。不過，放在額頭上的手異常的溫暖舒服，緩解了身體疼痛不斷帶來的衝擊，可是緊接著一波的疼痛將錢錦程剛剛回緩的些許理智再次擊散，他又一次痛嚎出聲。

陳悠深吸一口氣，唐仲放下他按在錢錦程手腕上的手指，皺眉嚴肅道：「阿悠，我們要加快動作，不然這孩子還未救回來，就要痛死了。」

「你們幫我按住他。」不用動外科手術，陳悠再次冷靜處理。

外間等候的眾人，聽到裡面孩子痛呼的聲音，都驚得互相看了兩眼，尤其是錢老太爺，錢錦程一喊叫，他布滿皺紋的眼皮就跟著抽動一下，攥著枴杖的雙手也跟著顫抖起來。

平日裡小曾孫在自己身邊古靈精怪，何時都是笑嘻嘻的，只要他假嚎一嗓子，老太爺就心疼到不行，哪裡還聽過錢錦程這樣痛苦至極的叫喊。錢老太爺簡直覺得有人在拿著鋒利的刀尖挖他的心頭肉一樣，等到錢錦程第三遍喊叫的時候，他終於坐不住，拄著枴杖一把站起來，恨恨地看著秦長瑞，斥責道：「你們這根本就是在殺人，哪裡是在治傷，若是這樣下去，我的錦程就算沒事，也被你們這些庸醫給折騰出事了！我要把錦程帶回去，我們不治了！」

陳悠儘量讓自己排除外間的干擾，她伸手逐一從錢錦程五臟按壓過去，手法嫻熟，伴著按壓，孩子發出一聲高過一聲的痛苦哭號。

這時候沒有現代的那些儀器，便只能用手，即便瞧著錢錦程已經蒼白的小臉，陳悠也只能繼續下去。

不久，陳悠的額頭已經冷汗密布，外間的爭吵和裡面孩子的哭喊，讓她幾乎意識渙散。這時唐仲連忙提醒她一句，陳悠立即回神，深吸了一口氣，盡力聚集起自己的精神來。

隨著陳悠的按壓，孩子一聲聲喊著疼，外面的錢老太爺更是大聲罵起來。「你們不能這麼折磨我的曾孫！都讓開，我要把錦程帶回去！」

聽著孩子這麼淒慘的哭聲，陳悠也非常不忍，可是現在除了這樣，根本就沒別的法子，若是不及時查出哪裡受了內傷，藥方也不好下。如果臟器內瘀血嚴重，甚至要考慮開腹手術，只是條件簡陋，而陳悠如今又失去那種能力，恐怕也不敢貿然動手。

當陳悠的手按到錢錦程胸腹某一處時，錢錦程發出一聲更淒慘的叫聲，陳悠知道差不多便是這兒了。確定體內傷處，唐仲立馬給錢錦程餵下止痛的湯藥，這種驗傷的過程有些成年人都受不了，別說是個八、九歲的孩子了。

這是唐仲特製的方子，加上賈天靜從劉太醫那兒學的針法，喝下去的湯藥在血液中循環得很快，錢錦程身上的痛覺很快就淡化了，一旦疼痛減輕，錢錦程就疲憊地昏睡過去。

陳悠給錢錦程號了脈，將他的左臂放進被子裡蓋好。唐仲和賈天靜各自給錢錦程診了脈之後，幾人互相看了一眼。

陳悠開口。「脾臟破裂。」

唐仲和賈天靜同樣點點頭，雖然兩人方才沒有親自替錢錦程檢查，可是全程在一旁觀看，又都號了脈，大致猜到錢錦程傷了脾臟。

「而且有內出血的現象，不過現下看來還不是很嚴重，若是配了專門的方子加上靜姨的針法，應該能控制得住。」

這是此次救治唯一值得慶幸的地方了，錢錦程沒有嚴重的內出血，不然非做開腹手術不可。那時，陳悠可真是沒有一成把握了。

唐仲與賈天靜也贊同陳悠的判斷，賈天靜轉身就給錢錦程施針了。

陳悠大大地喘了口氣。外面片刻沈靜後，更大的聲音傳來。

錢老太爺隔著一扇門許久未聽到裡面的叫喊聲，臉色唰地一白。「錦程的聲音怎麼沒了？」

他拿起枴杖就要朝著門砸，被秦長瑞一把攔住。「錢老太爺，您這是在害你的曾孫！」多年來，還沒有人敢對他這個老太爺這樣說話，錢老太爺身子往後踉蹌退了兩步，差點摔倒在地，被身後的小廝扶住。他指著秦長瑞的鼻子，就要將手中的蛇頭枴杖朝秦長瑞砸去，恰被身後的聲音一喊，才不甘地放下手中的枴杖。

「爹，您做什麼？」站在房門口的是錢大老爺，秦長瑞之前派人去通知他的。

他這一進來，就瞧見自己老爹拿著枴杖要砸人！

錢大老爺無奈極了，高聲制止後，兩三步走到錢老太爺面前。「爹，您這是幹啥，這裡可不是咱們錢府，錦程還傷著呢！」

一屋子人都鬆了口氣，這錢大老爺看起來靠譜多了。

錢老太爺哪這麼容易妥協。「你個畜生，心裡還有錦程嗎？來得這樣遲，也不瞧瞧方才裡面錦程是怎麼被人虐待的，竟然上來就攔著我！老子瞧你年紀是越活越回去了！」

錢大老爺尷尬無比，在這麼一廳的人面前，尤其還大部分都是外人，五十多歲的人了被自己的爹罵畜生，任誰也覺得沒臉。

錢大老爺臉色也難看起來。「爹，有些事在家裡兒子隨便你怎麼說，可是這是在外頭！」

方才這一路，秦長瑞派去請錢大老爺的夥計已經將今日發生的事與他說了一遍。這時，錢大老爺才轉過身，誠懇地對秦長瑞道：「陳老闆，這次多虧了您，也請您原諒老父的無禮。」

「無妨。」秦長瑞和氣地與錢大老爺道。

當房門從裡面一打開，錢老太爺就圍上去。「你們把我的錦程怎麼樣了，快讓我進去看看！」

陳悠看了眼前的幾人一眼，見多了個中年人出來，看模樣與錢老太爺有幾分相像，阿水在陳悠身後輕聲說道：「這是錢大老爺。」

陳悠就反應過來。她急忙攔住錢老太爺，示意身後的阿水將房門關上，微微笑著勸道：「錢老太爺不用擔心，小少爺已經脫離危險，唐大夫和賈大夫在裡面給小少爺施針，您現在進去不方便。」

錢大老爺聽陳悠這麼一說，提著的心也放下來。

「沒事就好、沒事就好，這次要多謝陳大姑娘還有令弟。」錢大老爺連忙說道。話畢，攔著錢老太爺讓他坐到一旁，跟著錢老太爺的那幾個小廝也不敢違抗錢大老爺的命令，紛紛裝作沒看見，忽視了錢老太爺憤怒的眼神。

錢大老爺後來好說歹說才將老父送走，而後鄭重向秦長瑞夫婦致謝。

錢錦程是大房現在唯一的男嗣，雖然只是個庶子，但格外受寵，錢大老爺也很看重。陳懷敏能讓人將他救回來，錢大老爺是真心感謝，而且錢大老爺經常與秦長瑞有生意上的來往，彼此也不陌生，經了這件事，錢家卻是欠了陳悠一家一個大人情。

錢錦程身子受重傷，暫時還不宜搬動，便只能在百味館裡歇上兩日，才能被接回府中。

陳悠端了湯藥進來，恰好看到錢大老爺站在窗前，半扇窗戶開了一條不大的縫隙，正好能從這道縫隙中看到後院被白雪覆蓋的一叢假山。

陳悠微微皺眉，錢夫人還在賈天靜的醫館裡，起先，陳悠並不瞭解錢家的情況，只知錢夫人是袁知州的親妹，錢大少的正房夫人。卻沒想到，錢夫人成親多年，竟然都沒有生出嫡子，怪不得之前她對肚子裡的那個孩子那麼在意，就算是知道宮外孕，也不捨得立馬拿掉，拖延到要動手術的地步。

這錢錦程在府中這麼得寵，親娘又是個妾侍，那麼那日去醫館中鬧事的錢府妾侍，有沒有錢錦程的親娘呢？

錢家的這些事，隱隱約約好像與他們有什麼聯繫，可是真要釐清，又想不出個頭緒。

可能是聽到身後輕微的響動，錢大老爺轉過身來，溫聲道：「陳大姑娘。」

「錢大老爺不用多禮，按照輩分，我還是晚輩呢！」

「這無妨，妳是錦程的救命恩人，我理應客氣。」

陳悠也不多說，端著托盤走到錢錦程床邊，微微抬起錢錦程的身子，用尖嘴壺給錢錦程將湯藥灌下去。

「陳大姑娘，錦程這傷幾時能痊癒？」

陳悠收好藥碗，與錢大老爺一同走到外間，才回道：「不能馬上確定，先觀察兩日，若是這兩日病情沒有惡化，痊癒便指日可待了。」

錢大老爺道謝。他瞧著陳悠離開的身影，微微出神。

陳悠回到後院的藥房，正準備將藥房的藥材收拾一番，看看有沒有缺什麼，好立即讓人去倉庫補些過來，否則錢錦程突然要用到，又要手忙腳亂。

方翻開記藥的帳本，藥房的門就被唐仲推開了。

唐仲站在房門口定定看了陳悠一眼，屋內的燈光恰好照到他臉上，將他的表情映得很清晰。唐仲滿臉擔憂，嘴唇也微微抿著，黑色的眼瞳裡是陳悠略微有些迷茫的表情。

陳悠抬頭怔了一下，才道：「唐仲叔，您怎麼來了？」

唐仲伸手彈掉肩上落下的幾片雪花，進了藥房，轉身將藥房的門關上，房間內的燭火搖曳了幾下，終又歸於平靜。

陳悠見到唐仲這麼肅穆的樣子，不知為何有些心虛地低下頭，手忙腳亂地繼續看帳本，可是片刻過後，一個字也沒看進去。

唐仲見她逃避現實，眉頭越擰越緊，最後實在忍不住，微微帶著怒氣質問道：「阿悠，妳今日是怎麼了？」

當時安慰陳悠是一回事，現在問陳悠原因是另外一回事。唐仲總覺得陳悠身上定然發生什麼事，不然那時不會是那種恐懼和愧疚的表情。

陳悠抬頭看了唐仲一眼，將手中的筆放下來，嘴角動了動，卻不知從何開口，難道要她說，之前她身體上有奇特的感覺，只要拿起手術刀就能事半功倍？從一開始，她就已經決定，她身上帶有藥田空間的事，不與任何人說，就連阿梅、阿杏都不知道，她自然也沒想過要告訴唐仲。

唐仲見陳悠不說，越發擔心。「是與妳上次突然身體劇痛有關？」

唐仲的話讓原本就覺得奇怪的陳悠猛然一驚，說不定這種能力的喪失真與藥田空間有關。

陳悠艱難地吞嚥下口水，她抬頭看著唐仲，點點頭。「唐仲叔，我也不確定，今日我拿著縫針的時候，渾身都在發抖，連下針的地方都不知道在哪兒。」

唐仲朝陳悠伸過手。「來，再給唐仲叔看看。」

陳悠點頭，將右手腕伸了過去。

唐仲仔細把脈後，眉頭皺得更緊了。「從脈象上看，身體確實是沒有問題，不過，怎會突然這樣？」

具體的原因，陳悠卻是不好說了。她有些為難地看了唐仲一眼。

唐仲了然。「若是阿悠有什麼難言之隱，不說也罷，只是記住，身子一旦有何不適，一定要告訴唐仲叔，無論做什麼事，身子就是本錢，我們都是醫者，萬不要忘記這句話。」

陳悠點頭，將唐仲送出藥房。

聽了唐仲說的話，陳悠也沒了心思整理藥材，在藥房中呆呆坐了一刻鐘，便熄燈關門回房。

陳悠儘量平復自己複雜的心情，躺在床上，默唸靈語，就進入藥田空間中。

空間裡清新好聞的藥香還是像以前那樣，可是陳悠這個時候並沒有心情去呼吸這樣久違的空氣，而是轉身就朝著大湖邊跑去。那幾棵碩大的榕樹幾乎要聚攏到一起，它們之間根部的距離至少有二十米左右，但是樹冠已經碰到一起。

陳悠一口氣跑到一棵巨大的榕樹下，坐在榕樹的樹根上，緊緊盯著周圍。等不到一刻鐘的時間，眼前的空氣就開始波動，而後，許多白芒組成的星光閃爍聚攏，在陳悠面前顯現一排熟悉的字跡。

盯著眼前飄浮在空中的一行字，陳悠恨不得這些字跡是寫在紙上的，這樣，她就能憤怒地將它們撕成碎片，扔到地上再也不理！

陳悠強壓下自己的怒氣，閉了閉眼，儘量讓自己鎮定下來，片刻過後，再睜眼，那字跡還沒有消失，陳悠控制了許久，才沒有出手打散那字跡。

那行字好似在嘲諷一般，上頭寫著：「升級任務失敗，空間法則不可違，今日小懲大誡，限在半月內完成藥田空間升級任務。」

自從幾年前，藥田空間戒指化成這朵蓮花，陳悠雖然覺得奇怪，可也覺得方便許多，畢竟不用擔心空間再被人奪去，可是今朝又發生這樣的事情。如今，真不知道藥田空間戒指化成這朵蓮花是好事還是壞事了。

可是陳悠連上次空間升級的任務都忘記了。自從藥田空間從凡級升到地級，她身上那種迫切想要給人治病的感覺消失後，她便徹底忽視藥田空間那詭異的升級任務。

正懊惱當時應該多看一眼記住時，眼前的白芒產生變化，瞬間又化為另一段話，陳悠奇怪地抬頭看了一眼，頓時噎住。

藥田空間好似知道她心中的想法一般，將之前任務再次顯示一遍。

陳悠咬牙切齒地將這段話又仔細看了一遍，等到看完這段話，一口血就梗在喉嚨口。

其實這段話只有一個意思——要求認識一秦姓男子。

陳悠嘴角抽搐了兩下，氣鼓鼓地哼了一聲。藥田空間莫不是與她開玩笑吧，大魏朝秦姓男子那般多，她哪裡知道是哪個！真是欲哭無淚，這藥田空間像是在耍人，可一想到那日胸口的劇痛還有能力的喪失，她又不得不重視起來。

如今的藥田空間委實詭異。

陳悠站起身，將被風吹亂的鬢髮勾到耳後，深深地吸了口氣，壓下心中的憤懣和無奈。現在她沒有任何辦法，藥田空間的秘密誰都不能說，這一切只能靠自己！

這麼一想後，陳悠的心情也慢慢平靜下來，盯著不遠處一塊藥田裡的忍冬，陳悠眉頭一皺。外科的事不能這麼下去，不管如何，靠這種空間之力仍然不如自己真實掌握來得靠譜。

藥田空間升入地級後，她採摘處理草藥已經不需要自己動手，只要意念一動，草藥便能自動採摘歸類好，只是這種方式只能使用幾次，若是次數用多了，便不靈了。

將自生藥田中種上所需的藥材，陳悠才離開藥田空間，回到房中休息。

大雪紛飛，傍晚時，天色就陰沈下來，原本紛紛揚揚的小雪越下越大，不多時，就變成鵝毛大雪。街道上被鏟開的道路，片刻後就鋪上了雪白的一層。華州城整個都陷入一片白茫茫之中。

白起拿著一封信匆匆進來，看到秦征又坐在窗邊看雪，窗戶大開著，寒風灌進來，捲著雪花落在秦征靛藍色的衣袍上。

秦征背對著他，白起看不見他臉上的神色。白起皺了皺眉，兩步走到秦征面前，房間內一點溫度也沒有，與室外別無二致。

白起擔憂地道：「世子爺，天冷，您要注意身體。」

秦征好似定定看著某一處出神，並沒有答他的話，如果不是身前之人清淺略帶著患了鼻音的濃重呼吸聲，白起都覺得主子已經化成一座雕像。

白起無奈，只好走到一邊的屏風上，取了披風輕輕地替秦征披在肩上。

秦征才回過頭看了白起一眼，拳頭放在唇邊咳嗽兩聲，慢走幾步回到書桌邊坐下。

白起見主子終於離開窗邊，連忙上去將窗戶關上，又吩咐人給屋內端幾個暖爐來。

「世子爺，你這剛剛患了風寒，哪裡能穿這麼少，站在窗口吹冷風！您要是倒下了，讓我們怎麼辦！」白起帶著些委屈埋怨道。

「囉嗦什麼，我自有打算。」秦征拿起茶盞喝了口熱茶。

方才站在窗前只穿著長袍，他都要凍僵了，手涼得似冰一樣，臉也被寒風吹得幾乎麻木，此時一口熱茶下去，秦征才覺得自己緩過些勁，身上也有了溫度。

白起無語地在心中吐槽，世子爺這幾日動不動就穿那麼少站在大開的窗戶前，現在都生病了，也不讓人說，這是什麼癖好，怎麼在建康城的時候沒有，難道華州城的外頭景色就這麼好看？

但是這些話，白起也只敢在心中想想罷了，若是讓他真的在世子爺面前說出來，他卻是不敢的。

白起瞥了一眼秦征的案頭，見那放在案頭上的一碗藥汁動都沒動，都已經徹底涼透了，白起終於看不過去。

「世子爺，您也不是鐵打的身子，這患病了怎能不吃藥呢？我拿下去讓秦東去熱一熱。」

秦征無奈地瞥了眼白起，這小子這兩年來越來越婆媽，整日什麼雞毛蒜皮的小事都要管一管，現在都管到他頭上了。

「端下去吧，太苦了，我喝不下。」秦征又咳嗽一聲，涼涼地開口。

白起一噎，忍不住翻白眼。都這樣了，還不肯吃藥，還嫌棄藥苦。之前，湯藥送過來，白起親自驗過毒，自然知道這湯藥是不是真的苦澀。

只怕是秦征這兩日都像這樣，連藥碗都沒端起來過，嚐都沒嚐一口，藥苦只是他隨意找的一個蹩腳理由。

白起還要再說，秦征便有些不耐煩了，一個冷冷的眼神掃過來，白起只能作罷，喚人將藥碗端下去，重新熬了湯藥過來。

秦征撐著額頭，靠在椅背上，微閉著雙眼，長長的睫毛覆蓋在眼瞼上，投下一層好看的剪影。只是他臉色微白，透露了這幾日來的憔悴。

白起越瞧越是擔憂，張口欲說時，秦征因為風寒略微沙啞磁性的聲音響起來。「可是京中來信了？」

白起應了一聲。「是聖上來的密旨。」

說著，白起將手中的信封雙手奉給秦征。

秦征也強打起精神，接過信封當即展開看了一遍。看完後，秦征將信遞給白起。「你也看看。」

白起看後，臉色頓變，將信連同信封一起扔進火盆中。

秦征盯著火舌將信紙吞噬，深邃的雙眼微瞇了瞇。「看來京中有些人已經等不及了，華州這邊的事我們要快些，你下去布置，等將惠民藥局的事情安頓好，我們立即趕回建康城！」

「是，世子爺。」白起滿臉嚴肅地回道。

「需要的人你都帶走，只把阿北留在我身邊就好。還有，阿南的傷勢如何了？」

「回世子爺，阿南已能下床走動，估摸著再過兩個月就能完全恢復。」

「嗯，讓他好好休息，莫要擔心我們，你讓阿北沒事去瞧瞧他，只要不觸及我的底線，我也不是這麼不近人情。」秦征拿起案頭的公文，邊看邊說道。

白起的臉色也緩和下來。「世子爺放心，阿北不是記仇的人，況且這麼多年來，他又不是白眼狼，能分得清誰是真心誰是假意。」

秦征帶著興味看了白起一眼，直把白起瞧得有些不好意思。「世子爺，小的說的是真心話！」

「好了，你只須記住一點，就算是我身邊再親近的人，也不能觸犯我的底線，可知了？」

「小的謹記！」

「百味館那邊呢？」

白起想了想，說道：「這兩日百味館的東家為了那批藥材四處走動，怕是已經懷疑到我們身上了。」

秦征沒說話，白起等了一會兒便退下了，還親自將門帶上。

路過後院的長廊，迎面寒風就侵襲過來，白起攏了攏身上的披風，轉頭看到被積雪掩蓋了一半的花園中的花草，皚皚一片，根本看不出原樣，白起突然擔心起來。

今年這雪怎麼下個不停，若是一直這樣下去，恐怕回京都要受阻，那可就不妙了！

第三十七章

大清早用過了朝食，賈天靜與陳悠先乘馬車回醫館，唐仲則留下來照顧錢錦呈。因年前要回一趟林遠縣，李陳莊還有老陳頭、王氏他們，陶氏總不能空著手。便決定下午由阿水他們陪著出去置辦些禮物。

午飯過後不久，秦長瑞從外面回來，臉色不是很好。

陳悠的心跟著一沈，估摸著是與藥材的事情有關。跟著秦長瑞去了書房，陳悠親自給他倒了杯熱茶。「爹，是不是我們的藥材要不回來了？」

秦長瑞喝了口熱茶，放下杯盞，拳頭緊捏著，然後又鬆開，他深吸了口氣，好像是在平定自己的情緒，轉頭對陳悠實話實說道：「阿悠，這批藥材想要回來，恐怕不是那麼容易了。」

陳悠一驚。「爹，這藥材到底是誰扣下的？上頭來的藥政大人？」

秦長瑞搖搖頭。「不是，看來京中不止來了一批人，這兩天我找了許多朋友，都證實藥材不是新藥政扣下的，今早我去尋袁知州，袁知州雖未明說，但也暗中提點了些。」

陳悠不知怎的就想到那日在街上碰到的那輛奇怪馬車。

難道說，是那女子做的？若不是，華州城他們待了三年，這幾年，爹爹苦心經營，在多處都有眼線，為何這個時候打聽不出這樁事的幕後黑手？

「爹，可知道這人是誰？」陳悠焦急地問道。

秦長瑞憔悴地搖搖頭，這樁事打斷了他布置幾年的計劃，這突然冒出來的人，他竟然從未在自己的前世記憶中搜尋到過，這讓他感到迷惘又頭疼。

「爹，您好好休息，我讓大娘把飯送到書房來，您多少吃些。娘午前帶著妹妹們出去置辦東西了，怕是到傍晚才能回來。」陳悠一一交代，瞧秦長瑞神色疲憊，也不再打擾，說完就起身出門了。

下午，百味館門口出現了一位不速之客。

薛掌櫃不豫地看了一眼站在百味館門口的兩人。「二位，進咱們百味館的規矩都寫在門口，沒有帖子，便請回吧，東市那邊還有一家，你們去那兒吧！」

薛掌櫃一說完，那年紀大些的男子就呵呵笑了一聲。「喲，沒想到這百味館這麼大的架子啊！怎麼？這是皇親國戚住的地方嗎？竟敢不讓我進去！你們若是想將百味館開下去，今天可不能攔著我了。」

夥計和薛掌櫃從沒有見過這麼無賴的人，永定巷的百味館雖然屬於高檔消費，可同樣也非常低調，若不是華州城上流社會的人，很少知道永定巷裡這家門面簡單的鋪子，是一處平日裡連訂座都訂不到的藥膳館。

薛掌櫃朝身後一個夥計使了眼色，夥計會意，緊跑兩步去尋阿魚了。他們百味館可不怕有人上門鬧事，大不了擰人送衙門便是。

陳悠恰好從後院過來，瞧見夥計匆匆忙忙的，攔下來一問，才知道前頭大堂來人找碴。

「大小姐，您別過去，那鬧事的凶狠得很，身後還帶著一個健壯的青年，瞧他身上的肌肉，怕也是個練家子，我去尋阿魚哥，您千萬別去啊！」

陳悠嘴上答應著，但仍是去了前院，進了帳房的房間，掀開布簾就能瞧見大堂裡的情況。

薛掌櫃帶著兩個夥計仍在門口攔著，堵著沒讓人進來。

冬日裡，又是陰天，室內即便點著燈火，也比較陰暗，那兩人背對著外面照進來的光，陳悠一時沒看清兩人的臉，卻直覺這人熟悉得很。

等到那兩人挪了挪身子，光線適應了後，陳悠眼睛瞬間瞪大，其中那個正囂張地與薛掌櫃說話的人，不正是當年林遠縣百藥堂的趙大夫！

怎麼他此時會出現在這裡？自從唐仲在林遠縣開了保定堂後，百藥堂很快就關門轉手了，趙大夫這麼多年也沒再出現過，為什麼四年後會出現在百味館的門口？

外面阿魚已經帶著人來了。

趙大夫瞧見阿魚帶著幾個明顯是會功夫的男子來，臉上一點害怕的情緒都沒有，還諷刺地笑了一聲。「怎麼，你們百味館要店大欺客嗎？若是你們今天打了我，你們這百味館也別想開了！」

薛掌櫃眉頭一皺，正在猶豫中，阿魚已經朝身後的兄弟門揮了揮手。「東家說了，不管是什麼人，只要敢上門找百味館的麻煩，就把他打出去，甭管是誰，先打了再說！」

不得不說，阿魚雖然有時是腦筋簡單了些，但是為人卻乾淨索利，做事一是一、二是二，從不會瞻前顧後、猶豫不決。

陳悠在簾子後給阿魚豎了個大拇指，她雖然覺得趙大夫來得蹊蹺，不過敢欺負他們，先打再說。

趙大夫一看阿魚這是真準備動手，臉色也變了，抱著頭就往他帶來的男子身後躲。阿魚確實沒手下留情，出手就狠狠地打在趙大夫帶來的男子臉上。那年輕男子雖外表看起來凶狠非常，其實只是個花架子，擋了阿魚的招式沒幾下，就已經挨了幾拳頭，被阿魚打得嗷嗷直叫。

趙大夫見眼前形勢扭轉，一張老臉氣得通紅，他狼狽地後退到街邊，一隻腳還踩進雪堆中，跟頭一栽，差點趴到雪堆上。他臉上一陣紅一陣白，指著百味館的招牌就對著裡面大罵道：「你們仗勢欺人，今日你們不讓我進去，年後我就讓你們百味館開不成！那批藥材你們也休想弄回來，到時，哭著跪在我面前求我，本大爺都不會理睬你們！」

薛掌櫃聽到這話，臉色頓變，這個年過半百、瘋癲又囂張的老頭怎麼知道他們百味館有藥材被扣留了？這件事只有陳悠一家以及唐仲和百味館幾個掌櫃的知道，那眼前這人又是怎麼知曉的？

薛掌櫃上前一步，喝止住阿魚。「都住手！」

阿魚不解地看了眼薛掌櫃，薛掌櫃朝他使了個眼色，轉身在夥計耳邊耳語幾句，夥計應了一聲，飛快地跑去後院。

陳悠同樣被趙大夫的話給驚到。她腦中冒出的第一個想法便是，趙大夫定然與藥材扣留一事有關。又看了眼外頭的情況，知道夥計是去尋爹爹了，她也就坐在帳房內等著。

果然，不久，秦長瑞便趕了過來。

趙大夫瞧見昔日的農家漢子轉眼變成一個儒商，睜大眼睛盯著秦長瑞，簡直不敢相信眼前所見。

秦長瑞不動如松，巍然站立著，低頭看著趙大夫。「怎麼，幾年不見，趙大夫不認得陳某了？」

「你……真的是陳永新？」趙大夫質疑地問道。

當年，他對陶氏與陳悠印象比較深刻，陳永新也見過幾面。那時，他一身農家漢的粗布葛衣，自然與現在體面的樣子截然不同。更讓趙大夫吃驚的是，就是這個什麼都不懂的農家漢，竟在幾年之內，將百味館開遍華州城！

秦長瑞笑了笑。「趙大夫既然找上門，怎麼會連陳某都不認識？」

趙大夫終於反應過來自己這個樣子著實是有些掉價，急忙又恢復那副傲慢的樣子。

「怎麼，陳老闆就這樣與我說話不大好吧！」

秦長瑞瞥了眼薛掌櫃，薛掌櫃點了點頭。「趙大夫，裡面請。」

趙大夫冷哼一聲。「還是陳老闆會做人。」

陳悠放下門簾，今兒趙大夫來百味館到底是為了什麼？這般理直氣壯，而且還故意將秦長瑞激出來。

轉身，陳悠出了帳房，詢問薛掌櫃，薛掌櫃知道東家什麼事情都不瞞著大小姐，便告訴陳悠，秦長瑞與趙大夫去哪個房間。

陳悠接過夥計端過來的藥茶，交代道：「讓阿魚哥帶著人守在房間外頭，若是娘帶著妹妹們回來了，不要讓阿梅、阿杏過來，這茶我來送進去。」

夥計點頭，去辦事了。

端著藥茶，走到天字包間的門口，頓了頓，陳悠才抬手輕叩兩下，裡面響起秦長瑞清潤的聲音。

「進來。」

陳悠推開門進去，秦長瑞瞥了一眼，什麼話也沒說。

但是趙大夫心中的衝擊卻比方才更大。若不是眉眼間還有年幼時的影子，趙大夫非常不想承認眼前不亞於大家閨秀的嬌俏姑娘，就是以前在他藥鋪裡賣草藥的窮酸女娃。那時，他可是被這小女娃逼得險些被掀場子！

一股鬱氣積壓在胸口，趙大夫恨不能大罵出聲，可想著今日自己的目的，不得不強逼自己忍耐下來。

陳悠給兩人面前都放了茶盞。「真沒想到會是百藥堂的趙大夫，當年可是得了您的力，阿悠才能賺幾個大錢給妹妹們買點口糧，阿悠可是對您感激不盡呢！今日還能再見到，當真是有緣。這是我們百味館限量供應的暖胃藥茶，趙大夫醫術高明，嚐一口看看能不能猜出放了哪些藥材？」

當年，她們姊妹三人整日餓肚子，家中食糧被吳氏管著，陳悠連一塊玉米餅都難省下來，滿懷希望地帶著草藥去百藥堂中販賣，卻被趙大夫那般坑騙。後來，她與陶氏為了補貼家用，做小藥包，也是趙大夫陷害她們險些被誤會，連小藥包的生意也做不成了。趙大夫那麼「照顧」她，陳悠可是記得清清楚楚。

趙大夫當然聽出陳悠是拿話在堵他。那年，他看陳悠母女賺錢眼紅，便叫人買藥包自己回去研究方子，而後自己這方子出了問題，便將責任推卸給陳悠母女，陳悠讓他辨認藥茶中的草藥，這分明是在以牙還牙。但陳悠每句話都說得客客氣氣，外表看來根本就沒錯，他有心想堵回去，卻不知從何開口。

趙大夫只好鬱鬱地飲下半杯藥茶，不快地道：「陳家姑娘高看我了，這幾年，我可是都未行醫，這辨藥一事，早就生疏了。」

陳悠優雅一笑。「那既然這樣，趙大夫以後還是少接觸藥材的好，免得又犯了錯，連累別人。」

秦長瑞坐在一旁沈默著，也隨著陳悠發洩。

趙大夫的胸口氣得一起一伏，陳悠瞥了他一眼，冷著臉，站到秦長瑞的身後。

趙大夫見陳悠並沒有離開的意思，臉色更差了。在他心中，秦長瑞或許還要好騙一些，畢竟，他以前只是個農家漢子，能開這麼大的百味館，或許只是運氣好，真要論心思，又能有多少？要是有陳悠在這裡的話，那可就麻煩多了，這丫頭方才這番氣人的話，聽著就叫人不爽利。而且，他也是見過這小姑娘的厲害。

「趙大夫方才提到藥材的事，能否與陳某說清楚？」秦長瑞平靜道。

趙大夫瞧了瞧陳悠，又瞧了瞧秦長瑞，有些不敢置信地詢問。「這……」

秦長瑞的臉色才緩和少許。「趙大夫有話就直說吧，我們家什麼事都不瞞著阿悠。」

趙大夫恨恨地咬了咬牙，瞪了陳悠一眼，當接觸到陳悠嘲諷的眼神後，恨不得甩門離開。他輕輕呼了口氣，開口道：「想必，這藥材的事困擾陳老闆許久了吧？」

秦長瑞放下茶盞，沒有接話，只是淡淡看著趙大夫。

趙大夫突然覺得這樣在秦長瑞面前秀優越很沒意思，他被陳悠堵得也失了這樣的心思。「這麼多年的老熟人了，我便與你們打開天窗說亮話，陳永新你還想不想要回這批藥材？據我說知，戴老闆早就逃之夭夭了，這兒，你可是連他的人影都找不著，因貨交了，你手上與他立的那分契約也沒效果，他名下的房契、地契，你可是一處都得不到！」

陳悠聽著眉心不自覺緊了起來。這麼多細節，趙大夫竟然知曉得如此清楚，如果說這件事與他沒關係，連鬼都不會相信！

「趙大夫，你想得到什麼，便直說吧！不用說這些彎彎繞繞。」秦長瑞冷冷的眸子直逼著他。

趙大夫只覺得被秦長瑞這種突然逼視的目光盯得渾身一顫，他勉為其難讓自己保持鎮定。「好！陳家兄弟自己做了東家之後，就是爽快，我趙某就喜歡與你這樣的爽快人說話。實話告訴你們，現在我有辦法弄出這批藥材，你們想拿回這批藥材也可以，必須將你們百味館賺的銀子分五成給我！我們立個字據，讓官府的人來做見證！」趙大夫臉不紅、氣不喘地說出這段話。

陳悠此時都有些想看看趙大夫腦子有沒有問題，他也真敢想，一張口就想要百味館五成的分紅，他怎麼不直接去大街上搶劫算了。

瞧見對面一對父女都在沈默，趙大夫好似更有底氣了。「這批藥材對百味館意味著什麼，想必陳家兄弟比我還要清楚吧，惠民藥局最早到暮春後才會穩定下來，限藥是早晚的事情，上頭藥材下不來，冬季又沒有新藥上市，那陳家兄弟慶陽府的百味館要如何？難道陳家兄弟想看著自己辛辛苦苦一手創辦的百味館關門大吉？藥膳這東西，別家也不是不能學，這幾個月關門下來，到時候夥計廚娘都走光了，可不是那麼好請回來的。

「再者，陳兄弟，你這銀子都搭進這批藥材裡了吧，這麼大的百味館想再周轉開，那可是難上加難，到時就只有一條路可走，到了那個地步，可就不是現在這個價了。」

秦長瑞看著趙大夫，而後，眉頭挑了挑。「趙大夫是不是太高看自己了？」張口就要百味館一半的盈利，當真是獅子大開口！

趙大夫被眼前父女倆明顯帶著鄙夷的目光看得咬牙切齒。「陳永新，告訴你，沒有這批藥材，你這百味館就開不下去！你自己想想是沒了百味館好還是拿出五分利來！」

「趙大夫，你憑什麼覺得我們沒有這批藥材，百味館就周轉不了？看來，你是低估百味館了，你這般來就是為了威脅我們？要真只是這樣，那麼，就請走吧！」秦長瑞不客氣地道。

趙大夫臉色鐵青，讓他沒想到的是，秦長瑞竟然會絲毫不受他威脅，還叫他離開。他眼神閃了閃，猶疑不定地看著秦長瑞，眸光糾結。

「你們……不要這麼不識抬舉！」趙大夫勉為其難撐著一口鬱氣道。

「我話已經說得很明白了，趙大夫請回吧！」

趙大夫不甘心地捏了捏拳頭。「四成！四成！陳家兄弟，這已經是我做出的最大讓步了。」

陳悠眉心都要皺成一條線，這麼幾年未見，趙大夫真是越來越不要臉了！

「來人，送客！」秦長瑞也失去與趙大夫理論的心情。

站在外頭的阿魚聽到傳喚，立馬帶著人進去。

趙大夫看到魁梧的阿魚站在自己身邊，瞪大眼睛，指著坐在對面的秦長瑞。「陳永新，總有一天，你會後悔你的決定！到時，除非你跪在我面前，否則，休想與我合作！」

陳悠對阿魚使了個眼色，阿魚猛地推了把趙大夫。「你這老頭，囉嗦什麼，再不走，把你扔出去！」

趙大夫被阿魚嚇得一個哆嗦，鎩羽而歸。

天寒地凍，他帶著夥計站在百味館的門口，趙大夫抬頭看了眼百味館的牌匾，憤恨地嘀咕道：「總有一天，我會將這百味館的招牌奪到自己手中！」說完，朝百味館的門口呸了一聲離開。

包間裡，陳悠坐到秦長瑞的身邊，問道：「爹，您真的有法子弄到藥材？」

藥田空間裡的藥材有限，而百味館在華州城已經開了三家，藥田空間所產的藥材根本就不夠百味館每日調動和用度，陳悠當真是束手無策。

秦長瑞無奈地搖搖頭，若真有法子，他這幾日也不會日日往外頭跑，一日比一日憔悴了，他只是不喜歡被趙大夫這種人威脅。這種人的話最不能相信，今日他既然能訛詐百味館，他日就能將百味館占為己有。

百味館是他一切計劃的基礎，絕對不能白白送給別人！

「阿悠，妳也莫要擔心了，爹總會有辦法的，不會白白看著百味館落到別人手中或是關門歇業的。」

秦長瑞笑著安慰陳悠，伸出大掌摸了摸她的黑髮。

陳悠雖然嘴上應著，但心裡怎麼可能真的不著急。百味館是他們白手起家，一步步經營到這個程度的，要是眼睜睜地看著它歇業，她怎能甘心！

陳悠的眼神越發堅定，不管怎麼樣，一定要想到讓百味館起死回生的法子！

傍晚時分，陶氏回永定巷時，順便將陳懷敏從私塾接回來。

馬車內，陳懷敏正與陶氏聊天。

「娘，今日在私塾，有個不認識的哥哥來找我。」

陶氏正在整理放在馬車裡的年貨，轉頭看著陳懷敏擔憂地問道：「懷敏，是什麼人？」

「懷敏從來沒見過他，那個哥哥比阿磊哥哥還要高，渾身散發著一種讓人不敢親近的氣勢，他只隨便與我說了幾句無關痛癢的話，又給了我一包玫瑰蓮蓉糕，就走了。」

陳懷敏說著從自己的書箱裡拿出那包還沒拆封的玫瑰蓮蓉糕。「娘，就是這包，陌生人給的，我怕有問題，便一直放著沒吃。」

陳懷敏抿著唇認真的小模樣，與陳悠有三、四分相似，陶氏將陳懷敏往自己身邊攬了攬，接過用精緻的木盒裝著的糕點，打開瞧了瞧，又用隨身攜帶的一枚小銀針試了試。

「娘，怎樣？這糕點有問題嗎？」陳懷敏緊張地問。

陶氏搖搖頭，對陳懷敏笑了笑，把糕點放到陳懷敏面前。「這糕點沒問題，要不要嚐嚐，看起來很精緻、很好吃。」

陳懷敏才綻開笑顏，到底還是九歲孩子，即使早熟了些，仍然比較貪嘴，抓了一塊玫瑰蓮蓉糕，就塞進嘴裡。「嗯！娘，真的很好吃，比吉祥嫂子糕點鋪子的糕點還要好吃呢！娘，您也嚐一塊！」

「娘這幾日牙疼，不大喜歡吃甜的，懷敏吃吧，懷敏再與娘說說今日尋你的那個陌生男子長什麼模樣。」

聽著陳懷敏描述的聲音，陶氏卻將目光落在糕點盒子上，糕點盒子背面一個地方印著繁複的富貴花圖案，這是建康城中最有名的糕點鋪子富貴閣出品的糕點。

前世，秦征也最愛這家的玫瑰蓮蓉糕。那小子小時候貪吃甜食，還未換牙時，一口牙因為吃多甜食壞了許多，經常埋在她懷中叫嚷著牙疼，陶氏那時候是又心疼又拿他沒辦法，只好叫乳娘每日看著他，控制他的甜食。

秦征吃不到甜食又會鬧起來，每次，陶氏都會用富貴閣的玫瑰蓮蓉糕來哄他，控制著給他幾塊，才能讓他安靜下來。

陶氏深吸了一口氣，雙眼有些潮濕，她用力眨了眨眼睛，將那股濕意憋回去，將陳懷敏又往懷中摟了摟。

陳懷敏也感受到陶氏突然低落的情緒，小傢伙也不再說話了，只安安靜靜地靠在陶氏的懷中。

回到永定巷，阿水帶著人將買回的東西都搬下來，陶氏拉著陳懷敏，帶著阿梅、阿杏回到後院。

陳悠方從藥房裡出來，陳懷敏瞧見大姊就迎了過去。

陳悠拉著陳懷敏，彎腰捏了捏他軟軟的臉頰。「懷敏餓不餓，要不要大姊給你拿些點心來？」

陳懷敏連忙笑著搖頭。「大姊，我不餓，在馬車上吃過點心了，還有許多，妳也過來嚐嚐。」

陳懷敏將陳悠拉到小花廳，將那盒精緻的點心打開。「是玫瑰蓮蓉糕，快嚐嚐。」

阿梅和阿杏面面相覷片刻，臉色都有些古怪，阿梅拉過陳懷敏嚴肅地問道：「四弟，你實話和二姊說，這點心哪裡來的？」

整個華州城都沒有這樣包裝如此精緻的糕點，就算是陳悠偶爾也會給他們姊弟做些糕點，也不會特意尋這樣好看的盒子裝著。

陳悠也看向陳懷敏，手中不停，第一反應就是驗了驗糕點有沒有毒。

陳懷敏小大人樣嘆了口氣，將今日的事情說了。「放心吧，娘已經驗過了，糕點什麼問題都沒有。」

阿梅瞪了他一眼。「四弟，我們是擔心你，以後莫要這樣了，就算沒毒，也不能隨意接陌生人的東西。有一句話，爹早就教過咱們了，你要謹記，『無事獻殷勤，非奸即盜！』」

「可那人最後將東西塞到我懷中就走了，我拿著也是沒辦法。」陳懷敏嘀咕道。

陳悠向陳懷敏招了招手。「下次遇到這樣目的不明的人一定要注意，可知了？」

陳懷敏點點頭。「大姊，我那兒的醫書看完了，一會兒用完晚飯去妳房裡換幾本。」

「行，順便大姊考校考校你，是不是真將醫書裡的知識看下去了。」

陳懷敏挺著小胸脯，自豪道：「大姊隨意考校，要是全都答對了，大姊要教懷敏經脈圖！」

陳悠笑著輕彈了下陳懷敏的額頭。

「讓你二姊帶你去洗手臉，待會兒要吃晚飯了，阿杏，妳去書房叫爹娘。」

兩姊妹應了一聲，都出去了，陳悠卻深思起來，聽陳懷敏的描述，那男子很有可能就是那日她在醫館見到、與袁知州同行的年輕男子。

這個人為什麼要去見懷敏，他到底想要幹什麼？

一回到百味館後院，陶氏便去秦長瑞的書房。

晚飯時，陳悠感覺到秦長瑞與陶氏都有些心不在焉，可當著弟弟妹妹的面，她也不好直接詢問，只能先將疑惑壓下來。

翌日，秦長瑞一早出門，陳悠想了想，去了一趟保定堂。

陳悠與唐仲在保定堂後院的堂屋內坐下喝茶，她先詢問保定堂剩下的藥材庫存，看離午時還有一個時辰，她本打算前往庫房中對對帳，正在前堂整理的夥計卻突然快跑過來。

唐仲奇怪地看著夥計，見他氣喘吁吁的，皺眉問道：「怎麼了，發生什麼事情了？怎麼急成這樣？」

夥計急速地喘了幾口氣。「唐大夫，有人敲門，說是求醫！」

陳悠看了那夥計一眼。「門前歇業的木牌未掛上嗎？」

「陳大姑娘，這幾日一直掛著呢！我本來不打算開門，可是那人一直在敲，我只好上去應門，想親口向那人解釋，可是我瞧見門口那人坐的馬車上頭印著官府的印記，只好過來通知唐大夫了。」

這開門做生意的最是忌諱惹到官家，夥計不敢私自決定，才飛奔來告知。

陳悠與唐仲互相看了一眼，唐仲道：「可知馬車中坐的是誰？」

夥計搖搖頭。「敲門的看起來是個隨從，我只知是官家的馬車，馬車上的人卻沒露面。」

「我知道了，我們這就過去。」

唐仲和陳悠起身，快步朝前堂走去。

等唐仲和陳悠掀開簾子進了前堂，就見一人正仰頭打量著整整占據一面牆的碩大藥櫃。眼前這人背影修長挺拔，黑髮一絲不苟地在頭頂結成一個玉冠，裡頭是件寶藍色的杭綢長袍，外面披著一件罕見的石青色緙絲灰鼠皮披風，光看背影便讓人覺得貴氣逼人。

這男子的護衛都低頭恭敬地站在一旁，一時間，大堂竟然安靜異常。直到眼前男子肩膀微聳，一連串咳嗽聲逸出唇邊，才將所有人的注意力給拉回來。

陳悠盯著眼前年輕男子的背影，眉頭微皺，她總覺得這個背影有些熟悉。

等到這人轉過身來，陳悠腦中靈光一閃，才想起眼前的男子就是那日在賈天靜醫館與袁知州一起來的人。剎那間，數個念頭在陳悠的腦中一閃而過。

秦征無聊地打量著保定堂，直到聽見身後參差不齊的腳步聲，才慢慢轉身回頭，一眼便見到站在中年男子身後一抹鵝黃的身影。

這就是白起和阿北口中那個陳家的大姑娘？

與他第一次見到的時候完全像是兩個人。在賈大夫的醫館時，這姑娘一身麻布罩衣，身上分明帶著一股血腥味。而現在雙眸璀璨，身姿翩翩，尤其那雙帶著靈氣的眼睛裡，好似擁有魔力，不由自主就會吸引人的目光。

秦征沒注意，自己竟然無意間多看了那陳家大姑娘兩眼。

眼前的男子雖然年輕，形容憔悴，可渾身的氣質卻不一般，唐仲見過的病患數不勝數，自然也培養了幾分看人的眼光。他上前一步，朝秦征一揖。「這位大人，不知您來敝館有何貴幹？」

秦征瞥了陳悠一眼，冰冷的容顏微微化開。「自是來尋醫的。」

唐仲奇怪地瞥了眼秦征，心中嘀咕：你一個當官的，若是想尋醫就診，直接一個傳喚，哪個大夫會不去，還用得著自己親自跑一趟？

站在秦征身後的白起同樣尷尬地咳嗽一聲，他也覺得主子的這個理由太拙劣了些。

「那還請這位大人裡面請。」唐仲只能硬著頭皮道。既然是官，總不能得罪了，而且這年輕男子看樣子來頭不小。

陳悠緊緊盯著秦征的背影，這個時候，她實在想不出這個男人葫蘆裡賣的什麼藥。以她多年的行醫經驗來看，這人分明患的就是普通風寒，頂多拖了幾日，病得嚴重了些，伴著高燒發熱、鼻塞等併發症，這種小病，隨便哪個大夫都能治，用得著大冷天跑到保定堂來敲門？

剛到內室，唐仲請秦征坐下，夥計急匆匆進來在唐仲耳邊耳語了兩句，唐仲面有難色地看了看秦征，又看了眼陳悠，只能無奈地嘆口氣，小聲對夥計交代道：「先把人帶到後頭診室，我馬上過去！」

夥計應了一聲，趕忙跑出去了。陳悠不解地看了唐仲一眼。

唐仲起身朝秦征深深地一揖。「這位大人，唐某實在是對不住，有個急診，要立時過去，我這徒兒醫術不比我差，讓她為您瞧瞧如何？稍後我便過來驗方，可使得？」

秦征好似猶豫了一下，而後又帶著些不信任地看了陳悠一眼，才應了一聲。「那唐大夫可要快些，我來保定堂可就是衝著唐大夫的名聲來的。」

「多謝大人體諒。」唐仲猛然鬆了口氣。

陳悠瞪大眼睛，不敢相信地看了唐仲一眼。

她朝唐仲張了張口，唐仲卻歉意地先她一步開口，低聲道：「阿悠，隔壁鋪子老鍾頭的病犯了！我得立馬過去，這裡便交給妳！官家的人最是不好惹，妳要小心應對，可知？」

「唐仲叔，那由我去吧！這裡……」

大冬天的，唐仲額頭上都有細細密密的冷汗，他聲音又壓低了些。「妳一個小姑娘家的，那病可不適合妳看，聽唐仲叔的話，唐仲叔一定儘快回來！」

陳悠這才恍然，唐仲這是要給男人瞧隱疾……這類病症她一個姑娘確實不適合插手。這隔壁的老鐘頭也是，早不犯病晚不犯病，偏偏這個時候犯病，當真是趕巧了。

「唐仲叔，您快去吧，不用擔心我。」

唐仲「哎」了一聲，拍了拍陳悠的肩膀，匆匆出了房間。

現在房中只剩下秦征、白起與陳悠。陳悠有些緊張，畢竟還從未這樣與陌生男子在同一間屋內。

她正不知道如何開口，秦征的聲音已經飄進她的耳朵裡。「聽說陳大姑娘醫術青出於藍，不知秦某今日可有機會見識一番。」

陳悠忽地一怔，猛然抬眼看向主位上坐著的這個男子，現在，陳悠心中只有一個念頭徘徊：這個人竟然姓秦！會不會就是藥田空間中任務要求的秦姓男子？

一瞬間，陳悠變得緊張不已，她吞嚥了口口水，緊緊捏了捏自己手心。可這樣突然的情緒變化，怎麼可能瞞得過秦征的眼睛。

「怎麼，陳大姑娘是不願意給我治病？」秦征因為風寒而微啞的嗓音開始變得冰寒。

陳悠慢慢讓自己冷靜下來，直到覺得自己的情緒在控制之中了，才抬起頭，勉力笑著道：「能給秦大人看診，是民女的福氣，怎會不願意？」

陳悠起身走到秦征的身邊，朝秦征微微屈膝。「那民女就得罪了。」

陳悠坐到一旁，用絲絹搭在秦征的手腕上，仔細號起脈來。

秦征此時離陳悠很近，身旁精緻鵝黃色衣衫的少女，身上有股若有似無的淡淡藥香味，並不像平日裡接觸的那種嗆人草藥兒，而是清新淡雅的藥香，清淡又宜人。

秦征瞥眼認真打量陳悠一眼，少女號脈的表情認真不已，微微閉著的眼眸，從窗戶透進來的雪光映照在她細白的臉上，彷彿臉上的那層茸毛都能看得清晰。

秦征牽了牽嘴角，不得不承認，百味館陳家大姑娘長得確實不錯。

陳悠被秦征這樣肆無忌憚地打量怎會沒有感覺，她手中一個沒忍住，捏著脈搏的地方手勁就大了些。

「陳大姑娘，妳就是這般對待病患的？」秦征冷冷道。

陳悠一驚，連忙放鬆手上的力度，耐著性子道：「請秦大人恕罪，是民女不小心。」

實際上，陳悠心中正激烈地鬥爭著，那時，她與李阿婆第一次去林遠縣賣藥材，險些命喪馬蹄下，後背還受了一鞭子，至今她的後背上還留有一條很淡的鞭痕，這鞭痕無時無刻不提醒著她，與眼前這個男子的恩怨。現在，又發現眼前的男子很有可能就是藥田空間任務中提到的秦姓男子，陳悠心中更不是滋味。

這種被逼迫著和自己討厭的人來往的感覺，一點也不快活。深吸口氣，陳悠才勉強壓住自己的怒火。

「秦大人不用擔心，您只是患了風寒，我給大人開個方子，幾日下來就能有明顯好轉。」陳悠儘量低眉恭順道。

「陳大姑娘心中一定是在罵我吧！」秦征話音一落，陳悠就擰眉轉頭看向他，神情之中帶著隱忍。

秦征微微一怔，眸光一黯。「陳大姑娘，我一直不明白，我來華州城才一個多月，竟不知什麼地方得罪過陳大姑娘，秦某可一直不是個喜歡與人結怨的人。」

陳悠這時當真想冷笑兩聲，可是這時候將自己的真實想法擺露於人前不是明智之舉，尤其還不知道這個姓秦的目的是什麼。

「是秦大人想多了，民女從未與大人結過怨，談何得罪。」

秦征的眸光落在垂著頭的陳悠臉上，即便陳悠掩飾得再好，秦征也瞧見掩蓋在長長睫毛下一雙不甘的水眸。

他嘴角勾了勾。「既然如此，陳大姑娘為何這般緊張？秦某又不會吃人。」

陳悠捏了捏寬袖下的手指，她真不敢保證自己下一刻是不是會大罵出聲。

「民女自幼未見過什麼世面，見到秦大人當然會緊張。」

秦征呵呵一笑。「莫要緊張，我一直是個很好相處的人。」站在一旁的白起聽了都汗顏，世子爺若算是好相處的人，天底下就沒有難相處的了。

白起在心中偷偷吐槽，秦征卻好似感受到一般，朝白起的方向瞥了一眼，白起立即正經站好，像是一隻受驚的兔子。

陳悠抿了抿嘴，忍下心中憤恨。「既然這樣，我便給秦大人開方子了，一會兒叫夥計給您抓藥，您就能回去了，這天寒地凍的，在家中歇著，利於養病。」

陳悠這是委婉送客的意思了，秦征卻好似聽不懂一樣。「我等唐大夫回來，他方才不是說了，他要回來驗方的。」

陳悠一口血憋悶在胸口，當真想吐這個男人一頭一臉。

秦征端起茶盞飲了一口，剛放下茶盞就猛地一陣咳嗽，等到止住咳嗽，秦征斂起雙目，才收起玩笑的語氣。

「陳大姑娘想必也關心令尊的百味館吧！據我所知，這保定堂的藥源可一直與百味館是一家的。」

聽到他這麼說，陳悠忽然抬頭盯著他。「秦大人您這話是什麼意思？」

見陳悠的興趣被勾起，秦征淡然一笑，本就俊美不凡的容顏，因為這突然出現的淡淡笑意，讓他整個人猶如春日和煦的春風。「我聽說陳老闆這些日子一直在查這件事，如何？可有眉目了？」

陳悠什麼也沒說，只是緊緊盯著秦征。

「看來，是沒有什麼進展。」

「您……」陳悠艱澀地開口，如果可以選擇，她是一點也不想與眼前這個男人說話。

秦征並沒有問陳悠後面要說什麼，而是緊接著道：「難道陳大姑娘不想知道這一切是誰做的嗎？不想將這批藥材拿回來？」

陳悠緊緊攥了攥手指，抿了抿唇，眼神慢慢變得堅定起來，有些時候，不得不屈於現實，她必須作出選擇，分清輕重。

「想！」

「秦某便知道陳大姑娘是個痛快又分得清的人，我們來做筆交易如何？」

陳悠臉色嚴肅地看著秦征，這一刻，就好像是在和惡魔交易一般，她有些猶豫不決，就如眼前是萬丈深淵，可是希望卻在萬丈深淵的谷底，由不得你不跳。

「陳大姑娘，妳可要想清楚，我如今給妳提個醒，現在憑你們的勢力是如何都查不出這個人的。」

陳悠一咬牙。「什麼交易？」

秦征瞧她鬆了口，渾身也開始放鬆下來。「這件事對陳大姑娘來說絕對不是什麼難事，秦某也不為難陳大姑娘，只要陳大姑娘盡力便可。」

陳悠突然看不明白眼前的人，他做的這些只是為了和她換個交易？

「您先說說，我不想答應別人辦不到的事情。」

秦征端起旁邊的一壺茶水，破天荒的竟然替陳悠添滿茶盞。「我要妳幫我救治一個人，不求定能治好，只求盡力！如果妳答應下來，我便讓人將藥材還給百味館，並且告知你們其中的原委。」

陳悠眼瞳一縮。「您憑什麼認為我能救您想救的那個人，天底下這麼多的大夫，比我醫術高超的數不勝數！」

秦征又一次笑起來，只是笑聲中伴著咳嗽，著實多了些狼狽。

「在賈大夫醫館中，給錢夫人治病的是妳吧？」

陳悠手一顫，不敢置信地看著秦征。「您是怎麼知道的？」

「哈，果然是妳，看來我沒猜錯。」此時的秦征笑顏浸染了整張俊容，連他自己都沒發現，他已經許久都沒有這樣真心地笑過了。

什麼？竟然是詐她的！

陳悠一雙杏目睜大看著他，小牙咬得咯吱作響，顯然被氣得不輕。那次手術，賈天靜與她都瞞得很嚴實，錢夫人的病症是在醫館後院看的，後院本來就管得嚴，陌生人一概不准進來。錢夫人和翠竹都被特意知會過，可眼前的人竟然憑空就猜到，不得不讓陳悠提起防備！

「妳也不要多想了，那日我並未看見妳是如何替錢夫人治病的，我只是偶然在醫館後院見到血衣和托盤中的血肉，但我不能肯定這一切都是妳做的，直到方才妳親口承認。」

陳悠氣憤地哼了一聲。「您便這麼肯定我的醫術與旁人的不同？」

秦征微微搖頭。「我不能肯定，但是有希望總比沒有希望好……」

此時，秦征的話竟然透出一股濃濃的悲意來。

陳悠挑眉，這樣囂張又高冷的男人也有不為人知脆弱的一面？可是想到自己外科手術技能喪失，陳悠也著實心中沒底。「我不能保證，我只能說盡力！您還是先不要抱太大希望。」

在大是大非面前，尤其是還關乎到百味館與保定堂的未來，陳悠決定先放下她與眼前這個男子的恩怨，與他達成協定。

「沒事，我早已失望太多次了，妳要的東西，我明日便派人送給妳。還有，提醒你們一句，這其中的事情你們還是不要插手的好，知道原委便成。近日，惠民藥局就會開張，勸你們一句，避其鋒芒！」

陳悠沒想到眼前男子的態度轉變得這樣快，忽地腦中念頭一閃，陳悠驚詫道：「您難道就是上頭來的藥政？」

「算是還有些小聰明，只是不要聰明反被聰明誤。」秦征淡淡說道，將桌上陳悠開的方子遞給身後的白起。「去將藥抓來，我們便回去。」

白起應了一聲，接過方子就出了房間尋夥計抓藥。

唐仲這個時候也恰好匆匆忙忙地趕回來。陳悠見唐仲滿頭滿臉的虛汗，快步過去扶著他。

「大人，恕唐某來遲了！這方子……」

「唐大夫歇著吧，令徒已經給我開了方子，既是唐大夫名下的，我又怎會不信任。」

話畢，白起已經拎了幾個藥包回來。

秦征起身告辭，唐仲與陳悠一直將他送到藥鋪門口，瞧秦征上了馬車，在護衛的保護下，馬車漸漸消失在街道盡頭，淹沒在風雪中。

看不見馬車的車影，陳悠還有些呆呆地站在門口，唐仲皺眉看了她一眼。「阿悠，快些進來，唐仲叔有話問妳。」

陳悠回過神，應了一聲，跟著唐仲進了藥鋪。

兩人來到方才秦征待的房間，唐仲將門掩上，回到桌邊坐下。

「阿悠，那位大人將我支開，可有威脅妳？」唐仲憂急道。

當時他沒想太多，直到出了房間，去診室的路上，唐仲才回過神來。老鍾雖然有男人的隱疾，可是前些日子他給老鍾看過，吃了他配的方子後，已經好了許多，怎麼恰好會在這個時候犯病？除非是有人故意要將他支開。

等唐仲見到隔壁鋪子老鍾後，心中已經完全肯定這個猜測，老鍾雖是一副痛苦的樣子，可真實情況不如表面看來的這麼糟糕。

唐仲想要脫身，卻被老鍾纏住了，加上一旁又有老鍾的家屬，他又怎能當著親屬的面拆穿老鍾，等到他終於擺脫，回到房間後，見秦征的表情，怕是該說的事情都說了。

唐仲當真是後悔莫及，若是秦征用什麼事威脅陳悠，可怎麼辦？陳悠雖然自小聰慧機靈，可畢竟是個十幾歲的姑娘家，哪能叫人放心！

陳悠知道唐仲擔心她，對唐仲笑了笑。「唐仲叔，我沒事。」

唐仲瞧著陳悠的眼睛，忽然長嘆了口氣。「是唐仲叔沒用！」

「唐仲叔，您別這麼說，我真的沒事。」

「哎……阿悠，既然妳不想說，唐仲叔也不逼妳，只是定要記住防人之心不可無啊！」唐仲語重心長地說。

陳悠的一些事，唐仲從來不會問為什麼，自她年幼時起，便是這樣，他信任陳悠，同時也會盡自己最大的能力來保護她。

「知曉了，唐仲叔，謝謝您。」

不是每個人都能像唐仲這樣信賴並且護著她的，陳悠此時心中既感激又內疚。

第三十八章

秦征剛回到會賓酒樓，白起下馬給馬車撩起車簾，秦征從馬車上跳下來，先一步進了酒樓。

白起看了眼世子爺，想到前幾日世子爺穿著單薄站在窗前的模樣，莫非是故意讓自己染上風寒，好有藉口去尋陳家大姑娘？而後又讓他安排保定堂隔壁的老鐘頭裝病將唐大夫給支開？看來，他們世子爺為了見陳家大姑娘一面，做成那筆交易也是滿拚的。

秦征突然轉過頭看向身後的白起，眼眸微微瞇了起來。白起渾身一個哆嗦，急忙討好地朝秦征笑了笑。

「別笑了，越笑越假，我知道你心裡想著什麼，今夜你就不要回來了，去將我前日安排給你的事情做完，若是做不完，便不要來見我。」

白起頓時就笑不出來了，委屈地應了一聲，從旁邊手下那裡接過披風披上，牽馬帶著人又奔回寒風中。

白起心中叫苦連天。真是太悲催了，他們主子怎地這麼記仇，他只不過是腦補了些而已，就要被派出去做這樣的苦活。

「一會兒讓秦東來我的書房。」秦征吩咐道。

身後的護衛應了一聲，秦征快速去三樓。有護衛送來熱茶和暖爐，秦東便跟著後頭進來了。

「世子爺！」

「嗯，將這個親自交到保定堂陳家大姑娘的手中，然後讓阿北通知各地界的惠民藥局，準備開張。另外，李霏煙那邊若有消息，快些派人告訴我。」

「屬下知道了。」秦東從秦征手中接過一個鼓鼓的信封，揣進懷中，退出去辦事。

很快，護衛便將湯藥端著送進來，秦征從袖口中拿出一張薄薄的宣紙，上頭的蠅頭小楷清雋中自有一番風骨，整齊地排列在宣紙上，只有短短的四行。

秦征瞧著瞧著便笑起來，自言自語道：「沒想到，這丫頭的字還不錯。」

可瞧的時間久了，秦征就覺得有一股奇怪的感覺，好似這樣的字跡他在哪裡見過一般。沈默著想了片刻，也沒回憶起在哪裡見過，秦征只好作罷。

瞥眼見桌旁放著還冒著熱氣的湯藥，秦征皺了皺眉頭，上一世，他後來受了重傷，父母為了醫治好他，給他請了許多名醫，他什麼樣的藥都試過，可最終還是敵不過病痛的折磨，帶著悔恨離開人世，所以這一世他最討厭這些湯藥。

盯著藥碗中的藥汁，秦征皺眉問道：「端下去，我不想喝。」

護衛為難地皺著濃眉，支支吾吾道：「世子爺，您這幾日咳嗽越發嚴重了，還是喝些吧，就算是鐵打的身子，患了病也不能不吃藥啊！況且，白起臨走的時候特意交代屬下，要將那些藥包煎了給世子爺端來的，說這藥方是在保定堂配的，有用得很！」

秦征盯著熱氣氤氳的藥碗，伸手拿湯勺攪了攪，平日裡極度抗拒湯藥的秦征，竟然像是著魔一般，端起碗鬼使神差地喝了一大口。等到藥汁灌進口中，秦征的劍眉才變得扭曲，整張俊臉也糾結起來，嚥下湯藥後，秦征端起旁邊的茶盞，也顧不得還有些燙口，猛地灌了一大口。

旁邊護衛吃驚地看著眼前世子爺狼狽的樣子，只覺得背脊涼颼颼的。不對啊！白起提回來的藥包都是專人驗過的，藥包沒有任何問題，也千真萬確是治風寒的方子，怎麼世子爺是這樣的反應？

秦征臉色難看極了，這碗湯藥是他喝過的最難喝、最苦的湯藥。

好個陳悠，他是記住她了。

秦征用袖口抹了抹溢出唇角的藥汁，重新拿起那張藥方，才發現四行字的藥方首字連起來是「良藥苦口」四個字，看來，這個小妮子在無形之中算計了他一把。

秦征的臉黑得與鍋底一般無二。他伸手就要將那張藥方揉成一團、撕成碎片，可轉念一想，又將藥方摺疊好，放入袖口中。

「端下去，換一碗別的湯藥來。」

護衛低頭飛快地將藥碗端走，頭也不敢抬一下，生怕世子爺將他留住，教訓一頓。

午後，陳悠幫唐仲規整藥房剩下的藥材，直到傍晚才告一段落，剩下的明日再忙上半日，就差不多了。

陳悠留在保定堂休息，等著明日把藥材封存好再回永定巷。當她躺在床上時，想著若是秦征喝湯藥，發現她那藥方上的藏頭字，臉色定然要氣得鐵青，心中就產生了些報復後的快感。雖然不能當面反駁他，可是讓秦征暗中吃癟，也能讓自己出口惡氣。

這般想著，陳悠就慢慢進入夢鄉，一夜好眠。

翌日上午，李阿婆、後院幫忙的大娘、阿水、藥鋪夥計都來幫忙，保定堂的藥材很快就規整完畢。

唐仲不放心陳悠，便送她回永定巷。

到了永定巷，恰好看見秦長瑞要出門，陳悠連忙拉住秦長瑞。「爹，您先別出去，一會兒我有事與您說。」

陳悠很少這樣鄭重，秦長瑞看了她一眼，點點頭，將唐仲迎進來，又私下去交代薛掌櫃一聲，讓他派人拿著信封送出去。

唐仲未在百味館久待，只坐了片刻，就回去了。

陳悠與秦長瑞去書房，將秦東交給她的那封信轉交給秦長瑞。

「爹，您先看看這個。」

秦長瑞接過信封，將裡面厚厚一疊紙張取出來。

片刻後，秦長瑞的臉上風雲變色，他憂心地盯著陳悠。「阿悠，這些東西是哪裡來的？」

陳悠才將昨日在保定堂發生的事情告知秦長瑞。

秦長瑞瞪著陳悠。「阿悠，這件事妳怎麼不與我和妳娘商量一番，就擅自作了決定？妳可知這其中的危險！」

陳悠早知將這件事告訴秦長瑞定然會引來一場怒火，因此這時候整個人顯得格外平靜。

秦長瑞見閨女不說話，更是氣到不行，他重重地喘了幾口氣，而後壓抑下怒火，儘量讓自己冷靜下來。

瞥了眼陳悠，秦長瑞眼眸中閃過一絲愧色，良久後，背對著陳悠的身軀才轉過來，走到陳悠面前，伸手撫了撫陳悠的額髮。「是爹不對，爹不應該對阿悠發火。阿悠先回房好好休息。」

陳悠抬頭看了秦長瑞一眼，他眼眶深陷，只幾日就瘦了一圈，眼瞼下也有深深的陰影，顯然這幾日沒休息好。

點點頭，陳悠轉身出了房間，將門帶上。

陳悠一出房門後，秦長瑞就癱坐在椅子上，仰頭看著屋頂的羊角燈，忽然一股無力感襲來。方才陳悠將一切說給他聽後，他先是發怒，後是擔憂，最後是一股深深的愧疚感和無力感。

即便重活一世，秦長瑞發現自己仍然這麼失敗，從來沒有一刻，他覺得自己是這麼沒用，沒有足夠的能力保護愛女，還要愛女為了他們犧牲。他一直是個自尊心極強的人，這次陳悠受到威脅，先不管威脅陳悠的人是誰，這其中都有他的過失。他如果足夠強大到保護家人，陳悠就不用犧牲自己給百味館換來生機。

秦長瑞捏著椅背的手指節發白，一股動力催促他快些強大起來，這樣才有足夠的能力去保護想要保護的人，才能避免上一世的悲劇。而且，聽陳悠的訴說，秦長瑞愈加肯定秦征已經不是他們前世的愛子，如果是真的秦征，他絕對不會這樣做！

當陳悠回到房間，就看到阿梅和阿杏已在她的房中等著了。

「大姊，妳終於回來了！」阿梅和阿杏迎過來。

陳悠坐到桌邊，摸了摸兩人的頭。「怎麼到大姊房裡來了？」

阿梅從旁邊提了個小包袱出來。「阿磊哥哥託人從林遠縣帶來的，這是給大姊的。」

阿梅從包袱裡拿出一本書冊。陳悠翻開，頓時肩膀就垮下來。

這是趙燁磊的手抄詩集，記錄的是當初林遠縣百味館開張至今，由食客留下的藥膳詩詞。

「阿磊哥哥叫人捎話來了，讓大姊不要忘記練字，阿磊哥哥說他回家要檢查。」阿梅揶揄道。

陳悠撫額，其實她這手正統小楷大半都算得上是趙燁磊逼出來的，所以字跡有些酷似趙燁磊。

接過那本詩集，陳悠放到案頭，與阿梅、阿杏說了一會兒話後，陳悠將兩姊妹送回房間。

第二日，陶氏與陳悠出門置辦年貨，竟然在華州城的東門巷碰到趙大夫。

趙大夫回頭也恰好看到她們，陳悠冷哼了一聲。

由於阿魚、阿力都跟著一起來的，趙大夫自然不敢造次，只憤恨地死死瞪了她們母女一眼，連正在看的東西也不要了，就拔腿離開東門巷。

陳悠瞧趙大夫身影消失的方向，反而若有所思起來。昨日，秦大人既然能作主將藥材還給他們家，為何趙大夫又用藥材來要脅？趙大夫雖然嫉妒眼紅百味館和保定堂，可是如果沒有一點兒貨真價實的籌碼，他又怎麼敢理直氣壯，獅子大開口要百味館五成的分紅？

憑藉趙大夫自己一人是絕對沒有這個勢力的，那麼他背後的人到底是誰？

趙大夫心中憋著怒氣，坐著馬車，很快就到了袁府後門，他跳下車將一封信遞給守門的小廝。守門小廝一瞧見信封上的紋路，臉色也變得恭敬起來，讓趙大夫稍等片刻，就飛跑進府中送信了。

那小廝的速度很快，不到半刻鐘便回來請趙大夫進去。

趙大夫跟著小廝穿過一個小花園，進了一座精巧的院子。院中有一叢修竹，小半掩沒在白雪中，可是竹葉卻依然翠碧，與雪白的積雪形成鮮明對比，越發讓人感覺到眼前景色奪目。

院子不大，卻五臟俱全，小廝讓趙大夫在院中稍等片刻，他去尋了一個丫鬟，在那丫鬟耳邊耳語了兩句，小丫鬟飛快進了小廳中。

不一會兒，青碧帶著那個小丫鬟就出來了。

趙大夫瞧見青碧，臉上一喜。

青碧走到趙大夫身邊，面色冰冷地看了他一眼，而後道：「跟我去偏廂說。」

趙大夫對於青碧的冷淡好像習以為常，他點頭哈腰地跟在青碧身後去了西廂。一進西廂，丫鬟上了茶後，青碧便將人都給支了出去。

屋內只剩下趙大夫與青碧二人。

「我的大姪女呀，這回妳可得給妳五叔作主！」

原來，趙大夫與青碧沾著親，青碧家這一脈後來落魄，他爹娘逼不得已賣身為奴，成了金誠伯府的家生子。當時他們家道中落，一家人都淪落街頭乞討，青碧的大哥千里迢迢去了封信給林遠縣的趙大夫這一脈，卻幾年都沒有回音，一家才不得不簽了賣身死契，討口飯吃。

青碧心中對這個同族的小叔是恨之入骨，可不知李霏煙是從哪裡得知他們沾親帶故，居然派人將趙大夫給尋來，替她辦事，青碧便理所當然成為中間人。

青碧想到當年這位族叔的狠心，恨不能將他攆出去才好，若是當年他有一分同情心，他們一家又怎會淪為奴僕，低人一等！

「五叔，你今日來有何事？」青碧冷冷問道。

趙大夫卻不被她這樣的神色影響，他往青碧身邊湊了湊。「有件事我要親自告訴三小姐，妳替五叔通傳一下。」

青碧往後退了兩步，鄙夷地看著趙大夫。「什麼事？與我說是一樣的。」

「青碧，妳怎麼長大了一點規矩也不懂，這些事情怎麼輪到妳插手！」趙大夫指責地說。

「五叔，你若是不說，我便走了。」青碧咬牙憤憤道。

她知道這個同族的五叔根本就看不起他們家，大魏朝僕役的身分是最低下的，如果不是三小姐，怕是他連正眼都不會看她一眼。由於她現在是三小姐的貼身一等丫鬟，就算五叔再瞧不起他們，也不得不看著她兩分臉色。

這樣一想，青碧才覺得自己心中痛快了些。

趙大夫在心中咒罵兩聲，臉上卻陪笑道：「其實也不是什麼重要的事情，說與姪女妳聽也沒什麼不可的。」

於是，趙大夫將秦長瑞拿回藥材這件事告訴了青碧，青碧一聽，臉色頓時不大好。「你在這裡等著，我去問問三小姐。」

趙大夫嘻嘻笑了兩聲，朝青碧匆匆出去的身影喊道：「姪女快去，我等妳的消息。」

過了一刻多鐘，青碧才回來，趙大夫已經在西廂中喝了兩盞茶，如果青碧再不回來，他喝茶都要喝飽了。

「大姪女，如何，三小姐說什麼了？」

青碧眼神奇怪地看了趙大夫一眼，片刻才開口道：「三小姐讓你給他們些教訓，但是莫要讓人發現是她的人做的，不然，五叔便永遠不要來了。」

趙大夫身子微微一顫，也不敢再一副嬉笑的樣子，而是正經起來。「我一定會替三小姐好好教訓他們。青碧，妳讓三小姐放心。」

得了話，趙大夫心情頗好地離開袁府。

第二日，街頭巷尾都在討論著一件大事，便是拖延許久的惠民藥局開張的消息。慶陽府下所有州縣的惠民藥局統一開張，這樣的場面堪稱盛況。

官家開的藥鋪兼醫館，且有足夠的藥源，藥材定價都折中，大夫也都是各方首屈一指的，並且平等對待每位病人，因此惠民藥局一開張，就獲得一片叫好聲。

因城中多家藥鋪醫館已成癱瘓狀態，所有的病患都湧向惠民藥局，一時間，惠民藥局大門口摩肩接踵。幸而有官差看守，百姓雖多，卻都不敢造次，大家都自覺地排隊來看診。這樣一日下來，就連當街光屁股的小孩都知道了惠民藥局。

因為有早先就扣下各大藥商的存藥為後援，惠民藥局即便是一時大力施藥，也絲毫不用擔心藥源的問題。這剝削了少數人，讓皇家在百姓口中賺了個好臉面，著實是樁不錯的買賣，相信用不了幾個月，等各地的惠民藥局掌握當地的藥價走向，醫藥這項也將會如茶鹽礦酒一樣，被握在統治者手中，成為國庫的進項之一。

陳悠拿著一本醫書靠在暖爐旁邊看著，聽著阿梅、阿杏在身邊說著惠民藥局開張聲勢浩大這件事。

阿梅有些擔心地問道：「大姊，妳說這惠民藥局開張了，以後還有人會去保定堂看病嗎？」

陳悠放下書冊，看向兩人，笑著安慰。「會有的，唐仲叔醫術那麼好，怎麼可能沒人去藥鋪？」

「可是大家吃差不多的藥，但是在惠民藥局花的錢要少得多，保定堂的藥材還能賣出去嗎？」阿梅皺眉道。

惠民藥局的普及對於各大藥鋪都是不小的衝擊，或許藥源不一樣，藥材成色不一樣，但是老百姓又怎會去認真分辨這些好壞？他們圖的是結果，只要知道這藥材能不能治病，能不能將病治好就成，可不會想這麼多。

以後華州城的藥鋪只能以惠民藥局為首，不管是藥價還是旁的，都要跟著惠民藥局的趨勢才有活路。而且往後惠民藥局控制了藥源，各家藥鋪就更難生存了，用不了多久，許多藥鋪都會淪為惠民藥局的分號。

「阿梅、阿杏妳們莫要擔心了，真到了那一步，大姊也有辦法讓保定堂獨樹一幟，不會眼睜睜看著保定堂關門的。」

阿梅、阿杏雙眼一亮。「大姊，妳有什麼法子？快與我們說說！」

陳悠笑著瞥了她們一眼。「天機不可洩漏！」

阿梅、阿杏鼓著嘴巴，朝陳悠不情不願地做了個鬼臉。

三姊妹笑鬧著，一個夥計卻急匆匆跑進來。「大小姐，您快去廚房瞧瞧黃大娘，方才拎著暖爐不小心沒瞧清腳下，院中積雪化了些，又有凍，就滑倒了，也不知是摔到哪兒了，我們都不敢亂搬動。」

陳悠急忙起身交代阿梅和阿杏。「去大姊房中將藥箱取來，路滑，妳們也小心著些，莫摔傷了！」

阿梅、阿杏應了一聲，快跑著去拿。

陳悠跟隨夥計到了廚房，就見黃大娘躺在臨時鋪在地上的一床被褥上，痛苦地呻吟著。

「你們去打盆熱水來。」陳悠吩咐完後，蹲下輕聲詢問側躺在地上的黃大娘。「大娘，妳覺得哪裡疼？」

黃大娘憋著淚珠子，顫聲道：「大小姐，我這右腿疼得厲害！」

「好，大娘，妳先忍著，我給妳看看。」陳悠安撫道。

這時候，夥計將熱水端過來，阿梅、阿杏也到了廚房，將陳悠的藥箱放在她身邊。

陳悠摸了摸黃大娘的腿，又給她號了脈，眉頭一皺，年紀大了本來就容易骨質疏鬆，黃大娘這一摔，右腿便骨折了，如果接不好，稍有錯位，還會留下後遺症。

知道是哪兒出問題，也不用讓黃大娘躺在地上了。陳悠讓阿水幾人幫忙將黃大娘抬回屋子。

「大姊，黃大娘摔得嚴重嗎？」阿梅擔憂地問道。

陳悠笑著拍拍她的頭。「有大姊在，不怕，只是黃大娘的骨折治療繁瑣了些，並沒有性命之憂。」

說完，陳悠讓人尋來專門的夾板，固定黃大娘的右腿，而後她便去藥房配接骨的藥方，一碗內服、一碗外敷，快速替黃大娘接骨。因為是多處斷裂，這樣的過程要循環三天，這右腿才能徹底接上。

陳悠洗了手，坐在黃大娘的床邊，想到自己去林遠縣恐怕要推遲一日了。

黃大娘這腿部骨折特殊，現在只有她一個大夫清楚黃大娘的情況，這種病患不宜移交給其他大夫，一個不小心，骨頭沒接好，黃大娘以後腳可就跛了。

所以就算唐仲在，陳悠也不會不負責地將黃大娘直接轉託給唐仲治療。

黃大娘喝了湯藥睡下後，陳悠也出了房間，將房門給帶上，回了小花廳。

阿梅在小花廳裡練字、阿杏在做針線。

陳悠站在花廳門口，瞧見兩個長得一模一樣的小姑娘乖巧地做各自的事情，心中就綿軟一片。兩個小包子自小就格外懂事，從來沒讓她煩過心。大些了，更是像小大人一樣。

陳悠走到妹妹們身邊，看著阿杏繡了一半的絹帕，上面的蘭草只差幾朵花便完成了。她開玩笑道：「阿杏繡這麼好看的帕子要送給誰？」

阿杏靦覥一笑，小臉紅了紅，一邊阿梅以胳膊肘拐了拐阿杏，笑嘻嘻地看了眼大姊，嘲笑道：「阿杏，替大姊繡的，妳臉紅啥？」

阿杏的聲音如蚊蚋。「我怕我繡得不好……」

陳悠頓時覺得自己心口暖暖的。「只要是阿杏繡的，大姊都喜歡。」

她不喜歡做針線活，雖然陶氏逼著學了些，但也只限於能縫縫補補，裁布料、做衣裳或是繡花，還是算了吧！

所以，這幾年身上穿的用的，不是陶氏和李阿婆親手做的，就是在成衣鋪子裡訂做的，就連身上用的帕子、荷包之類的小東西也都是出自阿梅和阿杏之手。這麼一想，陳悠還當真是有些愧疚。

「繡一會兒便歇下，小心熬壞了眼睛，等午後大姊便帶妳們去暖房看藥材。」

在現代，許多藥材可以水培，為了親自測試水培法在大魏朝能不能實現，陳悠特意請教許多花匠師傅，才搭成一間培育藥材的暖房。

自從知曉藥田空間的坑爹後，陳悠也不再事事依賴藥田空間，只將它當作是個助力，這水培法若成功，可是能造福大魏朝的整個醫藥行業。

今日一早，秦長瑞與陶氏便去拜訪華州城內一個生意上的朋友，怕是不到傍晚回不來了，陳懷敏還在上學，這家中便只剩下她帶著阿梅、阿杏。

看過暖房，吃過飯後，陳悠去瞧了一趟黃大娘，剛一回廳堂，百味館前院的夥計就來稟告，說陶氏在成衣鋪子和金玉鋪子訂製的東西做好了，掌櫃的帶信讓人上門去取。

陳悠聽陶氏說過那家金玉鋪，老闆急著帶一家人回老家過年，今年恰好雨雪不停，路又不好走，更要提前幾日出發，所以沒有時間一一親自送上門，只能煩勞買家去鋪子裡取貨。整個華州城數他們家的金玉鋪子做工精緻，款式好看，價格也公道，所以許多顧客寧願費些事，跑上一趟也不願意換別家做。

陶氏在他們家鋪子訂做的銀頭面是要帶回林遠縣送人的，若是耽擱了沒取到，就要等到明年鋪子重新開張才能拿到。

陳悠有些為難，她這邊走不開，再過一個多時辰，她還得給黃大娘接一次骨。

阿梅瞧見大姊兩難，一雙黑亮的眼眨了眨，湊到陳悠的身邊。「大姊，妳將金玉鋪子的單子給我，我與阿杏去取吧！左右就在玉榮路那邊，離永定巷也不遠。老闆娘認得我們，定會將東西給我們。」

陳悠低頭看了眼阿梅，小姑娘眼睛晶亮地看著她，好似能幫她分憂很開心，但她不放心她們兩個小姑娘出門。「不行，臨著年節，街上都是人，妳們兩個小姑娘出什麼意外可怎麼辦？」

「大姊，沒事的，我們坐馬車過去，讓阿水哥帶幾個人陪著，哪裡會出事，而且，我們只在金玉鋪子停下，取了東西就走，絕對不去旁的鋪子逗留。」阿梅央求道。

實際上這小妮子是有些私心，陳悠對兩人寵愛和維護，她們都瞧在眼裡，沒多久就要過年了，阿杏繡了絹帕送給大姊，她卻不知送什麼好。

前些日子，陶氏帶她們去金玉鋪子，她就相中一雙玉吊墜，雖然成色一般，價格也便宜，但是刻成兩隻可愛的兔子形狀，活靈活現，恰好與陳悠生肖相符，她便暗中攢了錢，想將這雙玉吊墜給買下來，只是一直找不著機會，今日豈不正好？

陳悠並沒瞧出阿梅的小心思，而阿杏與阿梅是雙胞姊妹，多少有些心意相通，她瞧見阿梅求著陳悠要去金玉鋪子，隱隱感覺到阿梅是有什麼事情，便小心地上前一步，抬起一雙濕漉漉如小鹿般的眼瞅著陳悠。

阿杏內向，平時只是埋頭做事，就算高興了，也只是抿嘴輕笑，很少向陳悠提過什麼要求。此時這般無聲地哀求，陳悠幾乎是瞬間就心軟下來。

「好了、好了，大姊讓妳們去，只是一定要注意安全，不要離開阿水哥的身邊，去金玉鋪子裡拿了東西就回來，路上不要耽擱，可知？大姊等妳們回來一起吃晚飯。」陳悠蹲下身在兩姊妹面前認真嚴肅地道。

阿梅、阿杏急忙點頭保證，兩姊妹快跑著回房換衣裳。陳悠又叫來阿水，叮囑他注意著些，多帶幾個夥計。

親自將阿梅、阿杏送到百味館門口，又看著她們上了馬車，瞧著馬車消失在巷口的拐彎處，陳悠眼皮跳了跳，心裡總覺得不踏實。

自我安慰了一番後，陳悠才回到百味館中。等替黃大娘接完骨，陳悠從房中出來已將近過一個時辰了，問了前院的夥計阿梅、阿杏有沒有回來，夥計卻搖頭說到現在都沒消息。

陳悠只好心思雜亂地回到後院，度日如年一般，陳悠拿著本醫書，坐在桌前，一刻鐘連一頁都沒翻過去。她不時地朝外面張望著，最後坐都坐不住，拿著醫書去前堂等著。

直到又過了大半個時辰，仍然沒有阿梅、阿杏的消息，陳悠的心忽地往下一沈，臉色瞬間變得煞白。按理說，就算天氣不好，街道上人多，從玉榮路到永定巷距離，一個半時辰來回也綽綽有餘了，可是阿梅、阿杏到現在都沒傳來音訊……

陳悠心中暗叫不好，忙尋薛掌櫃商量。

薛掌櫃也覺得不對勁。「大小姐，您先別急，或許兩位小姐有什麼事情在路上耽擱了，阿水帶了兩人去，那兩個小夥子功夫都不差，不會這般輕易就被暗算的，妳在這裡等著，我現在就叫人去尋！」

可是陳悠就是不放心。「薛叔，還是你留在這裡，我與阿魚哥去玉榮路找。」

薛掌櫃本想阻攔，可瞧見陳悠面色堅定，不容置疑，也瞭解她是極度擔心兩個妹妹，只好應了下來。「行，我多叫幾個人跟著，這便派人去通知東家。」

陳悠和阿魚去後院駕了馬車，匆匆忙忙朝玉榮路的方向趕。阿魚身邊帶了四個人，薛掌櫃也怕阿梅、阿杏真的出事，又讓百味館裡的兩個夥計跟著，到時若尋不到，人多也好找些。另外，派人去尋秦長瑞與陶氏回來。

陳悠坐在馬車中，沿著去玉榮路的必經之路，一路尋過去，臉色越來越白。

這一路上根本就沒有阿梅、阿杏的影子。

阿魚下了馬車問過路人，也都說沒瞧見一對雙胞姊妹。

陳悠直尋到玉榮路的那家金玉鋪子，都沒有阿梅、阿杏幾人的消息，況且這大街上人潮洶湧，想要打聽人哪裡容易了。

金玉鋪子裡的人很多，大多都是來取訂做的首飾。

鋪子的老闆娘認識陳悠，這幾年陳悠時常陪陶氏來訂做些銀玉器，因此陳悠慌慌張張地進了鋪子，老闆娘就瞧見她了。

老闆娘笑著迎過來。「陳大姑娘，妳可是來取那幾套頭面的？昨日我們鋪子才做好，時間是緊了些，不過那些飾物可都是我們鋪子裡的師傅用了心的。」

陳悠一聽這話，臉上頓時血色全無。「老闆娘，妳說什麼？難道阿梅、阿杏沒來妳的鋪子嗎？」

老闆娘也察覺出陳悠臉色的變化，奇怪道：「我今日早間就在鋪子裡了，一直沒瞧見令妹，我還想著妳母親會什麼時候來取頭面呢！」

陳悠這時簡直肝膽俱裂，阿梅、阿杏竟然沒來金玉鋪子?!

阿水帶著兩人跟在她們身邊，若是正常情況，定不會允許兩個小姑娘亂跑的，而且她還特意叮囑阿水，阿水平時做事穩重，絕對不會胡來。

那阿梅、阿杏會在哪裡？

大冬天的，陳悠急到一頭虛汗，又再三與金玉鋪子的老闆娘確認阿梅、阿杏沒有來過，才轉身離開。

「阿魚，你分派人去附近找找，再叫一人回去將消息告訴薛掌櫃，一定要快！」

陳悠緊緊捏著手中的絹帕，這塊紫羅蘭色的絹帕是阿杏繡的，她現在卻連阿杏在哪裡都不知道。她坐在馬車中，閉了閉眼，用力地咬著唇，原本淡淡的唇色被咬得嫣紅，可是她毫無感覺，心中都是兩個妹妹的安危。

她現在千萬不能自亂陣腳，阿梅、阿杏失蹤還等著她去解救，她一定要冷靜下來，想出法子才行。

手中的絹帕用力擦了擦沾濕的睫毛，陳悠努力回想著到底有哪些人會有動機對阿梅、阿杏不利。想了一圈，陳悠就只確定了兩人，第一個便是前幾日來百味館威脅他們的趙大夫，另外一個便是秦征信中提到的那個人。

阿梅、阿杏是她自小帶大的，她們是這具身體原主唯一的掛念，而且這麼幾年下來，陳悠早將她們當親妹妹看待，若是阿梅、阿杏這回真的出了什麼事，她就算是耗盡心力也絕對不會放過這個人！

片刻後，阿魚很快就回來了。陳悠出口的聲音都在顫抖。「阿魚哥，怎樣了，可有消息？」

阿魚面帶歉意地搖搖頭。「我讓兄弟們都分開去尋了，一尋到線索就立馬通知我們。」

陳悠微微站起的身子又無力地坐下去，時間一分一秒過去，這也意味著阿梅、阿杏多一分危險。

不能再這麼乾等著，若是抓阿梅、阿杏的歹徒喪心病狂，陳悠覺得這輩子她都會活在內疚之中。當時，她就不應該同意讓阿梅、阿杏去金玉鋪子拿首飾！可是，這個時候內疚又能有什麼用？當務之急先找到阿梅、阿杏，確定她們的安全。

陳悠低垂的頭突然一抬。「阿魚哥，走，我們去會賓酒樓。」

現在去見那個人，或許阿梅、阿杏還有得救的可能。這件事若與那個女子有關，袁知州的官職不夠大，若是求到他那個地方，只會令袁知州左右為難，況且官官相護，她也不能百分百肯定袁知州會站在她這邊，所以現在能幫陳悠的便只有會賓酒樓裡的那個人！

阿魚疑惑，不明白在這個關鍵時刻，大小姐為什麼還要去酒樓。

陳悠這時沒時間與他解釋。「按照我說的去做，快！我們沒時間了！阿魚哥，我比你們誰都擔心阿梅、阿杏，你只須記著這點就可以了。」

阿魚一怔，急忙點頭，索利地上了馬車，甩起馬鞭。「大小姐坐穩了！」

馬車在大街上橫衝直撞，挨罵聲一片，可阿魚顧不得，這是爭分奪秒的時刻。被顛得七葷八素的陳悠只能在車廂中用力扶住車壁，好幾次撞到車壁上，陳悠都顧不得痛，只一心注意著到了哪裡。

阿魚總算以最快的速度趕到會賓酒樓，陳悠掀開簾子就跳下馬車，衝進酒樓中。

掌櫃眼角餘光瞥見一個姑娘急匆匆地朝裡闖，連忙上前攔住她。「這位姑娘，這還不到飯點，咱們會賓酒樓這時候不做生意，若是姑娘想要住店，也要先在我這邊交押金登記才行。」

陳悠這個時候哪裡還有時間與會賓酒樓的掌櫃周旋，她臉色難看地道：「掌櫃大叔，讓我進去，我有十萬火急的事情尋人！」

像陳悠這樣裝作來尋人，其實另有目的的客人，掌櫃見多了去，聞言還以為陳悠是個騙子。「姑娘，不好意思，本店沒有您要找的人，您還是去別處尋吧！」

陳悠怎能就此甘休，現在也顧不得面子，在大堂中就喊起來。「秦大人！秦大人！我有急事尋您！」

掌櫃瞧眼前的少女竟然還喊起來，當即也失了耐心。「姑娘，我還是勸妳走吧，否則別怪我叫人把妳攆出去！」

掌櫃說完，就喊來兩個壯碩的夥計，要將陳悠拉開，阿魚連忙上來擋住，一時間，大堂中吵鬧一片。

幸而這個時候並非飯點，會賓酒樓的人很少，饒是這樣，仍然引來不少人圍觀，顧客們指指點點，都認為陳悠是哪裡來的瘋子。

秦征在會賓酒樓三樓辦公，下頭吵鬧的聲音讓他煩躁地放下手中的公文。「白起，你去瞧瞧下面發生了什麼事？」

白起放下手中茶盞，應了一聲，轉身下樓查看。等到白起站在人群後見到陳悠熟悉的面容後，濃眉擰起，急忙快步上去向秦征彙報。

「陳家大姑娘？怎麼是她？她在這裡做什麼？」

白起奇怪地瞥了自家主子一眼。「世子爺，陳大姑娘貌似是來尋您的。」

秦征從公文中抬起頭，挑了挑眉。「哦？竟是來尋我的？那你將她帶來。」

白起瞧不出秦征要做什麼，但臉上也絕不敢露出一絲異樣來，那日回來，他不過就是想了想，就被世子爺派去做最苦最累的活兒，昨兒早上他才回來呢！

秦征瞧著白起的背影，臉上玩味瞬間消失，想到陳悠那日捉弄他，他眸色就一沈。今日可是她自己落在他手中的，自重生後，還沒有誰敢這樣愚弄他！

陳悠被白起帶到三樓的房間時，阿魚被攔在外面。

陳悠朝阿魚搖搖頭，阿魚才不甘地後退一步，而後向著她道：「大小姐，若是有什麼事，妳便喚我，我就守在這門外。」

陳悠朝阿魚勉強擠出一個笑容，然後堅定地轉身，進了房間。

眼。

房間的門在阿魚的眼前被闔起。外間站著兩個護衛，阿魚便與他們站在一起大眼瞪小眼。

秦征抬頭瞧著被白起帶進來的少女，陳悠現在的模樣可以用狼狽來形容，不知道是發生了什麼事，她的臉色煞白中帶著灰敗，嘴唇上還沾了點血跡，一身衣裙都是皺褶，兩鬢也有些散髮落下來，整個人與他那日在保定堂見到的模樣截然不同。

陳悠緊盯著眼前坐在書桌前伸展長腿、年輕而又高貴的男子，就像他是最後一根救命稻草一樣，此時她再也顧不及幼時的恩怨，抿了抿嘴，似乎要撇去一身的尷尬一樣，果斷又決然地開口道：「秦大人，我需要您幫忙！」

秦征坐在桌前，捧著茶盞悠閒地喝了一口，然後輕輕地笑一聲。「陳大姑娘不覺得自己的面子大了些嗎？」

陳悠臉色一變，想起那日她用藥方暗地裡陰秦征的事，頓時一口苦水堵在喉嚨口，若是早知有一日會求到他這裡，她那日忍忍也就罷了。「那日的事情是我不對，我向秦大人道歉，只要秦大人這次能幫我救出妹妹，只要是我能做到的事情，都答應秦大人！」

若不是擔心阿梅、阿杏，陳悠絕對不會在一個認識不久的人面前許下這樣的諾言！

秦征眉尖一挑。「陳大姑娘覺得自己有資格與我談條件嗎？」

這種時刻，關乎著阿梅、阿杏的性命，陳悠沒耐心與秦征打太極。「那秦大人要怎樣才能幫我救阿梅、阿杏？」

秦征盯著眼前的少女，沒了在保定堂時候的高傲和光鮮，剩下的只是一身狼狽和滿眼真切的擔心。看了這麼多年，他早不像前世時那樣單純，一個人真不真心，仔細看眸光就能看出來。重生後，祖父昏迷，父母意外雙亡，他多少年沒有在別人眼裡瞧見過這種真摯的情感，他身邊的所有人都好像戴著面具生活一樣。

秦征突然覺得他有些被眼前這個少女的真情打動，不管如何，她是真心為了她的妹妹們。

秦征臉上嘲諷的神色慢慢消失，他的語氣也平靜下來。「妳憑什麼認為我能夠救妳的妹妹？」

陳悠一怔，立即反應過來這件事是有希望了。「阿梅、阿杏的失蹤很可能與您信中提到的那人有關，這件事除了您能幫忙，我想不到旁的人。」

秦征抬頭瞧了白起一眼，白起會意，急忙出去尋阿北。

「這件事我不能給妳任何保證，就與妳說的一樣，我只能盡力，在尋到妳一雙妹妹前，妳便祈求她們安好吧！」

聽到秦征這番話，陳悠暗淡許久的雙眸瞬間亮了起來。「多謝秦大人！」

「陳大姑娘，今日我幫妳，希望他日妳也能像我這樣不遺餘力地辦好我交給妳的那件事！」秦征提醒道。

「秦大人放心，小女子不是忘恩負義的人。」

秦征轉頭看向開了一半的窗戶，一眼望去，都是被白雪覆蓋、高高低低的屋頂，昏暗的天空下，屋頂鱗次櫛比，將天空的陰沈突顯得更加明顯。

陳悠同樣也將視線落在窗外，心中卻擔憂著阿梅、阿杏的安危。

「坐下喝口茶吧。」秦征低沈著聲音道。

陳悠被他的聲音喚回神，可是仍然愣在原地沒有動彈。

「這個時候，妳再擔憂也是無用，何不坐下冷靜想想，妳的一雙妹妹會被人帶去哪裡，說不定她們能多一絲獲救的可能。」

陳悠才緩緩坐下，護衛替她端來熱茶。

直至接觸到杯盞，一股暖意從手心漸漸傳到心底深處，她才發現自己渾身有多冷，像是在乾燥沙漠上行走已久的旅人急需救命的水一般，陳悠兩手捧著茶盞，深深吸取這小小的溫暖。

秦征不經意瞥了身旁不遠處的少女一眼，到了這個時候，少女的眼裡也不願意透出一絲柔弱來。

陳悠的心思都在失蹤的阿梅、阿杏身上，根本沒注意到秦征的目光，突然她起身，出去與阿魚交代一聲，阿魚有些不放心地看了陳悠一眼，才點頭轉身出去了。

陳悠不斷在心中默唸著：阿梅、阿杏一定會沒事的！

「妳莫要著急了，很快便會有消息。」秦征張了張口，終於還是笨拙地安慰一句。

陳悠轉過頭，看著眼前年輕俊美的男子一眼，這人若是不高傲毒舌，其實還是挺不錯的。

「謝謝您！」陳悠真心道。

秦征竟然因為陳悠這句簡單的謝謝，硬了許久的心微微化開了些。他沒有客套，只是輕輕「嗯」了一聲。

——未完，待續，請看文創風413《小醫女的逆襲》4

2016年4月出版

君愛勾勾嬋

文創風 394~395

老天待她，看似有心垂憐，實是無情作弄，
要不怎會重生一回，又欠了前世冤家的救命之恩，
而代價竟是再一世勾勾纏?!

美人嬋娟，君心見憐／杜款款

前世，她雖有皇后命，卻遭到篡位者三皇子韓拓的強娶，
不久便因頑疾未癒而香消玉殞了……
如今重生一回，本以為能憑己之力改變命運的軌跡，
哪曉得當她受困雪中險些小命不保，
竟遇上前世冤家──靖王韓拓，還承蒙他出手相救。
結緣莫結孽緣，欠債莫欠人情債，果真是所言不假，
平日他百般癡纏也就罷了，還讓皇帝親爹下了賜婚聖旨，
聖意難違啊，她只能既來之則安之。
嫁作靖王妃，枕邊人是戰功顯赫、能力卓越的王爺，
無論是朝廷動盪還是外患來襲，夫君總會牽扯其中，
可萬萬沒想到，戰場前線竟傳回了丈夫的死訊，
她不但成了下堂棄婦，還被人虎視眈眈覬覦著，
唉，為夫守節，難不成只剩青燈古佛一途了？

文創風 412

小醫女的逆襲 3

國家圖書館出版品預行編目資料

小醫女的逆襲 / 墨櫻著. --
初版. -- 臺北市 : 狗屋, 2016.05
冊 ; 公分. --（文創風）
ISBN 978-986-328-593-9（第3冊 : 平裝）. --

857.7　　105003846

著作者　墨櫻
編輯　黃鈺菁
校對　黃薇霓　許雯婷
發行所　狗屋出版社有限公司
地址　台北市104中山區龍江路71巷15號1樓
電話　02-2776-5889～0
發行字號　局版台業字845號
法律顧問　蕭雄淋律師
總經銷　知遠文化事業有限公司
電話　02-2664-8800
初版　2016年5月
國際書碼　ISBN-13　978-986-328-593-9
原著書名　《医锦》

定價250元
狗屋劃撥帳號：19001626
網址：love.doghouse.com.tw　E-mail：love@doghouse.com.tw